활써클 대마법사 9 완결

2022년 3월 16일 초판 1쇄 인쇄
2022년 3월 21일 초판 1쇄 발행

지은이 한시웅
발행인 김정수 강준규

기획 이기헌 왕소현 박경무 강민구
책임편집 오영란
마케팅지원 배진경 임혜솔 송지유 이영선

발행처 (주)로크미디어
출판등록 2003년 3월 24일
주소 서울시 마포구 성암로 330 DMC첨단산업센터 318호
Tel (02)3273-5135 **편집** 070-7863-8596 **Fax** (02)3273-5134
홈페이지 rokmedia.com **E-mail** rokmedia@empas.com

ISBN 979-11-354-7439-2 (9권)
ISBN 979-11-354-6717-2 04810 (세트)

활씨크 대마법사

한시웅 퓨전 판타지 장편소설

9 완결

contents

chapter 1

과연 켈라헬의 성기사단장은 강력했다.

그의 은검에서는 무시무시한 신성력이 뿜어져 나왔다.

하지만 그 강력한 힘도 알리제의 오러를 넘어서지는 못했다.

콰앙.

알리제가 오러로 만들어 낸 대검을 휘두르자 은검이 튕겨 나가면서 하이딘이 크게 휘청거렸다.

누가 보더라도 알리제의 우위가 분명한 상황.

놀라운 일이 벌어지고 있었다.

'알리제가 어떻게…….'

오직 오러만으로 검의 형상을 만들어 내는 것은 무척이나 어려운 일이다.

소드 마스터에 오른 기사라 할지라도 섣불리 시도할 수 없는 기술이다.

그런데 알리제는 단순한 검도 아니고 거대한 대검의 형상을 만들어 냈다.

그것이 의미하는 바는 단 하나였다.

중급 소드 마스터!

알리제가 대륙 5대 기사라 불리는 괴물들과 같은 경지에 들어선 것이다.

깜짝 놀란 케시우스는 알리제를 도와야 한다는 사실마저 잊고 멍하게 전투를 지켜보았다.

'무슨 일이 있었던 거지?'

알리제는 진정한 의미의 '오러 소드'를 휘두르면서도 그다지 힘겨운 표정이 아니었다.

그녀는 아찔한 전투를 치르면서도 침착했고, 편안한 표정이었다.

반면 하이딘은 표정이 잔뜩 구겨져 있었다.

알리제의 묵직한 오러 소드를 받아 낼 때마다 그의 신성 검이 크게 출렁거렸다.

'허. 중급 소드 마스터에 오른 것만 해도 놀라운데, 곧바로 하이딘을 능가할 정도라니.'

하이딘은 이미 십수 년 전에 중급 소드 마스터들과 어깨를 나란히 한 최강의 성기사다.

경험과 숙련도, 어느 부분에서도 알리제는 그의 상대가 될 수 없음이 당연했다.

그런데도 그녀는 하이딘을 몰아붙이고 있었다.

그것이 가능한 이유는 단순했다.

알리제는 오직 압도적인 힘으로, 거대한 기운으로 상대를 찍어 누르고 있었다.

'도대체 어디서 이런 힘이 나오는 거지?'

멍하게 전투를 지켜보던 케시우스는 이내 알리제에게서 평소와는 다른 모습을 발견할 수 있었다.

'저 분홍색 오러. 평범한 마나가 아니야.'

여러 기운이 섞여 있어서 무엇이라 딱 꼬집어 말하기는 어렵지만, 그 안에서 신성한 기운이 느껴졌다.

오러뿐만 아니라 알리제의 주변에서도 꽤 거대한 신성력이 감지되었다.

'클로양이 다루던 신성력이군.'

낯설지 않은 기운이었으니 케시우스도 처음에는 이상하게 여기지 않았다.

그저 클로양이 알리제를 돕고 있는 것이라고만 생각을 했었다.

하지만 아니었다.

클로양을 찾아서 시선을 돌린 케시우스는 더욱 크게 놀랄 수밖에 없었다.

클로양은 알리제를 도울 수 있는 상황이 아니었다.

이미 기절해 있었으니까.

'그렇다면…….'

알리제가 직접 벨라의 신성력을 다루고 있는 것이다.

아니, 보다 정확하게 말하자면 막대한 신성력이 자발적으로 그녀를 따르고 있었다.

소름이 돋은 케시우스는 입을 떡 벌리고 다시 알리제를 돌아보았다.

기운이 스스로 따르는 존재!

신의 축복을 받아 세상 모든 기운을 다룰 수 있는 존재!

'신의 아이!'

세 번째 신의 아이가 오랜 잠에서 깨어났다.

고난과 역경으로 가득했던 세월을 이겨 내고서.

"크윽."

거대한 오러와 충돌한 하이딘은 신음을 흘리면서 인상을 찌푸렸다.

'역시 악마의 힘이로구나!'

알리제는 한 순간에 달라졌다.

그의 일검을 받아 내지도 못했던 애송이가 이제는 부담스러울 정도로 강한 힘으로 그를 찍어 누르고 있었다.

말도 안 되는 일이었다.

사실 심장을 꿰뚫리고도 다시 일어난 것만으로도 이미 충분히 비현실적인 상황이었다.

"크아아! 나는 켈라헬의 명예로운 기사다!"

분명 힘겨운 전투였지만 하이딘은 결코 물러서지 않았다.

고함을 내지르면서 오히려 더 힘껏 은검을 휘둘렀다.

샤악.

은검에서 뿜어져 나온 새하얀 빛줄기가 폭발하면서 알리제의 오러를 때렸다.

콰아앙.

굉음과 함께 엄청난 후폭풍이 몰아치면서 둘을 서로 반대편으로 밀어냈다.

"절대 하찮은 것들에게 지지 않는다!"

하이딘은 발악하듯 소리를 지르면서 흉흉하게 안광을 불태웠다.

하이딘에게 이 전투는 개인의 목숨 이상의 가치가 걸려 있었다.

켈라헬을 위한 성전(聖戰)이다.

켈라헬이야말로 가장 위대한 신성이며, 하찮은 악마들이 범접할 수 없다는 사실을 증명하는 과정이다.

때문에 그는 절대로 질 수 없었다.

"악마여, 무릎을 꿇어라."

어긋난 신념을 지닌 자가 이성을 잃었으니 그 광기가 하늘을 찔렀다.

'하이딘, 역사상 가장 위대한 성기사라고 들었는데, 이런 사람이었나?'

알리제는 미쳐 버린 하이딘을 가만히 바라보면서 침착하게 기운을 다스렸다.

자칫하다가는 그녀도 저 광기에 빨려 들어갈 수 있었으니 정신을 똑바로 차려야 했다.

알리제는 하이딘의 광기에 답하지 않고 다시 그를 향해 쇄도했다.

타앗.

땅을 박차고 달려드는 알리제의 신형이 일순간 흐릿하게 일렁거렸다.

잔상이 남을 정도로 빠르고, 날렵한 움직임이었다.

그녀가 움직이는 것과 거의 동시에 분홍빛 오러가 하이딘의 머리를 노리고 떨어져 내렸다.

스아악.

오러만으로 만들어 낸 대검이다.

그 위력이야 굳이 시험해 볼 필요가 없었다.

당연히 피하는 것이 상책이다.

하지만 하이딘은 그렇게 하지 않았다.

그는 기다렸다는 듯 은검을 들어 올리고 정면으로 오러를 받아 냈다.

콰아앙.

다시 엄청난 폭발이 일어나면서 용병 사무실의 벽이 와르르 무너져 내렸다.

"크흐흐. 어림없다."

하이딘은 휘몰아치는 마나 폭풍 속에서도 광소를 터트렸다.

그러나 말뿐이었다.

광소를 터트리는 입은 파르르 떨리고 있었다.

무지막지한 오러를 정면으로 받아 냈으니 역시 무리가 따를 수밖에 없었던 것.

알리제의 힘을 이겨 내지 못한 무릎이 반쯤 내려갔고, 얼굴과 목에는 혈관이 불룩 솟아서 흉측하게 꿈틀거렸다.

'확실히 정상이 아니야.'

비록 공격이 가로막히기는 했지만 알리제는 이번 격돌에서 오히려 확신을 가질 수 있었다.

'지금 이자에게는 검술이랄 것이 없어.'

하이딘은 제 능력을 다 발휘하지 못하고 있었다.

그는 평생토록 단련한 자신의 검술을 펼치지 않고 오직 힘으로만 맞서는 중이었다.

켈라헬의 신성력이 더 강력하다는 사실을 증명하겠다는 어리석은 마음에서 비롯된 일이었다.

결국 하이딘은 그 자신을 완전히 버리고 스스로를 망치고 있는 셈이었다.

'지금이라면……. 이길 수 있다!'

알리제는 망설이지 않고 다시 대검을 치켜들었다.

채채쟁.

분홍빛 대검과 새하얀 은검이 얽히면서 찰나의 순간에 수십 번의 공방이 이어졌다.

둘의 전투에 현란한 기교 따위는 없었다.

오직 힘만 앞세우는 무식한 전투였다.

물론 그렇기에 더 치열하다고도 할 수 있었다.

단 한 번이라도 밀린다면 '아차' 하는 순간에 몸이 반 토막 날 수도 있는 전장이었다.

콰콰쾅.

갈수록 굉음이 터지는 빈도수가 늘어갔고, 그 간격도 짧아졌다.

하이딘은 여전히 광소를 흘리면서 신성 검을 휘둘렀고, 알리제는 더욱 힘껏 오러를 뿜어 댔다.

둘의 전투가 격해지자 케시우스는 황급히 클로양을 둘러업고 뒤로 물러났다.

'이대로 괜찮을까?'

이미 끼어들기에는 늦은 상황이었다.

알리제와 하이딘은 거의 하나의 몸처럼 엉켜서 엄청난 속도로 공방을 주고받고 있었다.

선불리 나섰다가는 알리제를 다치게 할 수도 있었다.

제아무리 케시우스라 할지라도 지금은 클로앙을 보호하면서 기회를 엿보는 것이 최선이었다.

콰르르.

용병 사무실이 무너져 내리고, 지축이 뒤흔들리는 상황에서도 알리제와 하이딘은 둘만의 전투를 이어 갔다.

상처를 입을지라도 절대로 물러나지 않는 짐승들의 싸움.

얼핏 보면 알리제 또한 하이딘의 광기에 휩싸인 것처럼 보이기도 했다.

함께 종말로 치달아 가는 것이 기꺼웠을까.

어느새 하이딘의 눈동자는 완전히 하얗게 물들어 있었다.

"크흐흐. 이것이 켈라헬의 힘이다! 그 무엇도 나를 넘어설 수는 없다!"

막대한 신성력을 담은 음침한 목소리가 일대를 거칠게 할퀴었다.

하지만 결과적으로 그 광오한 외침은 치명적인 실책이 되고 말았다.

장황하게 목소리를 높인 탓에 일순간 하이딘의 호흡이 흔들렸다.

'지금이다.'

알리제가 하이딘의 방식에 맞춰 주는 척을 하면서 전투를 이끌었던 것도 모두 이 순간을 위해서였다.

그녀는 한순간에 검로를 틀어서 은검을 빗겨 내고, 있는 힘껏 앞으로 내질렀다.

에페스 왕가 대검술.

대검 폭파.

쩌어엉.

오러로 이루어진 대검이 폭발하면서 수천의 마나 칼날이 비산했다.

좌르르륵.

분홍색 꽃잎이 흩날렸다.

이보다 더 아름다운 죽음이 또 있을까.

오러가 조각조각 흩날리는 모습을 보고 있으면 죽음마저 사소하게 느껴질 지경이었다.

"으헉!"

갑작스런 변칙 공격에 화들짝 놀란 하이딘은 재빨리 은검을 휘둘러 검막을 펼쳤다.

채채채챙.

한 순간에 엄청난 수의 불똥이 튀면서 분홍빛 꽃잎과 은색 장막이 충돌했다.

하지만 수천의 꽃잎을 모두 막아 내는 것은 불가능한 일이었다.

푸푸푹.

꽃잎이 하이딘의 뒤덮고, 핏빛 자수를 놓았다.

"끄아악."

하이딘은 급소로 향하는 칼날만을 겨우 막아 냈을 뿐, 하반신이 완전히 짓이겨져서 털썩 주저앉을 수밖에 없었다.

켈라헬의 첫 번째 기사.

그 위대한 이름이 드디어 무릎을 꿇는 순간이었다.

"이제 다 끝났어요."

알리제는 다시 오러를 끌어 올려서 대검을 만들고는 하이딘의 목을 겨누었다.

그녀의 얼굴에도 긁힌 상처가 가득했지만 하이딘의 부상과 비교하자면 애교에 불과했다.

"크흑. 이럴 수는 없다."

하이딘은 자신의 패배를 인정할 수 없었다.

그에게는 뇌리를 파고드는 아찔한 통증보다 악마의 얼굴을 올려다봐야 하는 이 수모가 더욱 끔찍한 일이었다.

"미개한 너조차도 알 것이다. 켈라헬 신만이 유일한 정의다. 그런데 그분의 가르침을 따르는 내가 어찌 패배할 수 있단 말이냐!"

패배자의 변론은 언제나 가소로운 법이지만, 이번에는 특히나 더 그랬다.

알리제는 한심하다는 듯 하이딘을 내려다보았다.

"켈라헬이 당신에게 무엇을 지시하던가요?"

"가르침을 따르라고 하셨다. 그러니까 그분의 가르침 외에는 모두 개소리다. 너는 이단이야!"

오직 독기만이 가득한 헛소리였다.

알리제는 고개를 절레절레 저으면서 한숨을 내쉬었다.

"정말로 켈라헬이 그렇게 말했나요? 다른 교단을 모두 이단으로 지목하고 심판하라고?"

"틀림없다. 당연히……."

하이딘은 일말의 망설임도 없이 입을 열었다.

하지만 알리제가 먼저 그의 말을 끊었다.

"그럼 신탁을 받은 거군요."

날카로운 지적에 하이딘은 입을 다물 수밖에 없었다.

마음 같아서는 당장이라도 '그렇다'고 대답하고 싶었지만 사실이 아니었다.

그는 켈라헬의 목소리를 들어 본 적이 없었다.

그에게 이단 심판을 지시한 자는 베네치아 대사제일 뿐이었다.

그리고 그 지시는 베네치아의 뒤에서 인형 놀이를 하고 있는 레너드 공작의 뜻이었다.

'어째서 나는…….'

그제야 하이딘은 자신을 돌아보게 되었다.

머리가 조금은 맑아지는 것도 같았다.

'레너드 공작을 그토록 증오했는데, 왜 그가 한 지시를 계속 수행하고 있었던 걸까.'

그의 행동은 처음부터 모순이었다. 분풀이에 불과했다.

"하, 하지만! 켈라헬 교단만이 제국에서 공인한 유일한 신전이라는 사실은 변하지 않는다!"

당황한 하이딘은 급하게 교단의 이름을 앞세웠다.

실책을 깨달았지만 이대로 자신의 신념이 무너지게 둘 수는 없었다.

"하이딘, 결국 당신이 따르는 것은 켈라헬의 가르침이 아니었군요. 정말로 신의 가르침을 좇고자 했다면 제국의 공인이 무슨 필요인가요."

"진짜 위대한 신은 모두가 알아보고 따르는 법이다. 제국이 바로 그러했다."

"그래서 틀렸다는 거예요. 제국이 인정을 해서, 또는 다른 사람들도 모두 알아보니까. 당신이 켈라헬을 믿었던 이유는 그런 것들이겠죠."

때로는 검보다 '진실'이 더 날카롭기도 한 법이다.

특히나 외면하고 싶은 진실의 경우에는 더 치명적일 수밖에 없었다.

알리제는 이 세상에서 가장 날카로운 검을 쥐고 하이딘을 똑바로 겨누었다.

켈라헬의 위엄. 그리고 제국의 인정.

하이딘의 말에는 그 어디에도 신의 가르침 따위는 없었다.

그가 좇았던 것은 고작 누군가의 인정에 불과했던 것이다.

'내가 틀렸다고?'

그래도 하이딘은 인정하지 못했다.

인정하는 순간, 그가 걸어왔던 명예로운 길들이 모두 물거품이 될 테니까.

"헛소리하지 마라! 감히 내 앞에서 신성을 모독하는 것이냐!"

하이딘은 알리제를 죽일 듯 노려보면서 단검 하나를 확 꺼내 들었다.

아직도 힘이 남은 것일까.

하반신이 완전히 짓뭉개진 상황에서도 하이딘의 기세는 꺾이지 않았다.

"더 해보겠다는 건가요?"

"너 따위가 뭘 안다고 지껄여! 그분의 품으로 돌아가서 내가 직접 물을 것이다!"

하이딘은 거칠게 으르렁거리면서 단검을 높이 치켜들었다.

그가 단검을 꺼낸 것은 마지막 저항이 아닌, 자결을 위함이었다.

'켈라헬이여, 당신의 신실한 종이 명예로운 죽음을 맞이하

는 것을 지켜봐 주소서.'

휘이익.

높이 솟구쳤던 단검이 하이딘의 심장을 향해 곧바로 내달렸다.

하지만 그것을 가만히 지켜보고 있을 알리제가 아니었다.

그녀는 하이딘의 마지막 선택, 아니 비겁한 도주를 허락하지 않았다.

파앗.

알리제의 발에 걷어차인 단검이 빙글빙글 돌면서 멀리 날아가 버렸다.

"기다리세요. 저는 아직 할 말이 남았거든요."

"이익! 이게 무슨 짓이냐!"

자결마저 실패한 하이딘은 발끈하면서 분통을 터트렸다.

이 수치스러운 순간을 속히 벗어나지 못함에, 그리고 신을 향한 마지막 걸음까지 저지당했음에 분노했다.

현실을 마주할 용기가 없는 겁쟁이에게는 끔찍할 수밖에 없는 순간이었다.

"당신 덕분에 저도 확실하게 깨달을 수 있었습니다. 그러니까 닥치고 들으세요."

지금껏 조용하기만 했던 알리제의 목소리에 별안간 거역할 수 없는 위엄이 담겼다.

"저는 이 시각부터 에페스의 재건국을 선포합니다. 에페스 왕국은 벨라의 가르침을 따를 것입니다."

담담하게 뜻을 밝히는 알리제의 뒤에서 찬란한 후광이 일어났다. 비단 그녀가 벨라의 신성력을 등에 업었기 때문만은 아니었다.

이토록 확고한 목소리를 내뱉을 수 있는 것은, 그녀의 신념이 그만큼 단단해졌기 때문이다.

"끝까지 이단의 이름을 입에 올리다니. 천벌이 두렵지도 않느냐!"

몰락한 왕국이 다시 일어나는 것쯤이야 하이딘에게는 아무래도 상관없었다.

하지만 벨라의 교단이 어느 왕실의 공인을 받게 된다는 사실은 절대 용납할 수 없었다.

그것은 오직 켈라헬에게만 허락된 명예였다.

하이딘의 거센 반발에도 알리제는 눈 하나 깜빡이지 않고 계속해서 말을 이었다.

"에페스는 다른 교단을 부정하지 않을 겁니다. 켈라헬 신도 마찬가지로 존중합니다. 신성에 이단은 없습니다."

알리제는 그녀에게 검을 겨누었던 켈라헬 교단을 용서했다.

그들마저 품에 안고, 모든 신념을 포용하겠다고 밝혔다.

그러한 세상을 만들겠노라 선언했다.

제왕의 면모!

사실 알리제의 이러한 배포는 하루아침에 만들어진 것이 아니었다.

　루안은 일찍이 알리제의 리더십을 알아보았다.

　첫 만남에서부터 그녀가 일개 용병단의 단장으로 끝날 인재가 아님을 눈치챘다.

　길을 잃고 방황하던 그녀의 잠재력이 이번 사태를 통해 드디어 만개한 것이었다.

　알리제의 위엄에 짓눌린 하이딘은 입도 뻥긋하지 못하고 멍하게 그녀를 올려다보았다.

　하지만 알리제가 지닌 제왕의 면모에 오직 포용만이 존재하는 것은 아니었다.

　"그러나 개인의 알량한 명예를 위해 신의 이름을 팔아 온 당신은 이단이 맞습니다."

　엄숙하게 선언하는 알리제의 얼굴은 지옥의 한가운데에 선 악귀와도 같았다.

　그녀가 포용한 켈라헬의 신성을 더럽힌 자에 대한 분노였다.

　"제 이름은 알리제 에페스 13세. 에페스 왕녀의 이름으로 당신의 오만을 심판하겠습니다."

　그 말과 동시에 알리제의 대검이 크게 허공을 갈랐다.

　쉬이익.

　제국 5대 기사이자 켈라헬의 첫 번째 기사였던 하이딘의 목이 떨어졌다.

하이딘은 위대한 성기사였지만 그의 최후는 다른 죽음과도 그다지 다를 것이 없었다.

떨어져 나뒹구는 머리의 무게는 한없이 가벼울 뿐이었다.

케시우스는 끝까지 그 모습을 지켜보다가 슬쩍 고개를 들어 알리제를 바라보았다.

'호부 밑에 견자는 없다더니.'

케시우스는 에페스 12세의 모습을 생생하게 기억하고 있었다.

아홉 살의 어린 나이에 제 몸보다 거대한 대검을 질질 끌면서 나아갔던 사내.

그렇게 30년을 꿋꿋하게 견뎌 끝내 자신의 손으로 에페스의 의지를 증명했던 무인.

죽는 순간까지도 마지막 불씨를 남기고 호탕하게 웃었던 영웅.

'한때는 그 인간이 예언의 존재일 수도 있다고 생각했었지.'

그만큼 인상적인 인간이었고, 케시우스는 그의 생애를 모두 지켜보았다.

결과적으로는 섣부른 기대였고, 그의 착각이었다.

루얀이 등장하면서 케시우스도 예언의 존재가 누구인지 명확하게 알게 되었다.

하지만 이후에도 이상하게 알리제에게 눈길이 가는 것이 사실이었다.

'내 직감도 아직은 쓸 만한 모양이군.'

아직 깨어나지 않은 에페스의 진짜 영웅을 미리 알아보았던 것이다.

'지금 이 세상에 필요한 사람은 루얀이지만 어쩌면 그 이후에는……'

아직 기대를 걸기에는 이르다.

그 사실을 잘 알기에 케시우스도 섣불리 미래를 점칠 수는 없었다.

그래도 정말 루얀이 소블레스 대륙을 구원할 수 있다면 그때는 알리제가 더 큰 진가를 발휘할 것이 분명했다.

대륙은 새로운 세상을 이끌어 갈 제왕을 필요로 할 테니까.

'이대로라면 걱정할 필요도 없겠어.'

케시우스는 알리제가 기운을 거두기를 기다렸다가 천천히 그녀에게 다가갔다.

"놀랐습니다. 많이 성장하셨군요."

케시우스의 목소리를 듣고 옆을 돌아본 알리제는 그제야 표정을 풀고 환하게 웃어 보였다.

"늦으셨네요?"

"그런가요? 저는 딱 맞춰서 왔다고 생각했는데요."

케시우스도 부드럽게 웃으면서 알리제의 능청에 화답했다.

"클로양은 괜찮나요?"

"잠시 기절했을 뿐이니 곧 깨어날 겁니다."

케시우스가 클로양을 넘겨주자 알리제는 그녀를 조심스럽게 안아 들면서 안도의 한숨을 내쉬었다.

"후우. 다행이네요."

알리제는 애정이 듬뿍 담긴 손길로 클로양의 뺨을 어루만졌다.

그러자 또다시 놀라운 일이 벌어졌다.

우우우웅.

알리제를 감싸고 있던 신성한 기운들이 클로양에게로 빨려 들어갔다.

심지어 변화는 그뿐만이 아니었다.

츠츠측.

분홍색으로 변했던 알리제의 머리카락도 다시 검은색으로 돌아왔다.

'이건 또 무슨……..'

깜짝 놀란 케시우스는 멍하게 그녀들을 바라보았다.

알리제에게서 느껴지는 제왕의 위엄은 여전했지만, 그녀를 따르던 기운들은 씻은 듯 사라져 버렸다.

케시우스는 멍하게 그녀들을 바라보다가 슬쩍 고개를 들어 하늘을 올려다보았다.

'벨라, 이름값을 하려는가.'

인연(因緣)의 신.

벨라는 다른 신들과는 다르게 1명의 인간을 선택하지 않았다.

하나의 인연을 선택했다.

클로양과 알리제, 저 둘이 함께일 때에야 비로소 벨라의 의지가 실현되는 것이다.

신중한 것인가. 아니면 욕심이 많은 것인가.

케시우스라 할지라도 신의 뜻을 헤아릴 수는 없지만, 딱히 나쁠 것도 없다는 생각이 들었다.

'태어날 때부터 운명으로 엮인 아이들이었으니. 오히려 좋을지도.'

그사이 다른 식구들도 속속 사무실에 도착하기 시작했다.

"뭐야! 무슨 일이야?"

"케시우스. 설마 루얀한테 또 두들겨 맞은 거야?"

처참한 전투의 흔적만 보자면 루얀이 날뛰었다고 생각하는 것도 무리는 아니었다.

루얀 정도가 아니라면 이렇게 살벌한 흔적을 만들기도 어려울 테니까.

케시우스는 영문을 모르고 눈을 끔뻑거리는 드래곤들을 돌아보면서 피식 헛웃음을 지었다.

제왕의 탄생을 지켜보지 못했으니 그들에게는 퍽 안타까운 일이었다.

'굳이 설명할 필요는 없겠지.'

오래지 않아 그들도 알리제의 각성을 직접 두 눈으로 확인하게 될 것이 분명했다.

이미 둑을 뚫은 물줄기는 결코 멈추지 않을 테니까.

케시우스는 어깨를 으쓱이면서 태연하게 주변을 돌아보았다.

"아무래도 사무실을 옮겨야겠군요."

루얀은 모르겠지만, 그가 갚아야 할 빚이 또 늘어나는 순간이었다.

알리제와 클로양이 습격을 받은 시간, 루얀은 트벤테 마을의 정문에 도착해 있었다.

'이 마을은 여전하군.'

루얀이 수련을 마치고 하산한 이후 처음으로 방문한 마을이 바로 트벤테였다.

그때와 하나도 달라진 점이 없는 트벤테의 성문을 바라보고 있자니 감회가 새롭기도 했다.

'생각해 보니 참 많은 일이 있었구나.'

이곳에서 알리제 용병단을 만났고, 테오를 거두었다.

우연히 맺어졌던 인연은 루얀을 많이 변화시켰고, 이제 그들은 절대로 이별을 상상할 수 없는 가족이 되었다.

'가족이라······.'

루얀에게는 참으로 어색한 말이었다.

블랑을 처음으로 '아빠'라고 불렀던 날에는 어색해서 혀가 다 간지러울 지경이었다.

그런 루얀이 이제는 어렵지 않게 가족의 얼굴을 떠올릴 수 있게 되었으니 퍽 우스운 일이었다.

'계속 중원에 있었다면 이런 모습은 상상조차 하지 못했겠지.'

루얀이 아는 세상은 아직도 일부에 불과했다.

하지만 적어도 사는 것이 꽤 재미있는 일이라는 것쯤은 알게 되었다.

그러니 이대로 소블레스 대륙이 무너지도록 내버려 둘 수는 없었다.

다소 귀찮은 일이지만 케시우스의 거래 제안을 선뜻 수락한 것도 그런 까닭이었다.

─역병의 근원만 제거해도 대륙은 훨씬 더 안전해질 겁니다. 근본적인 해결책이 될 수는 없겠지만요.

루얀은 그 자신을 영웅이라 여기지 않았다.

케시우스가 '예언'을 운운하기도 했지만 그것도 그다지 신경 쓰지 않았다.

신의 계획이나 굉장한 사명감 따위를 짊어지고 싶은 생각은 추호도 없었다.

하지만 그가 아끼는 이들을 위해서라면 이 정도 수고쯤은 충분히 치를 수 있었다.

겸사겸사 1,000골드를 버는 일이기도 했고.

'서둘러야겠군. 곧 해가 뜨겠어.'

잠시 감상에 젖었던 루얀은 상념을 털어 내고는 훌쩍 성벽을 뛰어넘었다.

역병의 근원만 해치우면 끝나는 일이었으니 굳이 소란을 피울 생각은 없었다.

미세한 소음조차 없이 마을에 들어선 루얀은 곧바로 영주 성을 향해 직진했다.

영주 성에 은밀하게 침입하는 것 또한 루얀에게는 그리 어려운 일이 아니었다.

상당수의 기사와 병사들이 경계를 서고 있었지만 루얀이 작정하고 파고든다면 그들은 허수아비나 다름없었다.

역시나 가볍게 검문을 통과한 루얀은 땅에 귀를 바짝 붙이고 감각을 끌어 올렸다.

'영주 성의 지하라고 했었나?'

그가 트벤테 영주 성을 방문하는 것은 이번이 처음이 아니었다.

과거, 쥴르와 계약을 맺고 알리제 용병단을 사지로 내몰았던 피르온 트벤테 자작에게도 궁신의 방문이 있었다.

하지만 당시에는 루얀도 지하실의 존재를 눈치채지는 못했었다.

'숨겨진 공간이 있다는 뜻이겠지.'

정신을 집중하고 기운을 살피자 이내 수상한 흐름이 감각에 걸려들었다.

'꽤 공들여 숨겨 뒀군.'

지금도 정신을 집중해야만 겨우 감지할 수 있을 정도이니, 과거의 그가 찾아내지 못한 것도 무리는 아니었다.

쓴웃음을 지으면서 수상한 흐름을 쫓은 루얀은 결국 성의 구석에 있는 낡은 문 앞에 도착하게 되었다.

잡부들조차 거들떠보지 않을 것 같은 아주 허름한 창고였다.

하지만 재미있게도 그토록 볼품없는 창고를 2명의 기사가 지키고 있었다.

위장을 할 생각이었다면 차라리 아무렇게나 방치하는 편이 낫지 않았을까.

누가 보더라도 수상한 모습이었다.

'제대로 찾아왔군.'

루얀은 피식 헛웃음을 지으면서 빠르게 기사들을 향해 다가갔다.

"잠시 쉬고 있어라. 오래 걸리진 않을 것이니."

루얀이 가볍게 손을 휘젓자 기사들은 아무런 반항도 하지 못하고 스르륵 허물어졌다.

루얀은 쓰러지는 기사들을 돌아보지도 않고 유유히 창고 안으로 걸음을 옮겼다.

이때까지는 모든 일이 순조로웠다.

하지만 끝까지 그러할 것인지는 지켜볼 일이었다.

기사들을 제압하고 창고로 들어선 루얀은 내부의 모습을 보고 살짝 인상을 찌푸렸다.

'엉망이군.'

망가진 물건들이 아무렇게나 나뒹굴고 있었다.

지하실의 정체를 감추기 위해 의도적으로 어질러 놓은 것이 분명했다.

루얀은 먼지가 가득한 물건들을 피해서 걸음을 옮기면서 다시 감각을 끌어 올렸다.

'역병의 근원'과 가까워진 덕분이지 이전보다 더 명확하게 기운이 느껴졌다.

'이쯤인 것 같은데.'

기운은 찾아냈지만 지하로 내려가는 계단이나 통로는 아무리 찾아봐도 보이지 않았다.

'아예 문을 만들지 않은 것이로군.'

이해하지 못할 결정은 아니었다.

들어갈 일이 없으니 굳이 통로를 만들 필요도 없었을 터.

트벤테의 신임 영주는 완벽한 밀실을 만들어서 역병의 근원을 감추기로 한 모양이었다.

'어쩔 수 없군. 뚫고 들어갈 수밖에.'

가볍게 기운을 끌어 올린 루얀은 내력으로 넓게 장막을 펼쳐서 소리를 차단했다.

그리고 곧바로 발을 들어 올려서 바닥을 내려찍었다.

쿠웅.

단번에 땅이 와르르 주저앉으면서 지하에 있는 새로운 공간이 모습을 드러냈다.

조명 하나 달아 놓지 않아서 무척이나 어두운 밀실이었다.

하지만 '역병의 근원'은 어둠 속에서도 확실하게 존재감을 드러냈다.

치치칙.

한 덩어리로 뭉쳐 있는 황갈색 모래가 허공에 둥실 떠서 무척이나 꺼림칙한 빛을 뿜어 댔다.

소름이 돋는 것은 그뿐만이 아니었다.

콰드득.

루얀의 발길질에 의해 무너진 지하 밀실의 잔해가 한 점으로 빨려 들어가서 사라졌다.

'글로리 마을에서 봤던 것과 동일하군.'

그 특징만을 보자면 이전에 경험했던 것과 다르지 않았다.

하지만 이곳에 발생한 균열은 더 오래 방치된 탓인지 훨씬 더 규모가 크고, 거친 기운을 내뿜고 있었다.

'쯧. 이런 것을 숨길 생각을 했다니.'

일견하기에도 무척이나 위험하고 끔찍한 위력을 지니고 있었다.

심지어 주변의 모든 것을 빨아들이니 가까이 다가가는 것조차 어려웠을 터.

그런데도 트벤테의 영주들은 지금까지 '역병의 근원'을 잘도 감춰 왔던 것이다.

욕심이라는 녀석은 과연 어디까지 인간을 멍청하게 만들 수 있는 것일까.

루얀은 혀를 차면서 훌쩍 밀실로 내려섰다.

그리고 아주 천천히 '역병의 근원'을 향해 다가갔다.

자칫하면 그도 저 만물분쇄기 속으로 빨려 들어갈 수 있었으니 신중해야 하는 일이었다.

조금씩 접근한 루얀은 결국 역병의 근원, 아니 차원의 균열의 앞에 서게 되었다.

치치치칙.

차원의 균열은 루얀이 뜻대로 빨려 들어오지 않자 더욱 맹렬히 일렁이면서 파괴적인 기운을 내뿜었다.

루얀은 그 모습을 가만히 지켜보면서 침착하게 호흡을 가다

듦었다.

'어려울 것은 없다. 이미 한번 했던 일이니.'

힘껏 내력을 끌어 올린 루얀은 대뜸 손을 내뻗어 차원의 균열을 덥석 움켜쥐었다.

콰아아아.

당장이라도 그의 손을 갈기갈기 찢어 버릴 것만 같은 난폭한 기운이 휘몰아쳤다.

'화가 많이 난 모양이구나.'

차원의 균열.

이는 어긋난 방법으로 마나를 읊아 내는 이들이 늘어나면서 생긴 부작용이었다.

마땅히 흘러야 하는 마나가 인간의 몸에 정체되자 자연의 균형이 무너졌고, 그 후폭풍이 이런 식으로 발현된 것이었다.

이대로 마법사가 늘어나고, 세상이 병들어 간다면 소블레스 대륙은 결국 모래로 뒤덮인 황폐한 사막으로 변할지도 몰랐다.

'양해하거라. 그렇게 둘 수는 없는 일이 아니더냐.'

루얀은 내력을 잔뜩 끌어 올려서 차원의 균열 안으로 쏟아부었다.

그리고 환원심법의 구결을 이용해서 내력을 자연으로 흘려보냈다.

우우우웅.

정순한 기운이 순리대로 흐르자 한순간이나마 자연의 균형이 다시 맞춰졌다.

파치치칙.

차원의 균열도 곧바로 반응을 보였다.

루얀이 어루만져 주는 것을 아는 듯 조금씩 화를 풀었다.

거칠게 내뿜던 기운을 거둬들이고 조금씩 그 크기를 줄여 갔다.

'곧 균열이 필요치 않은 세상을 만들어 줄 테니 섭섭해하지 말거라.'

루얀은 긍정적인 상황 속에서도 절대 긴장을 풀지 않고 계속해서 내력을 투입했다.

오직 루얀만이 차원의 균열을 제거할 수 있었던 이유가 바로 여기에 있었다.

임의로 마나를 가두고 있는 다른 마법사들과는 달리 루얀은 대자연의 순리를 따랐다.

환원심법이 있기에 가능한 일이었다.

테오가 더 성장한다면 모르겠지만, 아직까지는 이 세상의 균열을 막을 수 있는 존재는 루얀뿐이었다.

치칙.

루얀이 내력을 투입할수록 차원의 균열은 힘을 잃고 자연의 품으로 되돌아갔다.

끝이 보이고 있었다.

이대로라면 오래지않아 완벽하게 제거할 수 있을 것이었다.

그런데 그 순간, 영주 성에 날카로운 경보가 울려 퍼졌다.

삐이, 삐이.

침입자의 존재를 알리는 경보가 분명했다.

'이런. 생각보다 반응이 빠르군.'

내력으로 방벽을 쳐서 소리를 차단했으니 소음으로 인해 발각된 것은 아닐 터.

아무래도 창고 앞에서 제압한 기사들이 다른 이들에게 발견된 모양이었다.

"침입자다! 기사단은 전원 집결하라!"

곧이어 누군가의 외침과 함께 요란한 발소리가 가까워졌다.

트벤테의 기사들이 몰려들고 있었다.

고작 기사단 하나가 루안을 어찌하지는 못하겠지만, 이대로라면 귀찮은 일이 벌어질 것이 분명했다.

싸움을 피하려면 지금 빠져나가는 것이 현명한 선택이었다.

하지만 루안은 떠날 수 없었다.

'시간이 더 필요한데…….'

이대로 손을 뗀다면 차원의 균열이 오히려 더 난폭하게 변할지도 몰랐다.

'어쩔 수 없지. 일단은 차원의 균열에 집중하자.'

이미 내친걸음이었다.

루안은 차원의 균열을 움켜쥐고 더 힘껏 내력을 내뿜었다.

츠르륵.

그렇게 10여 초가 흐르자 차원의 균열은 완전히 소멸해서 자취를 감추었다.

밀실은 마치 아무런 일도 없었다는 듯 고요해졌다.

일단 임무를 완수한 것이다.

루얀은 한숨을 내쉬면서 힐끔 주변을 돌아보았다.

역시 늦은 것일까.

이미 수십의 기사들이 그를 포위하고 있었다.

우우웅.

기사들의 검에서 타오르는 시퍼런 마나가 조명을 대신해서 밀실을 밝혀 주고 있었다.

곧이어 기사들의 포위망 뒤에서 한 남자가 앞으로 걸어 나왔다.

"네놈은 누구냐!"

고급스러운 실크 재질의 잠옷을 제외한다면 그다지 특징이랄 것이 없는 평범한 중년의 남자였다.

루얀은 잠시 남자를 바라보다가 어깨를 으쓱이면서 대답했다.

"경계할 필요 없다. 이곳의 문제를 해결하러 왔으니."

루얀이 턱짓으로 '역병의 근원'이 있었던 곳을 가리키자 깜짝 놀란 남자가 눈을 파르르 떨어 댔다.

이제야 그도 눈치챈 것이다.

오랫동안 이곳에 있었던 무엇인가가 사라졌다는 사실을.

"설마 '그것'을……."

"내가 처리했다."

루얀은 순순히 대답했다.

굳이 이들과 싸우고 싶지 않았으니까.

"그대가 트벤테의 영주인가?"

"그렇다."

영주는 짧게 답하면서 여전히 경계심 가득한 눈으로 루얀을 노려보았다.

루얀은 그 부담스러운 시선을 대충 흘려 넘기면서 툭하고 말을 내뱉었다.

"보상을 원하지 않는다. 이만 가 보겠다."

비록 루얀이 몰래 영주 성에 침입하기는 했지만, 엄밀히 말하자면 그들은 싸울 이유가 없었다.

루얀이 행한 일은 결과적으로 영주에게도 큰 이득이 되는 일이었다.

역병의 근원이 공개되면 영지를 몰수당하지 않을까 전전긍긍하던 영주에게는 사실 이보다 더 큰 선물도 없을 것이었다.

막말로 루얀에게 엎드려 절을 올려도 부족할 판이다.

하지만 트벤테의 신임 영주는 그렇게 생각하지 않는 모양이었다.

"무슨 말을 하는 것이냐. 이곳에는 원래 아무것도 없었다."

영주는 루얀의 은혜를 부정했다. 아니, 모든 진실을 덮으려 했다.

조용히 떠나려 했던 루얀은 살짝 표정을 굳히면서 한숨을 삼켰다.

영주의 속내를 모를 그가 아니었다.

"내가 유일한 목격자라고 생각하는군."

"아무것도 없었다니까 무엇을 봤다고 떠드는 것이냐. 어찌되었든 불순하게 침입한 이상, 너는 살아서 이곳을 나갈 수 없다."

영주의 눈에서 일순간 징그러운 탐욕의 빛이 스쳐 지나갔다.

역병의 근원은 이미 사라졌으니 루얀만 제거한다면 완전히 화근을 없앨 수 있다고 생각하는 것이었다.

'쯧. 언제나 욕심이 화를 부르는 법이거늘.'

루얀은 속으로 혀를 차면서도 겉으로는 감정을 드러내지 않고 무심하게 영주를 바라보았다.

가능하다면 정말로 무고한 희생을 만들고 싶지 않았다.

"그대에게 피해가 가는 일은 없을 것이다. 괜한 욕심을 부리지 말라."

마지막 경고였다.

과거의 궁신이었다면 절대로 베풀지 않았을 자비이기도 했다.

하지만 안타깝게도 영주는 루얀의 경고를 흘려듣고 말았다.

"건방진 놈. 독 안에 든 쥐 주제에 입을 잘 놀리는구나!"

영주는 그를 따르는 기사들을 맹신하고 있었다.

루얀은 고개를 절레절레 저으면서 한숨을 내쉬었다.

분명 기회를 주었는데도 두 귀를 닫고 있으니 더 이상 대화가 무의미했다.

결국 태도를 바꾼 루얀은 기운을 끌어 올리면서 영주를 똑바로 바라보았다.

"원한다면 적이 되어 주겠다."

애써 무시하려고 했지만, 사실 처음 봤을 때부터 계속 거슬리는 부분이 있었다.

"그런데 너……. 어깨에 도대체 뭘 달고 다니는 것이냐."

루얀의 말에 영주는 고개를 갸웃하면서 자신의 어깨를 살폈다.

하지만 영주의 어깨에 앉아 있는 것은 보통의 눈으로 발견할 수 있는 것이 아니었다.

'본인도 모르고 있었나 보군.'

그렇다면 직접 확인해 볼 수밖에.

루얀은 여전히 무심한 눈빛으로 영주를 바라보면서 가볍게 손가락을 튕겼다.

따악.

그 간단한 동작만으로도 상당한 기운이 휘몰아치면서 거대한 폭발을 일으켰다.

콰아앙.

난데없이 터진 폭발은 영주의 어깨를 통째로 날려 버렸다.

그토록 큰 부상을 당했으니 새빨간 피가 솟구쳐야 정상이었다.

하지만 영주의 어깨에서 터져 나온 것은 기이하게도 아주 새카만 체액이었다.

"크아악!"

영주는 고통에 몸서리치면서 마구 비명을 내질렀다.

하지만 그럴수록 시커먼 혈액이 더 힘차게 뿜어져 나왔다.

"여, 영주님. 이게 어떻게……."

기사들은 그들의 주군을 지킬 생각조차 하지 못하고 멍하게 그를 바라볼 뿐이었다.

당연한 일이었다.

상식적으로 받아들이기 어려운 기괴한 모습이었으니까.

그사이에도 시커먼 피는 끝도 없이 솟구쳤고, 밀실에 고약한 냄새가 가득 들어찼다.

하지만 충격적인 광경은 오히려 지금부터였다.

영주의 어깨에서 솟구친 시커먼 피가 꾸물거리면서 끈적끈적하게 굳기 시작했다.

꾸루룩.

시커먼 덩어리는 사라진 팔을 대신해서 영주의 어깨에 자리를 잡았다.

악마의 팔이 이러할까.

바닥에 끌릴 정도로 기다란 팔에서 뾰족한 손가락이 솟아났다.

"크르륵."

고통 때문에 이성이 마비된 것일까.

아니면 저 시커먼 팔에 잠식당한 것일까.

영주의 눈에서 흰자가 사라지고 시커먼 동공이 두 눈을 가득 채웠다.

더욱 섬뜩한 것은, 비명을 내지르면서도 어째서인지 입은 웃고 있는 모양새였다.

낮게 흘러나오는 괴성도 더 이상 사람의 그것이라고 하기에는 어려웠다.

루얀은 표정을 딱딱하게 굳히면서 영주를 유심히 지켜보았다.

수상하다고 생각은 했지만 이런 끔찍한 모습을 감추고 있을 줄이야.

'키메라인가?'

가능성을 생각해 봤지만 이내 고개를 가로저었다.

케미라는 서로 다른 생명체의 신체 부위를 엮어서 만들어 내는 괴물이다.

하지만 지금 영주의 어깨를 대신한 시커먼 팔은 도저히 생명체의 것이라 할 수 없었다.

'흑마법인 것은 분명한데…….'

흑마법에는 마나로 신체를 대신하는 마법도 존재한다.

루안도 그러한 마법을 숱하게 겪어 본 바 있었다.

그렇다면 지금 영주의 상태를 설명할 수 있는 것은 하나뿐이었다.

'언데드로군.'

살아있는 언데드!

이보다 더 지독한 모순이 또 있을까.

기상천외한 괴물이 루안의 앞에 모습을 드러냈다.

시커먼 팔을 장착한 영주의 모습은 기괴하기 짝이 없었다.

그 섬뜩한 모습에 기사들조차 주춤주춤 뒷걸음질을 쳤다.

엉덩이를 뒤로 쭉 빼고 있는 모습만 보더라도 당장 도망치고 싶은 마음을 읽을 수 있었다.

하지만 괴상한 일은 그것으로도 끝이 아니었다.

"끄아아아!"

반쯤 괴물이 된 영주가 검은 팔을 확 치켜들더니 자신의 남은 팔마저 확 뜯어 버렸다.

찌지직.

살점과 근육이 먼저 찢어지고, 신경과 핏줄이 길게 늘어났다가 뜯겨 나갔다.

지켜보는 것만으로도 절로 토악질이 나오는 역겨운 모습이었다.

푸학.

뜯겨 나간 어깨에서 시커먼 피가 솟구치고, 이전과 같은 일이 반복되었다.

기다랗게 늘어진 시커먼 피가 끈적끈적하게 굳어서 새로운 팔을 만들어 냈다.

꾸루룩.

이어서 뭉툭한 덩어리에서 날카로운 손가락이 꾸물꾸물 튀어 나왔다.

이제 트벤테의 신임 영주는 두 팔 모두 괴물로 변해 버렸다.

그뿐인가.

피부가 녹아서 얼굴이 흘러내리고, 흉측한 근육이 고스란히 드러났다.

시커먼 두 눈은 불룩 튀어나와서 아주 끔찍한 몰골이었다.

"도, 도망쳐!"

결국 공포를 이겨 내지 못한 기사들이 소리를 내지르면서 앞다투어 등을 돌렸다.

하지만 이미 늦은 후였다.

"크르륵. 이곳을 본 이상 아무도 살려 둘 수 없어."

섬뜩한 목소리와 함께 영주의 시커먼 팔이 쭉 늘어났다.

푸푸푹.

시커먼 덩어리는 도망치는 기사들의 뒤를 쫓아서 끝내 심장을 꿰뚫었다.

기사들은 마치 꼬챙이에 끼인 고깃덩이처럼 줄줄이 엮여서 축 늘어졌다.

수십의 기사들이 전멸하기까지 걸린 시간은 찰나에 불과했다.

"크흐. 내 영지야. 아무도 빼앗을 수 없어!"

자신의 기사들은 모조리 죽여 버린 영주는 기괴하게 웃으면서 루얀을 돌아보았다.

"너도 마찬가지야. 죽어!"

영주의 얼굴은 이미 인간의 그것이 아니었지만, 까만 눈동자에 가득한 것은 무척이나 인간적인 탐욕이었다.

'스스로 괴물이 되기로 결심한 것인가.'

절대로 권력을 놓치지 않겠다는 열망이 그를 괴물로 바꿔놓은 것이었다.

꾸루룩.

영주의 팔이 다시 길게 늘어나면서 루얀의 심장을 노리고 뻗어 왔다.

하지만 루얀은 아무런 반응도 하지 않았다.

활을 꺼내기는커녕 손가락 하나 까딱이지 않았다.

괴물의 발악을 그저 빤히 지켜볼 뿐이었다.

촤아악.

시커먼 덩어리는 날카롭게 손가락을 세우고는 빠르게 루얀에게 날아들었다.

그러나 거기까지였다.

손가락은 무엇인가에 가로막힌 것처럼 루얀의 코앞에서 우뚝 멈춰 섰다.

호신강기.

진 천무지체를 완성하고 모든 기운을 하나로 통합한 루얀은 이제 6갑자에 달하는 기운을 다스리게 되었다.

심지어 운기의 과정조차 필요 없이 의지만으로 기운을 다루는 경지에 이르렀다.

그저 '막는다'라는 생각을 떠올리는 것만으로도 자연스럽게 호신강기가 펼쳐진 것.

루얀의 의지력이 궁극에 달했으니, 고작 언데드 따위의 공격에 당한다는 것은 상상조차 하기 어려운 일이었다.

끼리릭.

시커먼 손가락이 호신강기를 긁으면서 날카로운 쇳소리가 울려 퍼졌다.

바로 눈앞에서 악마의 손이 꿈틀거리는 것은 꽤 섬뜩한 모습이었다.

하지만 루얀은 아랑곳하지 않고 영주, 아니 괴물을 향해 똑바로 걸어갔다.

뚜벅. 뚜벅.

루얀이 천천히 걸음을 내디딜 때마다 검은 손가락이 밀려나면서 '우두둑' 뒤틀렸다.

결국 괴물과 한 걸음 거리를 두고 멈춘 루얀은 놈의 눈을 빤히 바라보았다.

"무엇이 너를 이렇게 만들었는지 알고 있나?"

"크아아!"

배후를 캐 보려고 했지만 허사였다.

영주는 눈을 까뒤집고 미친 듯이 두 팔을 휘둘렀다.

카카칵.

시커먼 손이 호신강기를 두들기면서 연신 불똥이 튀었다.

역시나 대화가 가능한 상황이 아니었다.

루얀은 고개를 내저으면서 천천히 손을 들어 올렸다.

그리고 괴물이 된 영주의 머리를 덥석 움켜쥐었다.

"이미 목숨이라 하기 어려울 터. 본 좌가 거두겠다."

루얀의 목소리와 함께 그의 손에서는 새하얀 불꽃이 일어났다.

화르륵.

부정한 것을 용납하지 않는 신성한 불꽃이 영주의 머리에 옮겨 붙었다.

"끄아악!"

머리에서 시작된 불길이 전신으로 퍼지자 영주의 입에서 통렬한 비명이 터졌다.

쯔르륵.

영주를 괴물로 만든 시커먼 팔이 가장 먼저 녹아서 흘러내렸다.

그제야 제정신이 든 것일까.

본래의 눈동자를 되찾은 영주가 간절하게 애원했다.

"사, 살려 줘!"

하지만 이미 늦은 후였다.

불길은 그의 전신을 집어삼키고 거칠게 타오르고 있었다.

지금 루얀이 힘을 거둔다 할지라도 살아남기는 어려운 상태였다.

영주는 루얀의 무심한 눈빛을 발견하고 죽음을 직감할 수 있었다.

'결국 이렇게…….'

어느 순간부터인가 고통도 느껴지지 않았다.

결국 죽음의 경계를 넘어선 탓이었다.

삶의 마지막을 앞둔 순간, 영주는 문득 한 노인의 얼굴을 떠올릴 수 있었다.

―받으세요. 트벤테 영주 성의 내부 도면입니다. 보수 작업에 도움이 될 겁니다.

―이렇게까지 저를……. 황송합니다.

그의 어깨를 토닥이면서 영주 성의 도면을 건넸던 은인.

레너드 히스타민 공작이었다.

당시에는 세상을 다 가진 것만 같은 기분이었다.

제국 2인자의 눈에 들었으니 그의 앞날에 꽃길만이 가득할 것이라 믿었다.

레너드 공작이 따로 격려까지 해 주었으니 출세는 이미 정해진 것이나 마찬가지였다.

분명 그랬었다.

그런데 왜 이렇게 된 것일까.

결국 그를 기다리고 있는 것은 이토록 고통스럽고 끔찍한 최후일 뿐이었다.

그에게 죄가 있다면, 지닌 능력보다 더 많은 것을 욕심냈다는 것. 그리고 레너드 히스타민 공작을 너무 모르고 있었다는 것 정도였다.

트벤테의 신임 영주는 누구를 원망해야 하는 것인지조차 깨닫지 못하고 결국 숨을 거두었다.

'역병의 근원보다 오히려 이 쪽이 더 큰 문제였는지도 모르겠군.'

루얀은 영주가 완전히 소멸하는 것을 끝까지 지켜본 후에야 훌쩍 몸을 돌렸다.

계획했던 일을 끝마쳤지만 그의 표정은 씁쓸하기만 했다.

무엇 하나 정상적이지 않은 세상.

어쩌면 루얀은 앞으로 더 바빠질지도 몰랐다.

'도대체 무슨 일이……'

일루트 마을로 돌아온 루얀은 폐허가 된 사무실을 발견하고 일순간 얼어붙었다.

건물은 완전히 무너졌고, 일대는 움푹 주저앉아 있었다.

일견하기에도 무식한 전투가 벌어진 것을 알 수 있는 모습이었다.

루얀이 자리를 비운 것은 고작해야 3시간 정도.

그사이에 이토록 엄청난 일이 벌어졌으니 루얀이라 할지라도 당황할 수밖에 없었다.

루얀이 잠시 머뭇거리고 있을 때, 뒤에서 케시우스가 다가왔다.

"아, 오셨습니까?"

"이게 어떻게 된 일이지?"

"소란이 좀 있었습니다. 지금은 사무실을 옮겼으니 그쪽으로 가시죠."

케시우스는 대수롭지 않다는 듯 대답하면서 앞장서서 루얀을 안내했다.

"다친 사람은 없나?"

"모두 무사하니까 걱정하지 않으셔도 됩니다. 자, 도착했네요."

케시우스가 마련한 새로운 사무실은 영주 성의 바로 옆에 있는 5층짜리 건물이었다.

층계도 높지만 이전 사무실에 비해 족히 3배 이상 거대한 규모였다.

심지어 수련장으로 사용할 수 있는 널찍한 정원까지도 갖춘 호화 저택이었다.

블랑 학파&용병단.

도대체 언제 준비한 것인지, 저택의 정문에는 큼지막한 현판까지 걸려 있었다.

"어떻습니까? 나름대로 신경 좀 썼습니다."

"나쁘지 않군."

"그게 답니까? 내부 인테리어까지 하면 얼추 160골드는 들었는데요."

역시 케시우스라고 할까.

할 말을 잃게 만드는 자금력이었다.

골드 드래곤이라고 했으니 혹시 금화를 찍어 내기라도 하는 것은 아닐까.

루얀이 어색하게 케시우스를 돌아보자 그는 어깨를 으쓱하면서 먼저 저택으로 들어갔다.

"그렇다고 너무 감격하실 필요는 없습니다. 한 푼도 빼놓지 않고 다 받을 거니까요."

루얀은 별말을 하지 않았는데도 혼자서 북도 치고, 장구도 치는 케시우스였다.

루얀은 고개를 절레절레 내저으면서 케시우스를 따라 저택 안으로 들어섰다.

아직 완벽하게 갖춰진 것은 아니지만 사무실은 벌써 구색을 갖춰가고 있었다.

"아직은 조금 복잡하니까 5층으로 가시죠."

케시우스는 수십의 인부들이 헤집고 다니는 혼란의 공간을 피해서 조용한 곳에 자리를 마련했다.

아직 아무것도 갖춰지지 않은 빈 방이었지만 대화를 나누기에는 안성맞춤이었다.

"역병의 근원은 잘 처리하셨습니까?"

"확실하게 처리했다. 그런데 예상치 못했던 문제가 있더군."

루얀은 트벤테 마을에서 있었던 일에 대해서 간략하게 설명했다.

이야기를 듣던 케시우스는 영주가 돌변했다는 대목에서 심각하게 표정을 굳혔다.

"살아 있는 언데드라고요? 그게 말이 됩니까?"

"나도 이상하다는 것은 알지만 달리 설명할 말이 없었다."

"음. 일단 흑마법이라는 사실은 명백하군요. 그 정도로 사악한 흑마법이라면 인간의 힘이라고 보기는 어려울 테고요."

루얀은 말없이 고개를 끄덕였다.

거기까지는 그도 충분히 예측할 수 있는 내용이었다.

진짜 중요한 문제는 그 '인간이 아닌 누군가'의 정체가 무엇이냐는 것.

"굉장히 사악한 기운이 느껴졌다. 굳이 비교하자면 쥴르와 비슷한 느낌이었다."

"쥴르요? 하지만 탐욕의 신은 이미 죽었을 텐데요."

"그렇지."

루얀이 혼란을 겪는 것도 그러한 이유 때문이었다.

쥴르는 죽었다.

그가 직접 처리했으니 확신할 수 있었다.

신계에 쳐들어가서 존재 자체를 지워 버렸으니 놈이 다시 나타나는 것은 불가능한 일이다.

그렇다면 누구일까.

루얀과 케시우스의 고민이 깊어지고 있을 때, 문이 벌컥 열리면서 한 여자가 안으로 들어섰다.

알리제였다.

"루얀, 잘 다녀왔어?"

그녀는 루얀이 돌아왔다는 소식을 전해 듣고 곧바로 달려온 길이었다.

루얀이 없는 상황에서도 결국 잘 이겨 냈지만, 그래도 그의 빈자리는 확실히 티가 날 수밖에 없었다.

"간단한 산책이었다."

루얀은 항상 그랬던 것처럼 무심하게 대답하면서 힐끔 그녀를 돌아보았다.

그런데 곧 그의 눈에서 이채가 번뜩였다.

'달라졌군.'

단번에 알리제의 성장을 알아챈 탓이었다.

계기만 마련되면 한 순간에도 성장할 수 있는 것이 무인이라지만, 그렇다 하더라도 놀라운 변화였다.

"무슨 일이 있었던 거지?"

평소 표정 변화가 많지 않은 루얀이 눈을 빛낼 정도라면 가히 경악이라고 해도 좋은 수준이었다.

"아…… 습격을 받기는 했는데 사실 나도 정확히 어떻게 된 건지는 잘 모르겠어."

당황한 알리제는 슬쩍 루얀의 시선을 피하면서 말을 얼버무렸다.

그도 그럴 것이, 그녀는 오직 클로양을 지켜야 한다는 생각만으로 검을 휘둘렀다.

하이딘이라는 강적을 막아 내기 위해서는 다른 생각을 하고 있을 여유가 없었다.

때문에 자신에게 어떤 일이 벌어졌는지도 모르는 상태였다.

"제가 설명 드리겠습니다."

그 모습을 지켜보던 케시우스는 빙긋 미소를 지으면서 루얀과 알리제를 한 자리에 앉혔다.

"아까 말씀드렸듯이 소란이 좀 있었습니다."

케시우스는 루얀이 자리를 비운 사이에 벌어졌던 일들을 아주 자세하게 설명했다.

예상치 못했던 하이딘의 습격부터 알리제와 클로양의 활약까지.

"하이딘의 시체는 화장했습니다. 혹시라도 데스나이트로 이용당하면 곤란하니까요."

꽤 충격적인 이야기였다.

하지만 케시우스의 설명이 끝났을 때, 더 극단적인 반응을 보인 사람은 루얀이 아니라 알리제였다.

그녀는 멍하게 자신의 손을 내려다보면서 비명을 내질렀다.

"맙소사. 그러니까 제가…… 벨라 여신이 선택한 대리인이라고요?"

알리제는 하얗게 질린 얼굴로 자리를 떠났다.

"그냥 두시죠. 시간이 필요할 겁니다."

케시우스는 비척비척 걸어가는 알리제의 뒷모습을 바라보면서 씁쓸하게 중얼거렸다.

물론 루얀도 딱히 그녀를 붙잡을 생각은 없었다.

알리제에게 정리가 필요하다는 점은 그도 충분히 이해할 수 있었다.

'혼란스럽겠지.'

누군가의 기대를 받는다는 것은 분명 부담스러운 일이다.

하물며 그 대상이 신이라면 더 말해 무엇하겠는가.

신의 축복을 받았다고 해서 무턱대고 좋아한다면 그건 오히려 바보나 다름없다.

지금쯤 알리제는 하늘에 대고 아주 많은 질문을 던지고 있을 것이었다.

왜 나인가.

신이 나에게 바라는 것은 무엇인가.

이제부터 무엇을 해야 하는가.

아무리 질문을 던져도 대답은 돌아오지 않는다.

알리제는 스스로 답을 찾아야만 했다.

루얀이 그러했던 것처럼.

"아이들은?"

"모두 정원에 모여 있습니다."

"많이 기다렸겠군."

아침부터 많은 일이 벌어진 탓에 블랑 학파의 오전 수련은 평소보다 조금 늦게 시작되었다.

하지만 한참 동안 수련이 진행되어도 알리제는 모습을 드러내지 않았다.

혹독한 수련에 몸서리치던 비우스가 '왜 알리제만 봐주는 거냐!'라고 소리치며 난동을 부렸지만 그의 훈련 강도만 더 지독해질 뿐이었다.

그렇게 오후 훈련까지 모두 끝내자 길었던 하루도 저물어 갔다.

지쳐서 널브러진 식구들을 버려두고 훌쩍 몸을 돌린 루얀은 사무실로 돌아가려다가 알리제의 모습을 발견할 수 있었다.

'계속 저러고 있었던 건가?'

일루트 성에서 가장 높은 첨탑이었다.

알리제는 첨탑 난간에 앉아서 의미 없이 다리를 흔들거리고 있었다.

'나쁘지 않은 곳을 골랐군.'

루얀도 생각이 복잡할 때면 종종 저 첨탑을 찾곤 했다.

잠시 망설이던 루얀은 이내 땅을 박차고 도약해서 알리제의 뒤에 내려섰다.

엄청난 높이를 도약했음에도 루얀의 착지는 미세한 소음조차 일으키지 않았다.

물론 소드 마스터에 오른 알리제라면 어렵지 않게 루얀의 존재감을 눈치챌 것이었다.

역시나 알리제의 어깨가 잠시 들썩거렸다.

하지만 그녀는 뒤를 돌아보지 않고 계속 허공을 응시할 뿐이었다.

루얀도 굳이 어설픈 위로 따위를 꺼내진 않았다.

그도 알리제와 같은 곳을 바라보면서 조용히 시간을 보냈다.

침묵 속에서 해가 사라지고, 어둠에 잠긴 마을에서는 하나둘

씩 불빛이 흘러나왔다.

그제야 알리제가 먼저 입을 열었다.

"루얀, 너는 신들을 만나 봤다고 했지?"

"만났다고 하기는 어렵겠지만 그 앞까지는 갔었다."

갑자기 튀어나온 말이었지만 루얀은 당황하지 않고 솔직하게 말해 주었다.

"어땠어?"

"무엇을 말하는 건가?"

"그러니까 내 말은……. 신들은 어떤 존재인가 해서 말이야."

"감추는 것이 많은 녀석들 같더군. 그 외에는 특별한 것이 없었다."

"치. 그게 뭐야."

알리제는 루얀의 모호한 대답에 실망하면서 입술을 삐죽거렸다.

루얀이라면 더 많은 것을 말해 줄 수 있지 않을까 기대했던 탓이었다.

'구체적인 답을 원했던 것 같은데, 유감이군.'

하지만 루얀도 이 이상은 말할 수가 없었다.

정말로 아는 것이 없었으니까.

그가 만나 본 신들은 그저 흐릿한 형체였을 뿐이었다.

얼굴조차 확인할 수 없었다.

잠시 대화를 나누기는 했지만 쓸 만한 정보는 아무것도 없었다.

루얀으로서도 겨우 이름 하나를 알아낸 것이 전부였다.

'알리제. 그들이 어떤 존재이든, 중요한 것은 그게 아니다.'

루얀도 주화입마에 빠져서 소블레스 대륙으로 건너왔을 때에는 많이 혼란스러웠다.

지금 알리제가 겪고 있는 것과 크게 다르지 않았다.

왜 나에게 이런 일이 벌어졌는가.

이런 일을 벌인 자가 있다면 무엇을 원하는 것인가.

수없이 질문을 던졌다.

때론 신이 억지로 길을 유도하고 있다는 느낌을 받아서 불쾌하기도 했었다.

하지만 계속 걷다 보니 깨닫게 되었다.

아무런 의미도 없는 질문이었다는 사실을.

신의 얼굴을, 그들의 이름을 알게 된다고 해서 무엇이 달라지겠는가.

신이 무엇을 원하는지 알게 된다고 해도 마찬가지다.

'어차피 그대로 따를 생각도 없으니.'

루얀은 신의 의도와는 관계없이 자신의 길을 걸을 작정이었다.

그러니까 신의 뜻 따위는 아무런 문제가 되지 않는다.

만약 신의 계획이 마음에 들지 않다면?

멱살을 잡고 두들겨 패 주면 될 일이다.

'결국 중요한 것은 신이 아니다. 내가 어떻게 할 것이냐가 중요할 뿐이지.'

루얀은 진짜 하고 싶은 말을 속으로 삼켰다.

이는 알리제가 스스로 깨달아야 하는 문제였다.

본인이 중심을 잡아야 한다는 사실을 남이 알려준다면 그것은 온전한 깨달음이 아니게 된다.

'알리제, 너라면 오래 걸리지 않을 것이다.'

루얀은 알리제가 얼마나 강한 사람인지를 알고 있었다.

그녀라면 분명 씩씩하게 극복해 낼 수 있을 것이었다.

루얀이 마음으로 응원하면서 입을 다물자 첨탑에는 다시 어색한 침묵이 흘렀다.

그렇게 얼마나 시간이 흘렀을까.

루얀이 슬슬 돌아가야겠다고 생각하고 있을 때, 알리제가 다시 입을 열었다.

어째서인지 무척이나 힘겹게 내뱉은 목소리였다.

"루얀. 나 에페스 왕국을 재건하기로 결심했어."

"들었다."

언제나 그랬듯, 루얀의 대답은 무심하기 그지없었다.

서운할 법도 하건만 알리제는 투덜거리지 않았다.

이제 그녀도 루얀에 대해서 잘 알고 있었으니까.

루얀의 무심한 목소리는 정말로 무관심해서 그런 것이 아니다.

언제나 흔들림 없이 지켜봐 주는 것일 뿐.

사소한 일이든, 거창한 일이든, 루얀은 항상 같은 모습으로 그녀를 대해 주었다.

"미안해. 너한테 가장 먼저 말했어야 했는데……."

알리제는 차마 루얀을 돌아보지도 못하고 말끝을 흐렸다.

그도 그럴 것이, 알리제의 입장에서는 굉장히 염치가 없는 순간이었다.

에페스 왕국을 재건하는 것은 그녀 혼자만의 힘으로 해낼 수 있는 일이 아니다.

당연히 많은 사람들의 도움이 필요하다.

그중에서도 특히나 루얀의 도움이 절실했다.

힘을 떠나서 루얀의 듬직한 어깨와 그의 존재감은 앞으로 그녀가 나아가야 하는 길에서 가장 든든한 버팀목이 분명했다.

'루얀, 네 도움이 필요해.'

알리제는 당장이라도 애원하고 싶었다.

에페스의 재건에 함께해 달라고.

하지만 그 말이 도저히 입에서 떨어지지 않았다.

ㅡ나는 가는 길이 다르다.

트벤테 마을에서 빠져나올 때, 루얀은 확실하게 그의 뜻을 밝혔다.

그래도 알리제는 루얀을 놓칠 수 없었다.

당시 길을 잃고 방황하던 그녀에게는 그 무엇이라도 붙잡을 수 있는 것이 필요했다.

루얀을 따라가다 보면 길이 보이지 않을까 하는 막연한 기대감으로 그에게 매달렸다.

―내가 네 길을 따라갈게. 사실 당장은 내가 뭘 해야 하는지도 잘 모르겠거든.

―걱정된다면 미리 확실하게 해 둘게. 나보다는 네 일이 먼저야. 절대 잊지 않을게.

알리제가 부탁한 것은 단 하나였다.

그저 따를 수만 있게 해 달라는 것이 전부였다.

그런데 이제 와서 어떻게 그녀의 길에 힘을 보태 달라고 말할 수 있겠는가.

'나는…… 못해.'

알리제는 입술을 잘근 씹으면서 또다시 의미 없이 다리를 흔들거렸다.

"문제 없다. 네 결정을 모두 내게 말해야 하는 것은 아니다."

그녀의 복잡한 마음을 모르는 것인지, 루얀은 여전히 무심한 태도였다.

알리제는 루앙을 돌아보지 않기 위해서 목에 뻣뻣하게 힘을 실었다.

지금 그와 눈을 맞추면 연약한 마음을 들켜 버릴 것만 같았다.

엄밀히 말하자면 루앙이 그녀를 도와야 할 이유는 전혀 없다.

알리제도 그 사실을 잘 알고 있었다.

그래서 자꾸만 뻔뻔해지려고 하는 간사한 마음과 싸워야만 했다.

그런데 그 순간 루앙의 담담한 말이 그녀의 가슴을 푹 찌르고 들어왔다.

"하지만 도움이 필요할 때는 말을 해 줬으면 좋겠군. 내가 아직은 말을 하지 않으면 모르는 편이라."

무미건조한 목소리지만 그 안에는 분명 진심이 담겨 있었다.

루앙은 솔직하게 고백했다.

그가 인간관계에 아직 서투르다는 사실을.

의도치 않게 눈치 없는 행동을 할 수도 있음을.

하지만 지금 알리제에게 필요한 것은 유려한 언변이나 화려한 미사여구가 아니었다.

비록 투박할지라도 진정성이 담긴 그 말 한마디가 결국 알리제의 마음을 완전히 흔들어 버렸다.

"루얀!"

울컥한 알리제는 벌떡 일어나서 뒤를 돌아보았다.

하지만 그 자리에는 무엇도 남아 있지 않았다.

루얀은 이미 사라진 후였다.

루얀답다고나 할까.

웃음이 터져 버린 알리제는 눈에 맺힌 물기를 닦으면서 주먹을 움켜쥐었다.

"나 열심히 해 볼게. 절대 실망시키지 않을 거야."

그날, 어둠 속에서 일루트의 깃발이 내려갔다.

그리고 떠오르는 태양과 함께 새로운 깃발이 일루트 가장 높은 곳으로 솟구쳐서 펄럭였다.

에페스의 깃발이었다.

평범한 아침이었다.

이른 시간부터 블랑 학파의 신입들이 속속 수련장에 도착했다.

'역시 부지런한 아이들이구나.'

루얀은 눈을 감고 명상을 하면서도 아이들의 움직임 하나하나를 모두 느낄 수 있었다.

루얀은 50명의 아이들이 모두 모인 것을 확인한 후에야 명상을 끝내고 수련장으로 향했다.

"수련장으로 가십니까?"

그런데 갑자기 케시우스가 그의 앞을 가로막았다.

루얀은 말없이 고개를 끄덕이면서 케시우스를 빤히 바라보았다.

용건을 묻는 눈빛이었다.

"전에 말씀하셨던 그 '영약'이라는 것을 수소문해 봤습니다."

케시우스는 그렇게 말하면서 아공간을 열어 과일과 약초 뿌리 따위를 잔뜩 꺼내 놓았다.

"말씀하시기 전까지는 이런 것이 있는지도 몰랐는데, 찾아보니까 꽤 있더군요. 저도 놀랐습니다."

"일처리가 빠르군."

"거래는 거래니까요."

루얀은 피식 헛웃음을 지으면서 케시우스가 꺼낸 영약들을 살펴보았다.

'대략 10년에서 20년 사이의 물건들이군.'

솔직히 기대에 미치지는 못하는 수준이었다.

소림의 땡중들이 만들어 내는 소환단도 이보다는 뛰어나다.

천연 영약이 인위적으로 만들어 낸 물건보다 못하다면 그건 가치가 많이 떨어진다는 뜻이다.

하지만 이곳은 중원이 아닌 소블레스 대륙.

이나마라도 구한 것을 오히려 다행이라 여겨야 할 일이었다.

사실 중원이었다고 해도 무려 50개의 영약을 하루 만에 구하는 것은 불가능한 일이었으리라.

말하자면 케시우스이기에 가능한 일이었다.

"고생했다."

"직접 구했으니 돈이 들지는 않았지만 인건비는 주셔야 됩니다. 하나당 10골드만 받겠습니다."

"과하군. 그 인건비가 직접 발로 뛴 요원들에게 돌아가는 것은 확실하나?"

"영업 비밀입니다."

케시우스는 아주 매력적으로 미소를 지어 보였지만 루안의 눈에는 교활한 도마뱀으로 보일 뿐이었다.

"조만간 갚겠다."

루안은 대충 손을 내저어서 케시우스를 물리고는 영약들을 자루에 쓸어 담았다.

경지 향상을 노린다면 그다지 도움이 되지 않을 영약이지만, 지금 아이들에게는 이 정도로도 충분할 것이었다.

낯선 기운을 느끼게 하는 정도는 가능할 테니까.

루안이 묵직한 자루를 들고 수련장에 들어서자 반듯하게 자리를 잡고 있는 50명의 아이들이 보였다.

아이들은 각자 필기한 내용을 뚫어지게 바라보면서 연신 무엇인가를 중얼거렸다.

"단전을 중심으로 해서 소주천에 필요한 대맥(大脈)은 기해, 중완, 거궐, 단중……."

"백회혈로 기운을 받아들이면 흐름은 후정, 뇌호, 아문을 따라서 아래로……."

수련 3일 차에 접어들면서 아이들은 슬슬 혈도의 개념을 깨우쳐 가고 있었다.

과연 끈기야말로 가장 큰 재능인 것일까.

족히 일주일은 넘게 걸릴 과정이라 생각했는데, 아이들은 루얀이 예상했던 것보다 훨씬 더 지독했다.

'분명 밤을 새우지 말라고 말했건만…….'

이 자리에서 루얀의 말을 곧이곧대로 따른 아이는 단 1명도 없었다.

아이들에게 루얀은 절대적인 존재였지만, 그의 말로도 저 독한 의지를 꺾을 수는 없었다.

'그만큼 간절하다는 것이겠지.'

루얀은 들고 온 자루를 툭 내려놓고 가볍게 손뼉을 쳤다.

"다들 모였나?"

그제야 루얀을 발견한 아이들은 빠르게 필기 노트를 내려놓고 루얀에게 시선을 집중했다.

시커멓게 물든 것으로도 모자라서 움푹 들어간 눈두덩에서 안광이 이글이글 타올랐다.

그 모습만 보자면 언데드 군대도 겁을 먹고 도망치지 않을까 싶을 정도였다.

　루얀은 그 부담스러운 눈빛들과 하나씩 교감을 나누면서 엄숙하게 선언했다.

　"오늘 너희들은 모두 마법사가 된다."

chapter 2

가부좌를 틀고 앉아서 눈을 질끈 감은 아이가 별안간 몸을 부르르 떨었다.

환원심법을 활용한 소주천에 성공했다는 뜻이었다.

전신의 혈도를 타고 흐르던 내력이 자연으로 흩어졌다가 다시 스며드는 과정을 겪으면서 새로운 감각에 눈을 뜬 것이다.

"멈추지 마라."

루얀은 짧게 지시하면서 아이의 머리에서 손을 떼고 물러났다.

그의 말을 들은 것일까.

아니면 이미 자신만의 세상에 빠진 것일까.

루얀이 물러난 후에도 아이는 눈을 뜨지 않고 계속 운기행공을 진행했다.

루얀은 그 모습을 기특하게 바라보다가 살짝 뒷목을 주물렀다.

'후우, 꽤 오래 걸렸군.'

벌써 49명의 아이들이 그의 손을 거쳐 갔다.

단연 어려운 일이었다.

기운이 농축된 마법진 속에서도 내력을 느끼지 못하는 아이들이다.

영약을 섭취한다고 갑자기 달라지리라 기대하는 것은 무리였다.

루얀은 아이들이 영약의 기운을 확실하게 느낄 수 있도록 단전을 자극해 주었다.

또한 소주천을 이루기 위해서는 그가 직접 내력을 이끌고 환원심법을 운기 해야만 했다.

심지어 아이의 몸에 환원심법이 자리 잡는다고 해서 끝이 아니다.

혼자서도 기운을 받아들일 수 있도록 백회혈을 개방하고 길을 열어 주는 것까지도 루얀의 일이었다.

절대로 쉽지 않은 일.

그 고생을 무려 49번이나 반복했으니 천하의 루얀이라 할지라도 조금은 피로감을 느낄 수밖에 없었다.

'그래도 이제 끝이 보이는군.'

루얀은 가볍게 몸을 비틀어 굳은 근육을 풀면서 옆으로 고개를 돌렸다.

　"센티온. 네 차례다."

　이제 마지막 50번째 아이가 그의 손길을 기다리고 있었다.

　엉덩이를 들썩거리면서 기다리던 센티온은 루얀의 호명에 벌떡 일어나서 그에게 다가왔다.

　다른 아이들이 모두 기운을 느끼고 앞서가는 상황에서 홀로 가만히 앉아 기다리는 것은 엄청난 인내력이 필요한 일이었다.

　"준비 됐나?"

　"네! 반드시 성공하겠습니다!"

　센티온은 우렁차게 대답하면서 의젓하게 가부좌를 틀고 앉았다.

　"알겠지만 절대로 입을 열어서는 안 된다. 기운이 빠져나가면 큰 화를 당할 수도 있다."

　루얀은 마지막으로 주의 사항을 일러 주면서 약초 뿌리 하나를 센티온의 입에 넣어 주었다.

　"으읍."

　센티온은 구역질이 날 만큼 쓴 맛에 인상을 찌푸렸지만 루얀의 말대로 절대로 입을 열지 않고 꾸역꾸역 약초를 씹었다.

　"이제부터 눈을 감고 아랫배에서 일어나는 변화에 집중해라."

루얀은 센티온이 약초를 모두 삼킬 때까지 기다렸다가 그의 머리에 손을 얹었다.

우우웅.

대략 15년에 해당하는 기운이 센티온의 식도에서부터 들불처럼 번져 일어났다.

'화(火)의 성질을 가진 영약이었군.'

루얀이라고 해도 영약에 담겨 있는 성질까지 모두 파악하는 것은 불가능했다.

어느 정도의 기운이 담겨 있는지는 알 수 있지만, 고유한 성질은 직접 섭취해 봐야만 알 수 있다.

루얀은 지금껏 아이들의 영약 섭취를 도우면서 꽤 다양한 성질을 감지할 수 있었다.

수(水)와 목(木)의 기운을 담고 있는 열매가 가장 흔한 편이었고, 아주 독특하게도 뇌(雷)의 성질을 지닌 버섯도 있었다.

추측하자면 벽조목(霹棗木)의 버섯이 아닐까 싶었다.

'화의 기운을 지닌 영약도 희귀하기는 마찬가지지.'

그래 봐야 20년 기운에도 미치지 못하는 영약들이었으니 루얀은 별다른 감흥을 느끼지 못했지만, 아이들에게는 꽤 중요한 문제였다.

처음 감지한 이 기운은 아이들이 앞으로 키워 나갈 내력의 근원이 된다.

어느 속성이 더 뛰어나다고 말할 수는 없겠지만, 그래도 자신에게 더 적합한 성질은 분명히 존재할 터.

'화의 성질이라……. 이 아이에게 딱 맞는 녀석이 나왔군.'

그러한 점에서 보면 센티온은 행운아라고도 할 수 있었다.

그는 화염처럼 뜨겁게 일어나는 아이다.

절대 꺼지지 않고 끝끝내 타오를 녀석이다.

흔들리는 동료들을 위해 기꺼이 등불이 될 수도 있는 리더다.

센티온만큼 불에 더 어울리는 인재도 없을 것이 분명했다.

루얀은 센티온의 내부에서 일어나는 변화를 가만히 지켜보다가 천천히 기운을 단전으로 이끌었다.

화르륵.

화염을 닮은 기운이 센티온의 단전에 자리를 잡고 이글이글 타올랐다.

그 순간 루얀은 손을 타고 전해지는 미세한 진동을 느낄 수 있었다.

'벌써?'

센티온이 몸을 부르르 떨고 있었다.

기운을 확실하게 감지했다는 증거였다.

'기운에 대한 재능은 없는 줄 알았는데.'

다른 아이들보다 훨씬 더 빠른 속도였다.

몇몇 아이들은 소주천을 두 번이나 반복하고도 기운을 감지하지 못해서 애를 먹기도 했다.

그런데 센티온은 본격적으로 운기행공을 시작하기도 전에 기운을 감지해 냈다.

이 정도면 무재(武才)라 할 수 있다.

역대급 재능인 테오와 비할 바는 아니지만 충분히 뛰어난 수준이다.

'내가 착각한 것인가?'

깜짝 놀란 루얀은 흐름을 인도하는 것조차 잊고 잠시 센티온을 바라보았다.

하지만 여전히 센티온은 평범해 보일 뿐이었다.

특별함은 느껴지지 않았다.

'허어, 이건 정말 놀랍구나.'

센티온이 다른 아이들보다 빠르게 기운을 감지한 것은 재능의 영역이 아니었다.

이 또한 의지에서 비롯된 일.

반드시 마법사가 되고야 말겠다는 그 간절함이 센티온을 특별하게 만들고 있었다. 덕분에 루얀은 크게 힘을 들이지 않고도 센티온의 운기를 유도할 수 있었다.

후우웅.

소주천을 마치고 단전으로 돌아온 기운이 자연으로 흩어지면서 센티온의 몸에서 붉은 연기가 흘러 나왔다.

'말이 필요하진 않겠구나.'

거기까지 확인한 루얀은 천천히 손을 떼고 센티온에게서 물러났다.

이미 무아지경에 빠진 센티온은 루얀이 물러난 후에도 엄청난 집중력을 유지했다.

화아아.

흩어진 붉은 기운이 이내 다시 몰려들면서 센티온의 정수리로 빨려 들어갔다.

아직 기초 수준에 불과하지만, 센티온은 완벽에 가까운 환원심법을 선보이고 있었다.

'꽤 괜찮은 무인이 탄생하겠군.'

루얀은 센티온을 기특하게 바라보다가 슬쩍 고개를 돌려 수련장을 훑어보았다.

50명의 아이들이 하나같이 눈을 감고 운기행공에 빠져 있었다.

곧 아이들의 몸에서 차례로 빛이 뿜어져 나오기 시작했다.

화아아.

밤하늘의 별이 이러할까.

사방에서 반짝이는 어린 빛들은 찬란하기까지 했다.

'성공했군.'

그가 미리 알려 준 대로 마나 써클을 만들어 낸 것이다.

집중해서 살피자 아이들의 몸에서 단전과 하나의 마나 써클이 공존하고 있는 것을 발견할 수 있었다.

1써클 마법사!

결국 아이들은 그토록 원했던 마법사의 길로 접어들었다.

'언젠가는 그릇의 한계를 넘어서야 하겠지만……..'

그건 먼 미래의 일이 될 것이었다.

루얀도 최근에야 도달한 경지였으니까.

이제 걸음마를 시작한 아이들에게 너무 많은 것을 바랄 수는 없었다.

처음부터 '대자연의 이치'를 가르치는 것은 아이들에게 아무런 도움도 되지 않는다.

말했듯 '깨달음'은 스스로 발견하고 받아들여야 하는 법. 고작 말 한마디로 대신해 줄 수 있는 것이 아니었다.

'이제부터는 너희들의 몫이다.'

이 별빛들이 과연 어디까지 나아갈 수 있을까.

루얀도 알 수 없었다.

이제 아이들은 그의 손을 떠났다.

그들은 스스로 미래를 그려 나가야 했다.

루얀은 그저 아이들의 걸음마를 계속 지켜봐 줄 생각이었다.

별이 되어 하늘로 올라간 블랑의 의지가 아이들의 몸에서 환하게 빛을 발하고 있었다.

"수련장에서 범상치 않은 기운이 느껴지던데요."

"아이들의 부모에게 알려라. 오늘은 집에 돌아가지 못할 테니."

케시우스의 너스레에 루얀은 무심하게 대꾸하면서 자리에 앉았다.

이미 무아지경에 빠진 아이들은 밤이 새도록 운기행공에 매진할 것이 분명했다.

"이미 그렇게 전달했습니다."

"역시 눈치가 빠르군. 그래서 할 말이 뭔가?"

사무실에는 이미 모든 식구들이 모여 있었다.

케시우스가 회의를 소집한 까닭이었다.

항상 뒤에서만 보조하던 케시우스가 먼저 회의를 소집한 것은 분명 이례적인 일이었다.

"모두 모였으니까 그럼 본론으로 들어가겠습니다. 앞으로 에페스 왕국이 나아가야 할 방향에 대해서 논의하고자 합니다."

케시우스가 회의를 소집한 것만으로도 낯선 일이건만, 그의 입에서 튀어나온 말은 더욱 놀라웠다.

갑자기 '에페스'의 이름이 거론되자 깜짝 놀란 알리제는 케시우스를 바라보면서 눈을 끔뻑거렸다.

"방향요?"

"네. 기왕 시작을 했으면 확실하게 해야겠죠."

케시우스는 부드럽게 웃으면서 알리제를 안심시켰다.

사실 드래곤이 인간사에 개입하는 것은 금기에 가까운 일이었다.

드래곤이 나서면 인간들의 역사가 바뀔 수도 있다.

케시우스도 그 사실을 모르지는 않았다.

하지만…….

'이미 수도에서 한바탕 날뛰기까지 했는데 이제는 이판사판이지.'

그에게도 이미 내친걸음이었다.

대륙이 무너져 가고 있는 상황인데 고리타분한 역할론에 얽매여 있을 수는 없는 일이 아닌가.

제왕의 얼굴을 지닌 알리제와 함께라면 한 번쯤 도박을 걸어 보는 것도 나쁘지 않을 것이었다.

"현재 트벤테 영지가 비었습니다."

"네? 그게 무슨 말이에요?"

"트벤테 영주가 죽었거든요."

케시우스는 루얀이 트벤테 마을에서 겪었던 일을 간단하게 설명해 주었다.

괴물로 변한 영주가 제 손으로 기사들을 모두 죽였고, 영주도 결국 소멸했다는 정보였다.

"어떻게 그런 일이…….""

"배후에 대해서는 골든 펍에서 따로 조사를 하고 있습니다. 지금은 트벤테가 비었다는 점에만 집중할 필요가 있습니다."

마법사와 병사들이 남아 있겠지만 그들로서는 영지를 이끌어 갈 수 없다.

영주와 기사단이 전멸했으니 지휘부의 공백은 불가피한 일이었다.

"곧 황실에서 새로운 영주를 임명할 겁니다. 그 전에 우리가 점령해야 합니다."

점령!

일루트의 독립을 선포한 것과는 차원이 다른 문제였다.

본격적으로 에페스의 깃발을 들고 제국에게 검을 휘둘러야 하는 일이다.

너무나도 충격적인 발언이었기에 사무실에는 일순간 무거운 침묵이 내려앉았다.

가장 먼저 입을 연 사람은 에릭이었다.

"황제가 가만히 있을까?"

침묵을 찢은 것은 칭찬할 만하지만 질문 자체는 어설프기 짝이 없었다.

"당연히 가만히 있지 않겠죠."

케시우스는 피식 헛웃음을 지으면서 대수롭지 않게 대답했다. 독립으로도 모자라서 먼저 전쟁을 시작했으니 어떤 식으로든 응징하려 들 것이 분명했다.

하지만 그것이 어떻단 말인가.

"일루트가 독립한 순간부터 우리는 이미 제국의 적이 되었습니다."

이미 적이 된 이상 제국과의 전쟁은 피할 수 없다.

하나의 영지를 빼앗든, 2개의 영지를 점령하든, 상황은 달라지지 않는다.

이대로 가만히 있어도 결국은 황실의 공격을 받게 될 것이었다. 그렇다면 황실이 섣불리 나서지 못하고 있는 이 기회를 이용하는 것이 현명한 방법이다.

"황실과 싸우기 위해서는 우리도 세력을 키워야 합니다."

케시우스의 말에는 분명 설득력이 있었다.

하지만 그냥 고개를 끄덕이기에는 너무 규모가 큰 사안이었다.

"하아, 이런 말을 해서 미안한데⋯⋯."

에릭은 표정을 딱딱하게 굳히면서 길게 한숨을 내쉬었다.

무엇인가 중대한 결심을 내린 것 같은 모습이었다.

에릭이 선뜻 말을 꺼내지 못하고 망설이자 알리제는 그의 시선을 피해 고개를 돌렸다.

부담을 주지 않기 위함이었다.

"편하게 말해도 돼. 네가 어떤 선택을 내려도 존중할 테니까."

마냥 따라와 달라고 하기에는 가혹한 길이다.

에릭이 주저하는 것도 당연한 일이었고, 다른 길을 선택한다고 해서 욕할 수도 없는 일이었다.

알리제는 애서 감정을 감추면서 에릭의 선택을 기다렸다.

그러자 에릭은 굳은 결심이 담긴 눈빛으로 식구들과 1명씩 눈을 맞췄다.

"진짜로 이런 말 해서 미안한데, 우리 밥부터 좀 먹으면 안 될까?"

동시에 에릭의 배에서 '꼬르륵' 소리가 우렁차게 터져 나왔다.

케시우스가 충격적인 발언을 했던 때보다 더욱 숨 막히는 침묵이 사무실을 감싸고 옥죄었다.

알리제는 그 어떤 말이라도 받아들일 준비가 되었다고 생각했지만, 착각이었다.

에릭은 그녀가 상상하는 것 이상으로 굉장한 인간이었으니까.

"야이 미친 인간아! 이 상황에서 밥 생각이 나냐!"

"배고픈 걸 어떡해! 트벤테고, 뭐고, 다 먹고 살자고 하는 짓이잖아!"

"그냥 죽어! 죽으면 배도 안 고프고 얼마나 좋냐!"

역사의 중심에 선 블랑 학파는 오늘도 엉망진창이었다.

"북을 쳐라."

메슬리의 지시에 병사들이 일사불란하게 움직였다.

바퀴를 달아서 끌고 온 집채만 한 북에 병사 다섯이 매달려서 힘껏 두들겼다.

둥, 둥, 둥.

장엄한 북소리가 아주 멀리까지 울려 퍼졌다.

그 소리를 듣고 트벤테 성벽 안에서는 분주한 움직임이 일어났다.

"무슨 일이야?"

"이 소리는 뭐지?"

트벤테의 병사들이 우왕좌왕하면서 성벽에서 고개를 빼꼼 내밀었다.

이내 에페스군을 발견한 병사들은 입을 떡 벌리고 후다닥 성벽 안으로 몸을 숨겼다.

"으악! 정체를 알 수 없는 군대가 접근 중이다!"

병사 중 하나가 비명을 내지르면서 마을 안으로 소식을 알렸다.

하지만 달라지는 것은 없었다.

지금 트벤테 영지에는 명령을 내릴 영주도, 명령을 수행할 기사도 남아 있지 않았다.

뒤늦게 그 사실을 깨달은 병사들은 마른침을 꼴깍 삼키면서 서로 눈치를 살폈다.

"우리 어떻게 해야 되지?"

"그걸 왜 나한테 물어?"

혼란에 빠진 병사들은 무기를 챙길 생각조차 하지 못하고 허둥거렸다.

영주와 기사들이 증발하듯 사라져 버린 지도 이틀이 지났다.

그사이 트벤테 마을은 조금씩 삐거덕거리고 있었다.

기사들이 사라지자 성문 경비가 허술해졌고, 치안에도 허점이 드러났다.

기강이 해이해진 병사들이 병영을 이탈하기 시작했고, 수상한 낌새를 느낀 귀족들은 저택을 걸어 잠갔다.

설상가상으로 영주 성이 비었다는 소문이 퍼지자 약탈을 하려는 움직임까지 일어났다.

빠르게 무법천지로 변하고 있는 트벤테 마을.

이러한 상황에서 낯선 군대까지 접근하고 있으니 병사들이 공황에 빠지는 것도 무리는 아니었다.

둥, 둥, 둥.

그사이에도 북소리는 끊임없이 트벤테 마을을 뒤흔들었다.

"역시 경비가 허술하네요."

알리제는 시선을 트벤테 성벽에 고정한 채로 가볍게 주먹을 움켜쥐었다.

"메슬리 경, 저는 오늘 이곳에서는 그 누구도 죽지 않았으면 합니다."

"네, 폐하. 최대한 싸움을 피하고 안전하게 제압하겠습니다.”

“그 폐하라는 말 좀 안 하면 안 될까요? 들을 때마다 민망해 죽겠어요.”

“하하하. 이제 익숙해지셔야 할 겁니다.”

알리제가 눈을 흘겼지만 메슬리는 호탕하게 웃으면서 앞으로 나섰다.

그러자 은빛 갑옷으로 무장한 50인의 기사들이 메슬리의 뒤를 따라 당당하게 진군을 시작했다.

철그럭.

그들 대부분이 아직 수련 기사에 불과했지만 위용만큼은 어느 기사단과 비교해도 밀리지 않았다.

심지어 에페스군의 전력은 그것으로 끝이 아니었다.

100여 명의 병사들이 기사들의 뒤를 받쳤다.

소블레스 대륙에서 일반 병사들은 소모품으로 여겨지는 경우가 많았지만, 이들은 그렇지 않았다.

에페스의 병사들은 새로운 세상을 만들기 위해 자발적으로 전장에 뛰어든 전사들이었다.

알리제는 그들 모두에게 튼튼한 가죽 갑옷을 지급했고, 날카로운 창과 가벼운 방패를 준비해 주었다.

당연히 소블레스 대륙에서는 보기 힘든 대우였다.

지휘관이 아끼는 병사들.

그 사실을 알고 있으니 병사들의 사기가 하늘을 찌르는 것도 당연한 일이었다.

알리제는 벅찬 표정으로 병사들을 지켜보다가 그들의 뒤에서 힘껏 깃발을 들어 올렸다.

펄럭.

새하얀 대검이 검은 땅에 꽂혀 있는 형상의 깃발이었다.

에페스의 상징!

60년 전 짓밟혔던 에페스의 깃발이 다시 하늘 높이 솟구쳐서 위풍당당하게 휘날렸다.

'드디어……'

이 깃발을 들어올리기까지 얼마나 오랜 시간이 걸렸던가.

알리제는 입술을 잘근 깨물면서 깃발을 힘껏 움켜쥐었다.

솔직히 그녀는 에페스에 대한 추억이 없었다.

에페스 왕국이 몰락한 것은 알리제가 태어나기도 전이었으니까.

아버지에게 종종 왕국의 옛 모습에 대해 이야기를 들은 적은 있지만 그것이 전부였다.

때문에 알리제에게는 회상을 할 만한 그 무엇도 존재하지 않았다.

하지만 그녀의 작은 어깨 위에 앉은 에페스의 의지가, 그녀의 몸을 돌고 있는 에페스의 피가 뜨겁게 달아오르는 것만은 분명히 느낄 수 있었다.

'아버지, 지켜봐 주세요.'

알리제는 깃발을 흔들고 있는 세찬 바람에 그녀의 다짐을 전했다.

어디선가 지켜보고 있을 아버지에게 이 목소리가 전해지기를 바라면서.

그때 한 남자가 조용히 그녀의 옆으로 다가왔다.

루얀이었다.

"알리제, 이러다 늦는다."

"응. 다녀올게."

짐짓 재촉하는 것 같지만, 알리제는 루얀의 말이 격려임을 잘 알고 있었다.

알리제는 루얀에게 고개를 끄덕여 보이고는 힘차게 앞으로 나섰다.

가장 뒤에서 치솟았던 깃발은 빠르게 바람을 가르고 에페스군의 선두로 이동했다.

이내 메슬리마저 지나쳐서 모든 기사들의 선두에 선 알리제는 있는 힘껏 목소리를 높였다.

"그 누구도 해치지 않을 것을 약속한다. 성문을 열어라!"

막대한 마나가 담긴 제왕의 목소리가 트벤테의 성벽을 두들겼다.

그러자 그나마 남아 있던 소수의 병사들도 성벽을 버리고 마을 안으로 도주하기 시작했다.

"히익. 쳐들어온다!"

"도망쳐!"

사실 숫자만 두고 본다면 아직 트벤테에 남아 있는 병사들의 수가 에페스군보다 월등히 많았다.

하지만 구심점을 잃은 병사들은 오합지졸에 불과했다.

그 누구도 에페스군과 맞서 싸울 엄두를 내지 못했다.

덕분에 에페스군은 아무런 저항도 받지 않고 트벤테의 성문 앞까지 진격할 수 있었다.

알리제가 성문에 도착할 때까지 마법은커녕 화살 한 발 날아오지 않았다.

그나마 최소한의 양심이라는 것일까.

병사들은 도망치면서도 성문만큼은 굳게 잠가두었다.

"열지 않으면 뚫고 가겠습니다."

알리제는 깃발을 땅에 '콱' 꽂아 두고 등에서 대검을 꺼내 들었다.

스르릉.

에페스의 상징, 거대한 대검에서 시퍼런 오러가 솟구쳤다.

후우웅.

벨라의 힘이 깃든 분홍색 오러는 아니었지만, 알리제는 그녀의 힘만으로도 충분히 세상을 가를 수 있는 무인이었다.

대검이 스르륵 흔들리자 성문에서 엄청난 폭음이 터져 나왔다.

콰아아앙.

단 한 번의 검격에 거대한 성문이 와르르 무너져 내렸다.

이로써 알리제의 앞을 가로막는 것은 완전히 사라졌다.

이윽고 무너진 성문을 넘어 에페스의 깃발이 마을 안으로 진격했다.

"북을 쳐라!"

메슬리가 알리제의 뒤를 따르면서 소리치자 북소리가 더욱 기세를 높였다.

둥. 둥. 둥.

알리제는 기사와 병사들을 이끌고 위풍당당하게 영주 성으로 행진했다.

북을 치면서 사람들의 시선을 잡아끌고, 에페스의 깃발로 존재감을 드높였다.

그렇게 아주 천천히 마을을 가로질렀다.

에페스군을 발견한 마을 사람들은 생업도 내팽개치고 마구 도망치기 시작했다.

"전쟁이다! 도망쳐!"

"군대가 쳐들어왔다!"

통일 전쟁이 끝난 지도 60년이 흘렀으니, 대부분이 평화의 시대를 살아온 사람들이었다.

하지만 전쟁을 겪어 보지 못했다 하더라도 지금 일어나고 있는 상황을 눈치채는 것은 그리 어려운 일이 아니었다.

장엄한 북소리와 새로운 깃발, 그리고 무장한 기사들까지.

심지어 새로운 세력이 트벤테 마을의 중앙을 관통하고 있었으니 그 존재감은 모두를 벌벌 떨게 만들었다.

"모두 무기를 내리세요. 무력 충돌을 금지합니다."

알리제는 혼비백산해서 도망치는 사람들을 바라보면서 아무런 조치도 취하지 않았다.

그저 계속해서 영주 성을 향해 진군했다.

모든 사람들이 에페스의 존재를 알아볼 수 있도록.

1시간 후, 트벤테 영주 성에는 에페스의 깃발이 내걸렸다.

어떻게 보면 허무하다고 할 수 있었던 점령전은 그렇게 피 한 방울 흐르지 않고 끝이 났다.

🦅

영주 성을 점령한 알리제는 왕좌에 앉지도 않고 곧바로 첨탑 위로 향했다.

지금쯤 큰 혼란을 겪고 있을 트벤테의 사람들을 안심시키기 위함이었다.

첨탑에서 내려다본 마을은 역시나 난장판이었다.

잔뜩 뒤엉킨 사람들이 서로 먼저 도망치겠다며 아우성을 치고 있었고, 마을 곳곳에서 약탈과 싸움까지 벌어지고 있었다.

'내가 해결해야 돼.'

알리제가 에페스의 깃발을 세운 것은 더 나은 세상을 만들기 위함이었다.

그녀의 결심으로 인해 누군가 피해를 당한다면 그것은 모두 그녀의 책임이 될 터.

더 큰 피해가 발생하기 전에 서둘러 혼란을 수습해야만 했다.

케시우스가 설치해 준 마나 확성기 앞에 선 알리제는 결연하게 입을 열었다.

"제 이름은 알리제 에페스 13세. 60년 전 몰락한 에페스 왕국의 후손입니다."

옅게 떨리는 알리제의 목소리가 마을 전체로 퍼져 나갔다.

케시우스가 설치한 확성기는 과연 엄청난 위력을 발휘했고, 마을 안에 있는 모든 사람들이 그녀의 목소리를 또렷하게 들을 수 있었다.

"저는 지금 첨탑에 있습니다. 모두 진정하시고 잠시 저를 봐 주셨으면 좋겠습니다."

알리제의 호소력 짙은 목소리에 마을 전체가 뚝 멈추었다.

피난길에 오르던 사람들도, 서로 멱살잡이를 하던 사람들도 모두 동작을 멈추고 첨탑을 바라보았다.

마치 시간이 정지한 것처럼 보이는 모습이었다.

알리제는 수천의 시선이 그녀에게 집중된 것을 확인하고 호흡을 가다듬었다.

"저는 지금부터 에페스 왕국의 이름으로 트벤테 마을과 함께하고자 합니다.”

알리제는 처음부터 충격적인 말을 쏟아 냈다.

반란군이 트벤테를 점령했다는 사실을 공식적으로 천명했다.

곧 다양한 반응이 쏟아졌다.

아직 이 상황을 받아들이지 못하고 멍한 표정을 짓는 사람들이 있는가 하면, 욕설을 지껄이는 사람도 있었다.

알리제는 그 모든 반응들을 두 눈에 담으면서 차분하게 말을 이어 나갔다.

“에페스의 이름을 강요할 생각은 없습니다. 제국의 백성으로 남고자 하는 분이 계시다면 떠나셔도 좋습니다.”

알리제가 꿈꾸는 에페스는 귀족과 평민의 구분 없이 모두가 자유의지를 실현할 수 있는 세상이었다.

국적까지도 자유롭게 선택할 수 있는 세상이 되어야 했다.

하지만 그녀의 진심은 오해를 낳고 말았다.

“결국 따르지 않으면 추방이라는 말이잖아?”

“나쁜 놈들! 평화로운 우리 마을에 쳐들어와서 나를 쫓아내겠다고?”

마을에서 웅성거리는 소리가 빠르게 커져 갔다.

권력자들의 다툼 때문에 평민들이 희생당하는 것은 너무나도 흔한 일.

이번에도 그런 상황이라고 착각하는 것도 무리는 아니었다.

하지만 알리제는 그들까지 모두 끌어안기로 결심했다.

"떠나기로 결정하셨다면 안전하게 다른 마을로 이주하실 수 있도록 호위 기사가 지켜 드릴 겁니다."

알리제는 새로운 세상에 도전할 용기가 없는 이들까지도 모두 존중했다.

그것이 평등의 시작일 테니까.

"이곳에 두고 갈 것이 아까워서 망설이신다면 집과 농토, 그 어떤 유무형의 재산이라도 제국의 돈으로 환전해 드립니다."

그제야 마을이 다시 조용해졌다.

그만큼 알리제의 말은 파격적이었다.

그 어떤 침략자도 이런 호의를 베풀지는 않는다.

귀족들이 영지에 욕심을 내는 이유가 무엇이겠는가.

평민을 재산으로 보기 때문이다.

그런데 알리제는 오히려 평민들이 편하고 안전하게 떠날 수 있도록 보장한다고 했다.

소블레스 대륙의 상식으로는 있을 수 없는 일이었다.

"진짜 돈을 준다고?"

"함정 아닐까?"

사람들은 알리제의 진심을 선뜻 받아들이지 못하고 서로 눈치만 살폈다.

알리제는 사람들의 의심을 한 몸에 받으면서도 망설이지 않고 계속 그녀의 뜻을 밝혔다.

"어떤 선택을 내리든 존중할 겁니다. 다만 혼란을 틈타 타인에게 위해를 가하거나 범죄를 저지르는 이가 있다면 엄하게 징계하겠습니다."

알리제의 말이 끝나기 무섭게 영주 성에서 기사들이 쏟아져 나왔다.

타탓.

기사들은 곧바로 마을 곳곳으로 흩어져서 약탈을 일삼는 사람들을 제압했다.

그것만으로도 트벤테의 혼란은 빠르게 잦아들었다.

영주의 공백으로 인해 무법천지로 변해 가던 트벤테 마을이 알리제의 한마디에 다시 정상을 되찾았다.

'왜 이렇게까지…….'

기사들이 범죄자를 제압하는 모습을 바로 옆에서 지켜본 사람들은 묘한 감정을 느끼게 되었다.

분명 두려운 모습이었다.

기사는 늘 공포의 대상이었고, 그들의 무력행사는 항상 끔찍한 결과를 만들어 내곤 했다.

하지만 그토록 무서운 기사들이 지금은 정의를 실현하고 있었다.

자신의 상점을 약탈했던 범죄자가 기사에게 제압당하는 모습은 묘한 쾌감까지도 불러일으켰다.

'그렇게 신고를 해도 거들떠보지도 않았는데…….'

고귀하신 기사님들은 좀도둑 따위에는 관심이 없다.

소블레스 대륙에서 평민이 기사의 검을 볼 수 있는 순간은 귀족을 모욕했을 때뿐이다.

그런데 지금 기사들의 검이 그들을 위해 뽑히고 있었다.

기사가 범죄자를 제압한다.

아주 상식적인 일이었다.

하지만 상식의 밖에서 살아왔던 이들에게는 이 낯선 모습이 큰 울림으로 다가왔다.

"저기요! 저 사람이 방금 제 노점에 불을 지르려고 했어요!"

누군가 용기를 내서 기사에게 말을 걸었다.

그러자 기사 1명이 곧바로 나서서 진위 여부를 파악하고 범죄자의 몸을 수색했다.

그 모습을 본 사람들은 앞다투어 기사들에게 협조했고, 범죄를 획책하던 사람들은 동작을 멈추었다.

덕분에 트벤테 마을의 혼란은 빠르게 가라앉았다.

첨탑에서 마을이 안정되는 것을 지켜보던 알리제는 마지막으로 사람들에게 새로운 세상을 알렸다.

"저는 평등한 세상을 만들고자 합니다. 기사가 되고 싶은 사람은 기사 수업을, 마법사가 되고 싶은 사람은 마법사 수업을 받게 할 겁니다."

역시나 말도 안 되는 소리였다.

기사와 마법사는 돈과 재능이 있는 사람만이 지원할 수 있다.

둘 중 하나라도 부족하다면 문턱조차 넘을 수 없는 것이 현실이다.

소블레스 대륙의 상식으로는 그러했다.

하지만 알리제는 안 된다고 말하지 않았다.

"도전에 자격 조건은 없습니다. 최소한 여러분의 자녀에게 어떤 사람이 되고 싶은지 물을 수 있는 세상을 만들 겁니다."

알리제는 그 말을 끝으로 등을 돌리고 첨탑 아래로 모습을 감추었다.

그녀가 해 줄 수 있는 말은 여기까지였다.

알리제는 환심을 사기 위해 헛된 약속을 할 생각은 없었다.

선택은 개인의 몫.

알리제는 사람들의 선택을 겸허하게 기다려 줄 생각이었다.

하지만 선택의 기회 앞에서도 사람들은 함부로 움직이지 못하고 계속 눈치를 살필 뿐이었다.

떠날 것인가, 아니면 남을 것인가.

마을에는 기묘한 긴장감이 흘렀다.

망설이는 사람들의 틈에서 분주히 움직이는 것은 기사들뿐이었다.

범죄자를 호송하던 기사에게 누군가 아주 조심스럽게 질문을 던졌다.

"정말로 떠나도 됩니까? 제, 제가 떠나겠다는 말은 절대 아니고! 그냥 궁금해서 여쭤봤습니다."

기사가 그들을 위해 나선 것을 확인하고도 여전히 겁에 질린 모습이었다.

그러자 범죄자에게는 가혹하기만 했던 기사가 곧바로 투구를 벗고 부드럽게 미소를 지었다.

"폐하께서 말씀하신 대로입니다. 어디로 떠나는지 말씀해 주시면 안전하게 호위하겠습니다."

"옆 마을 마드린에 친척이 있기는 한데……. 으헉! 거기로 가겠다는 말은 절대로 아니었습니다!"

기사의 부드러운 태도에 넘어가서 속내를 드러내고 말았던 평민은 뒤늦게 자신의 실수를 깨닫고 허둥거렸다.

하지만 우려하던 일은 발생하지 않았다.

선뜻 고개를 끄덕인 기사가 사람들을 돌아보면서 크게 목소리를 높였다.

"2시간 후 마드린 마을로 향하는 호위대가 출발합니다. 떠나고 싶은 분이 있다면 부디 개인행동을 하지 마시고 호위대와 함께하시기 바랍니다."

사람들은 긴가민가했지만 2시간 후, 정말로 마드린으로 향하는 호위대가 마을을 떠났다.

그제야 트벤테의 사람들은 알리제의 약속이 진실이라는 사실을 깨달을 수 있었다.

세상에 없던 이상한 점령.

에페스 왕국이 본격적으로 제국의 상식에 도전장을 내밀었다.

❦

모르뎅 노바 남작은 영지를 하사받지 못한 약소 가문의 귀족이었다.

트벤테 마을에 터를 잡고 오랫동안 기회를 노렸지만 황실과는 연을 맺지 못했다.

트벤테의 전임 영주가 사망했을 때, 혹시나 그에게 기회가 오지는 않을까 기대하기도 했지만 결국 망상에 불과했다.

레너드 공작이 직접 추천했다고 알려진 신임 영주가 부임했고, 무능한 모르뎅 남작은 찍소리도 할 수 없었다.

그러던 중에 갑작스러운 사고가 발생했다.

'이건 분명히 기회야.'

영주와 기사들이 단체로 증발해 버렸다.

또다시 트벤테 영지가 텅 빈 것이다.

어쩌면 트벤테의 영주가 될 수 있는 마지막 기회인지도 몰랐다.

모르뎅 남작은 그동안 모아 왔던 재산을 풀어서 사병을 고용하고, 트벤테의 병사들을 구워삶아서 영향력을 키워 갔다.

혼란에 빠진 트벤테 마을의 구원자로 자리 잡는다면 영주

선임에 유리한 고지를 점할 수 있으리라 생각한 것이었다.

그런데 그의 노력에도 불구하고 세상은 뜻대로 돌아가지 않았다.

그의 공헌을 황실에 보고하기도 전에 정체불명의 군대가 트벤테 마을로 밀고 들어왔다.

평범한 귀족이었다면 제국법을 들먹여서 권력 다툼이라도 해 볼 수 있었겠지만, 상대는 반란군이었다.

이보다 황당한 일이 또 있을까.

모르뎅 남작은 현실을 받아들이지 못하고 황망하게 첨탑을 바라볼 수밖에 없었다.

'평등한 세상을 만들겠다고?'

알리제의 연설을 들었지만, 모르뎅 남작에게는 개소리로 들릴 뿐이었다.

군대를 이끌고 권력을 찬탈한 주제에 어찌 평등을 말할 수 있겠는가.

'그럴듯한 말로 눌러앉을 생각인가 본데, 같잖은 수작이지.'

마음 같아서는 당장 영주 성으로 쳐들어가서 반란군을 소탕하고 싶었다.

하지만 현실적으로 불가능한 일이었다.

푼돈으로 고용한 사병들 따위로 도전하기에는 상대의 전력이 너무 막강했으니까.

그의 힘으로는 제대로 싸워 보지도 못하고 궤멸당할 것이 분명했다.

'젠장. 그렇다고 이대로 손 놓고 있을 수도 없고…….'

최선이 불가능하다면 차선이라도 선택해야만 했다.

고민하던 모르뎅 남작은 이내 묘수를 생각해 낼 수 있었다.

'저놈들도 이제 막 영지를 장악했으니까 아직은 기반이 약할 거야.'

그가 에페스군보다 우위에 있는 점은 단 하나뿐이었다.

트벤테에서 오래 귀족 지위를 유지하면서 영향력을 쌓아 왔다는 것.

시간이 지나면 모래성처럼 와르르 무너질 지위였지만 지금 당장은 에페스도 그를 무시하지 못할 것이었다.

'안전하게 기반을 다지려면 내 도움이 필요할걸?'

모르뎅 남작이 보기에 에페스의 수장이라는 자는 그저 얼굴만 반반한 여자에 불과했다.

'잘만 구슬리면…….'

상대가 강인한 기사도 아니고, 고작 계집 하나 구워삶는 것쯤이야 어려운 일도 아니었다.

트벤테 마을의 선배로서 통치에 도움을 준다면 한 자리를 차지할 수도 있을 터.

'어찌 되었든 기회다.'

배후에서 트벤테를 조정하는 실질적인 지배자가 될 수도 있는 기회였다.

제국에게 반기를 든 이상 결국 황실의 철퇴를 맞게 되겠지만, 그때는 다시 노선을 갈아타면 끝이다.

'황실이 나서면 내가 직접 저 여자의 목을 베서 넘기면 돼.'

공헌을 인정받는다면 고작 트벤테의 영주가 아니라 제국 주요 귀족으로 성장할 수도 있다.

에페스에 붙어도, 제국에 붙어도, 그는 손해를 볼 일이 없었다.

빠르게 결정을 내린 모르뎅 남작은 곧바로 영주 성으로 달려갔다.

그런데 영주 성의 앞은 이미 수많은 사람들로 인해 북새통을 이루고 있었다.

피난을 요청하는 사람들과 재산을 환전하려는 사람들이 대부분이었다.

'짜증 나는군. 버러지 같은 것들이 누구 앞을 막는 거야!'

고작 평민 따위의 이주가 무엇이 대수란 말인가.

모르뎅 남작은 그의 행차에도 아랑곳하지 않는 평민들을 못마땅하게 바라보면서 인상을 찌푸렸다.

"썩 비키거라! 어느 안전이라고 길을 막고 버티는 것이냐!"

모르뎅 남작의 호통에 움찔 놀란 평민들이 고개를 숙이면서 옆으로 비켜섰다.

혼란스러운 상황에서도 평민들은 본능적으로 귀족의 권위에 공포를 느끼고 있었다.

길이 열리자 모르뎅 남작은 그제야 흡족하게 미소를 지으면서 영주 성으로 다가갔다.

"엣헴. 본인은 트벤테 영지의 대귀족 모르뎅 노바 남작이다."

모르뎅 남작은 뒷짐을 지고 남작은 거만하게 턱을 치켜들었다.

그러자 은색 갑옷으로 무장한 기사 1명이 그에게 살짝 고개를 숙였다.

"무슨 일로 오셨습니까?"

"네깟 놈에게 할 말은 없다. 지휘관에게 안내해라."

모르뎅 남작은 제국의 작위조차 받지 못한 일개 기사와 같은 테이블에 앉을 생각이 전혀 없었다.

하지만 기사는 잠시 고개를 갸웃했을 뿐, 비켜서지 않고 모르뎅 남작을 똑바로 바라보았다.

"용건을 밝혀주십시오. 호위 신청은 좌측, 환전 신청은 우측입니다."

"이놈! 내가 그딴 하찮은 일이나 보려고 직접 행차한 줄 아느냐!"

기사의 무례한 태도에 분노한 모르뎅 남작은 고압적으로 호통을 쳤다.

그 안에는 기선을 제압해서 그의 위엄을 드높이려는 의도도 있었다.

그래도 기사는 꿈쩍도 하지 않았다.

기사는 손을 들어서 평민들의 뒤를 가리키면서 무심하게 대꾸했다.

"일단 단장님에게 보고를 올리겠습니다. 용건이 있으시다면 줄을 서서 기다려 주십시오."

황당해진 모르뎅 남작은 눈을 끔뻑거리다가 곧 분기를 터트리면서 기사의 뺨을 후려쳤다.

짜악.

"감히 트벤테의 대귀족에게 건방을 떠는 것이냐! 네놈의 지휘관이 이 사실을 안다면 크게 경을 칠 것이다!"

모르뎅 남작이 폭력을 행사하자 일순간 주변의 분위기가 싸늘하게 가라앉았다.

평민들은 혹시나 불똥이 튈까봐 멀찍이 물러나서 눈치를 살펴 댔다.

사람들의 눈에 공포심이 깃든 것을 확인한 모르뎅 남작은 내심 미소를 지으면서 더 거만하게 턱을 치켜들었다.

이것이 바로 그의 위엄이었다.

반면 기사는 고개를 푹 숙이고 있을 뿐이었다.

-절대로 문제를 일으키지 마라.

메슬리 기사단장의 엄명이 있었으니 분노가 치밀어도 참아야만 했다.

"무엇하느냐! 당장 지휘관에게 안내하지 않고!"

기사가 침묵하자 더욱 기고만장해진 모르뎅 남작은 다시 뺨을 올려붙일 기세로 손을 치켜들었다.

그런데 그 순간 영주 성 안에서 2명의 청년이 걸어 나왔다.

"엥? 무슨 일이에요?"

"분위기가 싸한데?"

놀라울 정도로 똑같이 생긴 두 청년은 주변을 휘휘 둘러보면서 눈치 없이 말을 쏟아 냈다.

당연히 에릭과 에디였다.

그러자 침묵하던 기사가 서둘러 앞으로 나서면서 깊숙하게 고개를 숙였다.

"죄송합니다. 금방 정리하겠습니다."

"에이, 기사님이 사과하실 필요는 없어요."

에릭과 에디는 기사의 어깨를 붙잡아서 직접 일으켜 세우고는 모르뎅 남작에게로 다가갔다.

"엄청 급하신가 보네."

"화장실 찾으시나? 정 급하면 그냥 바지 내리세요. 못 본 척해 드릴게."

역시나 에릭과 에디의 입담은 상대를 가리는 법이 없었다.

귀족에게 이렇게 불경한 태도라니!

지켜보는 사람들이 오히려 경악할 정도였다.

모욕을 당한 모르뎅 남작은 이를 바득바득 갈면서 에릭과 에디를 노려보았다.

"내가 누구인지 알고 건방을 떠는 것이냐! 본인은 트벤테의 대귀족 모르뎅 노바 남작이다!"

"그래서요?"

"뭐, 뭣이라?"

에디가 귀를 후비면서 대수롭지 않게 되묻자 오히려 모르뎅 남작이 당황할 수밖에 없었다.

"귀족이고 나발이고, 용건이 뭐냐고요. 이거 답답한 양반이네."

"아저씨. 할 말 없으면 그냥 집에 가세요. 여기 바쁜 거 안 보여요?"

도발을 패시브로 장착하고 있는 에릭과 에디의 혓바닥에 모르뎅 남작은 정신을 차릴 수가 없었다.

"건방진 놈들! 귀족을 능멸하고도 무사할 줄 아느냐!"

분노로 가득한 모르뎅 남작의 호통이 일대를 쩌렁쩌렁하게 울렸다.

그의 분노를 느낀 평민들은 얼굴이 핼쑥해질 정도였다.

하지만 정작 에릭과 에디는 눈 하나 깜빡이지 않고 계속 능청스럽게 혀를 놀렸다.

"알리제 말이 좀 어려웠나? 나는 귀에 쏙쏙 박히던데."

"어휴, 딱해라. 평등이라는 말을 못 배웠나 봐. 귀족 같은 거

말고 하고 싶은 일을 하라니까."

화장실이 급한 아저씨 취급을 받든 모르뎅 남작은 이제 못 배운 멍청이로 전락해 있었다.

하지만 그의 수난은 이것으로 끝이 아니었다.

에릭과 에디는 고개를 절레절레 내저으면서 본격적으로 훈계를 시작했다.

"뭐가 되고 싶든 노오력을 하라고요. 열심히만 하면 다 될 수 있다니까?"

"하여간 요즘 아저씨들은 노오력을 모른다니까."

끝없이 이어지는 정신 공격에 결국 할 말을 잃어버린 모르뎅 남작은 조심스럽게 자신의 볼을 꼬집었다.

'이건…… 꿈일 거야.'

살면서 이런 모욕을 당할 것이라고는 상상조차 해 본 적이 없었다.

꿈이 분명했다.

현실일 리가 없었다.

모르뎅 남작이 멍청하게 눈만 끔뻑거리자 에릭과 에디도 더는 수다를 떨지 않고 서로 눈빛을 교환했다.

"아저씨, 할 말 없으면 이제 우리 용건도 좀 봐도 되지?"

"뭐든지 공평한 게 좋으니까."

"그, 그게 무슨……."

모르뎅 남작이 그들의 말뜻을 이해하기도 전에 두툼한 손

바닥이 날아들었다.

짜악.

그대로 뺨을 갈겨 버린 에릭은 사악하게 미소를 지으면서 중얼거렸다.

"남의 집 귀한 자식을 함부로 때리면 쓰나."

하지만 이미 기절해 버린 모르뎅 남작은 에릭의 말을 들을 수 없었다.

어떻게 보면 다행인지도 몰랐다.

에페스 왕국은 제국의 귀족이 맨 정신으로 버티기에는 너무 끔찍한 세상일 테니까.

영주 성에 에페스의 깃발이 내걸린 지 사흘이 지나자 트벤테 마을도 점차 안정을 되찾았다.

거의 절반가량의 사람들이 트벤테를 떠난 탓에 마을에는 빈집이 넘쳐났지만, 그 와중에도 웃음꽃은 피었다.

"아으. 예전에도 이렇게까지 일한 적은 없었는데. 피곤해 죽겠어."

"이러다 몸살이라도 나면 큰일인데."

"예끼, 이 사람들아. 좋으면서 괜히 투덜거리기는. 다들 모였으면 얼른 가자고."

새벽부터 기상한 농부들은 삼삼오오 모여서 농기구를 챙겨 들고 각자의 농지로 향했다.

　그들이 앓는 소리를 하면서도 함박웃음을 지으며 일터로 향하는 이유는 단 하나였다.

　미래를 꿈꿀 수 있게 되었으니까.

　—무상으로 농지를 대여해 드립니다. 농사를 지어서 돈을 벌면 그 땅을 구매하세요.

　그들은 이제 소작농이 아니었다.

　땅을 빌려서 농사를 짓는다는 사실은 같지만 형편이 달라졌다.

　더 이상 막대한 땅값을 지급할 필요가 없어졌으니까.

　일하는 만큼 수확을 얻고, 노력만으로도 땅을 가질 수 있는 세상에 살게 되었다.

　그러니 어찌 힘이 나지 않겠는가.

　조금 힘들어도 기꺼이 웃으면서 일할 수 있었다.

　해가 뜨기 전부터 트벤테 마을은 분주하게 돌아갔다.

　사람이 모이면 상권이 발달하는 것이 너무나 당연한 일.

　각종 식당과 상점들도 새벽부터 등을 밝혔다.

　"갓 구운 빵 있습니다. 아침 들고 가세요."

　"농기구 수리해 드립니다. 일 시작하기 전에 미리 챙기세요."

곳곳에서 상인들의 목소리가 울려 퍼지고, 고소한 빵 냄새와 망치질 소리가 절묘하게 어우러졌다.

이 모습만을 보자면 마을의 인원이 줄었다는 사실을 실감하기 어려울 정도였다.

상인들의 얼굴에서도 미소를 발견하는 것은 그리 어려운 일이 아니었다.

예상치도 못했던 호황을 맞이했으니 기분이 좋은 것도 당연한 일.

과거에는 도둑과 건달들이 두려워서 날이 밝을 때까지 문을 꽁꽁 걸어 잠갔지만 이제는 그럴 필요가 없어졌다.

기사들이 두 눈을 시퍼렇게 뜨고 순찰을 돌고 있으니 좀도둑 따위는 감히 설칠 수가 없는 환경이었다.

그뿐인가.

걸핏하면 보호비를 요구하던 부패한 병사들까지 사라져서 상인들에게는 태평성대가 따로 없었다.

트벤테 마을의 사람들은 고작 사흘 만에 '마음껏 일할 수 있는 즐거움'이 무엇인지를 깨닫게 되었다.

하지만 트벤테의 변화는 고작 그 정도로 끝이 아니었다.

이어서 해가 떠오르고 마을이 환해지자 수많은 아이들이 거리로 쏟아져 나왔다.

"오늘은 진짜 마법을 보여 주신다고 했어!"

"우리는 기사단장님이 직접 칼을 잡는 법을 알려 준다고 했는데. 부럽지?"

두 눈 가득 꿈을 푼은 아이들은 각자의 학교를 향해 신나게 달려갔다.

미래의 대마법사.

내일의 소드 마스터.

언젠가는 위대한 학자로 이름을 날릴 아이까지.

꿈꾸는 모습은 모두 달랐지만 아이들은 무엇이든 될 수 있다는 사실에 무척이나 기뻐했다.

그렇게 농부와 상인, 아이들의 시간이 지나고 해가 중천에 뜨면 트벤테 마을도 잠시 낮잠이 들었다.

모두가 각자의 자리에서 땀방울을 흘리는 동안, 텅 빈 마을은 고요하게 그들을 지켜봐 주었다. 그러다 점심시간이 막 지났을 즈음에 갑작스러운 소란이 일어났다.

"아얏!"

기사 수련을 받던 아이 하나가 연병장에서 넘어지는 바람에 무릎이 깨지고 말았다.

어떻게 보면 사소한 일이었다.

대륙에서는 기사 수련 중에 부상을 당하는 경우가 허다했고, 심한 경우에는 폐인이 되는 일도 종종 일어났다.

기사가 되려면 감수해야 하는 위험인 셈이다.

고작 무릎이 깨진 정도로는 사실 부상이라고 말하지도 않는다.

하지만 메슬리는 그렇게 생각하지 않았다.

기사를 만들어 내는 것은 오직 신념과 단련뿐이다.

고통은 필요치 않다.

내가 고통스러운 과정을 거쳐서 기사가 되었으니, 너 또한 그렇게 하라는 것은 지나치게 이기적이고 옹졸한 생각이었다.

"애야. 괜찮으냐?"

한달음에 아이에게 달려간 메슬리는 아주 신중하게 상처를 살폈다.

"괘, 괜찮습니다."

"이대로 두면 덧나겠구나. 일어날 수 있겠느냐?"

조심스럽게 아이를 일으킨 메슬리는 걱정스럽게 구석구석을 살폈다.

"으윽."

괜찮다고 말을 했던 아이도 막상 몸을 일으키자 무릎을 절뚝이면서 인상을 찌푸렸다.

"이대로는 안 되겠구나. 당장 치료를 받고 오거라."

메슬리가 신호를 보내자 대기하고 있던 기사 1명이 다가와서 아이를 등에 업었다.

그리고 영주 성의 옆에 마련된 신전을 향해 내달렸다.

벨라 교단 트벤테 신전.

현판을 걸어 놓기는 했지만 아직 신전이라 부르기 민망한 규모였다.

10여 개의 병상과 휴식실, 기도실로 이루어진 아담한 건물일 뿐이었다.

소속된 사제의 수도 단 1명뿐.

오직 클로양만이 신전을 지키고 있었다.

마을 어르신들의 노환(老患)을 돌보고 있던 클로양은 갑자기 뛰어 들어온 기사를 보고도 당황하지 않았다.

"이쪽으로 눕혀 주세요."

클로양은 아이를 깨끗한 침대에 눕혀서 상처를 소독하고 가볍게 신성 기도를 읊어 주었다.

심각한 부상이 아니었으니 치료는 순식간에 끝이 났다.

아이는 흉터 하나 남기지 않고 건강한 무릎을 되찾을 수 있었다.

하지만 치료가 끝났음에도 아이는 자리에서 일어나지 못하고 멍한 표정으로 클로양을 올려다볼 뿐이었다.

"무슨 문제라도 있니?"

"아, 아니요! 너무 예쁘셔서……. 누나 혹시 남자 친구 있으세요?"

"응?"

예상치 못했던 말에 눈을 끔뻑거리던 클로양은 이내 입을 가리면서 웃음을 터트렸다.

"아쉽게도 누나는 남자 친구가 없는데, 어떡하지?"

"저, 정말요? 그럼…….'"

아이는 앙증맞은 손가락을 접어 가면서 무엇인가를 열심히 계산하더니 자리에서 벌떡 일어났다.

"저 꼭 기사가 될게요!"

의욕에 넘치는 목소리였다.

"어머. 듬직한 남자였네? 멋진 기사가 되는 날을 기대할게. 그래도 너무 무리해서 다치면 안 돼."

"네! 안 다치고 씩씩하게 기사가 될게요!"

의도치 않게 누군가의 동기가 되어 버린 클로양은 부드럽게 웃으면서 아이를 배웅했다.

그 모습을 지켜보던 마을의 노인들은 입으로는 흐뭇하게 웃으면서도 여전히 현실을 받아들이지 못하고 서로 어색하게 눈빛을 교환했다.

'오래 살고 볼 일이야.'

'보고도 믿기지 않으니…….'

완전히 달라진 트벤테 마을에서도 가장 기이한 모습이 바로 신전이었다.

제국에서 사제란 무척이나 고귀한 존재다.

사제의 치료를 받기 위해서는 엄청난 돈이 필요하다.

심지어 돈을 싸 들고 찾아와도 이런 사소한 상처로는 신전의 문턱조차 넘지 못하는 것이 현실이었다.

그런데 에페스 왕국에서는 누구나 아프면 치료를 받을 수 있다.

돈이 필요하지도 않고, 사제의 권위에 굽실거릴 필요도 없다.

어린아이의 어설픈 연심까지도 웃으며 받아 주는 사제라니.

대륙의 상식으로는 상상조차 할 수 없는 일이었다.

"기다리시게 해서 죄송해요. 허리가 불편하다고 하셨죠?"

다시 노인들에게 돌아온 클로양은 힘든 기색도 없이 활짝 웃으면서 진료를 시작했다.

그렇게 트벤테의 하루가 저물어 갔다.

해가 기울자 다시 집으로 돌아온 농부들은 자녀가 오늘 무엇을 배웠는지 들으면서 행복하게 너털웃음을 터트렸다.

"아빠, 에페스의 깃발이 어떻게 생겼는지 아세요?"

"응? 에페스가 어딘데?"

황당한 것은 트벤테에 남은 사람들 중 대다수가 에페스의 깃발은커녕 이름조차 모른다는 사실이었다.

분명 영주 성에서 거대한 깃발이 휘날리고 있지만 집중해서 살피는 이는 드물었다.

사실 평민들에게는 당연한 일이었다.

국가의 이름이 무엇이든, 어떤 깃발을 앞세우든, 그들에게는 중요한 일이 아니었다.

중요한 것은 오늘 그들이 행복하다는 것. 그리고 내일은 더 행복해질 수 있다는 것뿐이었다.

"제국이 이 지경이 될 때까지 네놈들은 도대체 뭘 한 거야!"

제국의 황제, 소블레스 3세는 쥐고 있던 술잔을 집어 던지면서 분노를 터트렸다.

대낮부터 술에 취해서 게슴츠레 좁혀진 눈매로 핏대를 세우니 도저히 봐주기 어려울 정도로 꼴불견이었다.

하지만 대신들은 그 한심한 모습을 보고도 아무런 말도 할 수 없었다.

지금은 괜히 충언을 올린답시고 나불거리다가는 목이 달아날 수도 있는 순간이었으니까.

─에페스 왕국의 후손이 북부의 2개 영지를 점령하고 재건을 선언했습니다.

방금 전 황실로 날아든 소식은 그만큼 충격적이고도 엄중한 사안이었다.

어리고 무능한 황제라 할지라도 분노를 터트리는 것이 오히려 당연한 일이었다.

"입이 있으면 무슨 말이라도 해 봐! 그대들은 뭘 하고 있었냐고!"

황제가 언성을 높이자 대신들은 더 무겁게 고개를 숙였다.

솔직히 이 상황에서 할 말이 있을 리가 없었다.

대신들을 매섭게 쏘아보던 소블레스 3세는 답답하다는 듯 가슴을 치면서 살벌한 말을 쏟아 냈다.

"일루트 영지가 독립을 선언했을 때 왜 보고를 하지 않은 거냐! 사실을 감춘 자들은 반역자와 공모한 것으로 간주하고 처벌할 것이다!"

반역죄.

자칫 휘말리기라도 하면 가문은 물론이고 친척과 사돈까지도 풍비박산이 날 수 있는 끔찍한 일이었다.

'허, 일루트 영지가 어디에 있는지도 모르는 애송이에게 보고를 해서 뭐가 달라진다고.'

대신들은 마음속으로만 불만을 쏟아 내면서 입을 꾹 다물었다.

이미 눈이 돌아간 황제가 누구 하나를 희생양으로 삼는다면 한순간에 피바람이 불어 닥칠 수도 있었다.

당연히 그 누구도 희생양이 되고 싶은 생각은 없었다.

그때, 가만히 눈을 감고 있던 레너드 히스타민 공작이 눈을 번쩍 뜨면서 황제의 앞으로 나섰다.

"제가 일루트의 독립을 은폐하라고 지시했습니다."

"뭐라?"

"벌하신 다면 달게 받겠습니다. 하지만 폐하와 제국을 지키기 위한 일이었습니다."

과연 제국의 2인자.

레너드 공작은 황제의 분노 앞에서도 주눅 들지 않고 정면으로 맞섰다.

오직 그만이 가능한 일이었다.

"나를 위해서였다고?"

"네. 얼마 전 수도에서 테러가 일어났습니다. 그로 인해 켈라헬 신전까지 무너졌습니다."

"그게 어쨌다는 것이냐!"

"이미 지방 영주들이 혼란스러워하고 있습니다. 여기서 제국을 더 혼란스럽게 하는 소문이 퍼진다면 수습이 불가능할 것이라 판단했습니다."

나름대로 그럴듯한 핑계였다.

하지만 소블레스 3세의 분노는 쉽게 가라앉지 않았다.

"그걸 왜 재상이 판단해! 제국의 황제는 본인이다! 모든 판단은 내가 하는 거라고!"

입에 거품을 물고 소리는 소블레스 3세의 모습은 떼를 쓰는 아이와도 비슷했다.

이제는 그도 성인이 되었지만 행동은 아직도 아이에 머물러 있었다.

"수도의 문제가 수습되는 대로 소탕하려고 했는데, 놈들이 이렇게 빨리 행동에 나설 줄은 몰랐습니다. 제 불찰입니다."

레너드 공작은 당당한 태도를 유지하면서도 순순히 자신의 실수를 인정했다.

그러자 소블레스 3세는 주먹을 힘껏 움켜쥐고 몸을 부르르 떨어 댔다.

이성을 붙잡고 있는 것이 용할 정도로 분노로 가득 찬 모습이었다.

하지만 황제도 레너드 공작만큼은 반역죄로 다스릴 수 없었다.

그를 반역자로 몰아세웠다가 진짜로 검을 거꾸로 쥐기라도 한다면 황실은 끝장이다.

허수아비 황제에게는 레너드 공작을 막아 낼 만한 힘이 없었다.

'멍청한 놈, 너는 계속 방탕한 생활이나 즐기면 된다. 어차피 아무것도 할 수 없을 테니.'

레너드 공작도 그 사실을 잘 알고 있으니 대놓고 앞으로 나선 것이었다.

소블레스 3세가 아무런 말도 하지 못하고 입술만 씹어 대자 레너드는 눈을 빛내면서 은근히 목소리를 높였다.

"제 불찰인 만큼 제가 직접 처리하겠습니다. 저를 트벤테로 보내 주십시오."

결자해지(結者解之).

비록 실수가 있었지만 직접 문제를 해결하려는 모습은 분명 책임감 있는 귀족의 표본이었다.

숨을 죽이고 분위기를 살피던 대신들은 고개를 숙인 채로 안도의 한숨을 내쉬었다.

'후우. 오늘도 무사히 넘어가겠군.'

'레너드 공작님이 나서지 않았으면 이번에는 정말로 곤란할 뻔했어.'

레너드 공작이 총대를 메고 나섰으니 그들에게 불똥이 튈 가능성은 사라졌다.

황제는 혼자 지랄발광이나 하다가 결국 레너드 공작에게 모든 일을 맡길 것이 분명했다.

그런데…….

"아니다. 재상은 제국의 기둥이 아닌가. 그런 위험한 곳에 보낼 수는 없다."

어째서일까.

뜻밖에도 황제가 고개를 가로저으면서 레너드 공작을 만류했다.

깜짝 놀란 대신들은 일제히 고개를 치켜들고 멍하게 황제를 바라보았다.

'갑자기 왜…….'

이상한 일이 벌어지고 있었다.

소블레스 3세.

선친이 급사하는 바람에 어린 나이에 왕좌를 떠맡은 비운의 황제.

그럼에도 측은지심조차 들지 않을 정도로 무능한 허수아비.

분명 그러했다.

소블레스 3세는 지금껏 여색과 술독에만 빠져 가벼운 정사마저 제대로 돌보지 못했다.

그런데 그토록 엉망이었던 탕아(蕩兒)가 갑자기 다른 모습을 보여 주고 있었다.

"재상의 목숨은 제국 전체의 것. 함부로 위험을 감수하지 마시오."

저 자상한 말투는 무엇이란 말인가.

심지어 표정까지 부드럽게 풀어져 있었다.

방금 전까지 미친놈처럼 날뛰던 어린 황제의 모습은 온데간데없었다.

대신들이 혼란에 휩싸이는 것도 당연한 일.

그들은 황제의 얼굴을 빤히 바라보는 것이 불경이라는 사실조차 망각하고 넋을 놓았다.

물론 그중에서도 가장 크게 당황한 사람은 바로 레너드 공작, 본인이었다.

'이 멍청한 놈이 갑자기 왜 이러는 거지?'

레너드 공작은 갑자기 달라진 황제의 태도를 이해할 수 없었다.

소블레스 3세가 그의 제안을 거절한 것은 이번이 처음이었다.

보고의 형식을 빌렸을 뿐이지, 애초에 허락 따위를 받을 생각도 없었던 레너드 공작으로서는 당황스러울 수밖에 없는 일이었다.

"폐하. 제국의 귀족이 어찌 위험을 두려워하겠습니까. 폐하를 위해 명예롭게 출정하겠습니다."

레너드 공작은 다시 한번 허락을 구하면서 두 눈에 은근히 기세를 담았다.

소블레스 3세는 겉으로는 강한 척을 하지만 실은 무척이나 유약한 겁쟁이였다.

평소의 그라면 이 정도의 압박만으로도 '깨갱' 하면서 시선을 피해야 마땅했다.

하지만 소블레스 3세는 이번에도 레너드의 예상을 벗어났다.

"레너드 히스타민 공작. 그대의 나이도 이제 80이 넘었으니 예전과 같지 않을 터. 제국을 위해 부디 보중하시오."

소블레스 3세는 점잖은 말투로 다시 레너드의 출진을 거부했다.

분명 이례적인 일이었고, 둘의 대립에 대전에는 기묘한 긴장감이 흘렀다.

'술에 취한 것이 아니었나?'

레너드 공작은 황제를 뚫어지게 바라보면서 어금니를 깨물었다.

낯선 상황이었지만 황제의 모습이 어째서인지 낯설게 느껴지지 않았다.

그의 얼굴에서 선천인 소블레스 2세, 나아가 초대 황제의 모습이 겹쳐 보였다.

황제의 위엄!

허수아비에 불과한 놈이라 생각했건만, 지금껏 본모습을 감추고 있었던 것이다.

레너드 공작은 오직 황제에게만 시선을 고정한 채로 크게 목소리를 높였다.

"모두 물러가라. 폐하와 독대할 것이다."

대전에서 귀족들에게 명령을 내릴 수 있는 존재는 오직 황제뿐이다.

하지만 레너드 공작은 황실의 기본적인 법도마저 무시하고 오만하게 명령을 내렸다.

분명 선을 넘은 행동이었다.

그런데도 귀족들은 황제의 눈치도 살피지 않고 넙죽 레너드 공작의 명령에 따랐다.

누가 진짜 제국의 지배자인지를 명확하게 보여 주는 모습이었다.

'쯧. 이제 대놓고 나를 무시하는구나.'

소블레스 3세는 귀족들이 물러가는 모습을 가만히 지켜보면서 허탈하게 헛웃음을 흘렸다.

그래도 귀족들을 붙잡고 불호령을 내리지는 않았다.

그가 어찌 할 수 있는 일이 아니라는 사실을 잘 알기 때문이었다.

귀족들이 모두 물러가고 거대한 문이 닫히자 대전에는 결국 황제와 재상, 둘만이 남게 되었다.

"독대를 요청한 이유가 무엇인가?"

사실상 요청이 아니라 반강제로 남겨진 것이지만 소블레스 3세는 당황하지 않고 턱을 꼿꼿하게 세웠다.

"반란군의 기세가 심상치 않습니다. 어쭙잖은 이들을 보내서 해결할 수 있는 일이 아닙니다."

"오직 재상만이 해결할 수 있는 일이라고 말하는 것인가?"

"송구하지만 그렇습니다."

송구하다는 것은 말뿐이었다.

레너드 공작은 고개를 숙이지도 않고 황제를 똑바로 노려보았다.

그러나 소블레스 3세도 결코 물러서지 않았다.

본모습을 드러낸 황제는 완전히 다른 사람이 되어 있었다.

"그렇다면 더욱 허락할 수 없다. 그대가 떠나면 고작 반란군 하나 어찌하지 못하는 귀족들을 데리고 내가 어찌 밤잠을 자겠는가."

소블레스 3세는 완강했다.

그래서 레너드 공작은 더 찝찝함을 느꼈다.

'왜 이렇게까지…….'

사실 사소한 일이었다.

반란군 토벌에 누구를 투입할 것인지는 아무래도 상관이 없는 일이 아닌가.

고작 이 정도 일로 황제가 감춰 왔던 본모습을 드러냈다는 것은 이해하기 어려운 일이었다.

"폐하. 지금은 반란군을 제압하는 것이 우선입니다. 속히 돌아올 것이니……."

"그만! 이미 불허한다고 말했다. 계속 고집을 부리는 것은 혹시 다른 이유라도 있어서인가?"

날카로운 역공이었다.

이렇게까지 직설적으로 몰아붙일 줄이야.

당황한 레너드 공작은 잠시 멈칫했다.

"다른 이유는……. 없습니다. 오직 제국과 폐하를 염려하는 충심일 뿐입니다."

날카로운 눈빛으로 충심을 운운하니 그 모습이 기괴하기 짝이 없었다.

하지만 레너드 공작의 불손한 태도는 그것으로도 끝이 아니었다.

"저야말로 여쭙겠습니다. 저를 보내지 않으시려는 다른 이유가 있는 것은 아닙니까?"

이번에는 황제가 당황할 차례였다.

레너드 공작이 이렇게까지 강하게 압박을 했으니 가소로운 변명이라도 찾아야 마땅했다.

그러나 소블레스 3세는 한 치의 망설임도 없이 선뜻 고개를 끄덕였다.

"그렇다. 그대를 보낼 수 없는 이유가 있다. 다른 것은 모두 양보할 수 있지만 출정만큼은 허락하지 않을 것이다."

소블레스 3세는 당당하게 대답하면서 왕좌의 팔걸이에서 무엇인가를 꺼내 휙 내던졌다.

노르스름한 양피지였다.

레너드 히스타민을 곁에 두고 지켜보거라. 그가 절대로 수도를 벗어나지 못하도록 해라.

오랜 시간을 견뎌 온 것인지, 색이 바래고 글자도 다소 흐릿해진 양피지였다.

"이게……. 무엇입니까?"

"선친께서 남긴 유언이다."

깜짝 놀란 레너드 공작은 멍하게 양피지를 내려다보았다.

양피지에 담긴 세월의 흔적을 보자면 소블레스 2세가 남긴 것은 아닐 터.

초대 황제!

그로부터 시작되어 대를 이어 내려온 유언이 분명했다.

'쯧. 가소로운 짓을 꾸몄군.'

레너드 공작은 불편한 표정으로 혀를 차면서 양피지를 갈기 갈기 찢어 버렸다.

초대 황제의 유언을 훼손하다니.

이는 절대 용서받을 수 없는 불경이었다.

물론 이미 선을 넘은 레너드 공작에게 더 이상 불경이라는 단어는 의미가 없겠지만.

"하아. 갑자기 사람이 달라졌다 싶더라니. 몰래 이딴 것을 보관하고 있었나."

"나도 처음에는 혼란스러웠다. 그대를 조심하라는 뜻인 줄만 알았지."

어린 황제조차 레너드 공작의 위험성을 한 눈에 알아볼 수 있었다.

하지만 그를 수도에 묶어 놓으라는 것은 무슨 뜻일까.

그것이 늘 의문이었다.

그래서 은근히 시험을 해 보기로 했다.

-그 일은 재상이 알아서 하라. 신경 쓰고 싶지 않다.

5년 전, 북부의 작은 영지가 습격을 받았을 때 그는 모든 권한을 레너드 공작에게 위임했다.

그런데 레너드 공작은 수도를 비우지 않았다.

판을 깔아 줬음에도 떠나지 않고 황성에 끈질기게 붙어 있을 뿐이었다.

등을 떠밀어도 소용이 없었다.

그렇게 유언의 뜻을 알지 못하고 하염없이 시간만 흘렀다.

그러다 오늘, 레너드 공작이 먼저 수도를 비우겠다는 뜻을 밝혀왔다.

소블레스 3세는 단번에 깨달을 수 있었다.

그가 목숨을 걸어야 하는 순간이 바로 지금이라는 사실을.

"할아버님께서는 예언의 능력을 지니셨다 하더니. 오늘 내가 그대를 막기를 바라셨던 모양이다."

"허! 주제 파악도 못하고 감히 누가 누굴 막겠다는 것이냐. 겁을 상실했구나!"

짜증이 솟구친 레너드 공작은 결국 살기를 끌어 올리면서 황제에게 막말을 퍼부었다. 하지만 소블레스 3세는 숨통을 조여 오는 지독한 살기에도 표정 하나 바꾸지 않았다.

"내가 죽음을 두려워할 것 같은가?"

이미 그는 죽은 것이나 다름없는 삶을 살고 있었다. 아니,

어쩌면 죽음보다 못한 삶인지도 몰랐다.

　매일 피가 거꾸로 솟는 굴욕을 견디면서 왕좌를 지키고 있었던 것은 모두 이 순간을 위해서였을 뿐.

　레너드 공작은 그가 황제를 감시하고 있다고 생각했지만, 사실은 그 반대였다.

　소블레스 3세야말로 그를 지켜보고 있었다.

　"그대라면 언제든지 나를 죽일 수도 있겠지. 하지만 지금껏 살려 둔 것은 내가 필요해서가 아닌가?"

　"흥. 그것도 어제까지였지. 나를 방해할 생각이라면 너를 살려둘 이유가 없다!"

　레너드 공작은 당장이라도 황제를 죽일 것처럼 으르렁거렸다.

　하지만 극단적인 태도야말로 그가 기세에서 밀렸다는 가장 명백한 증거였다.

　짖는 개는 물지 않는 법이니까.

　"좋다. 나를 죽여라. 내가 살아 있는 동안 그대는 단 한 걸음도 밖으로 나가지 못할 테니까."

　돌연 왕좌를 박차고 일어난 소블레스 3세는 대전의 문을 향해 지엄하게 소리쳤다.

　"기사단장 들라 하라!"

　황제의 목소리가 대전 밖으로 흘러 나가자 곧바로 파란 갑옷을 입은 기사가 안으로 들어섰다.

제국 5대 기사.

푸른 사자 기사단의 단장이었다.

"부르셨습니까. 폐하."

"레너드 공작의 충심이 내 밤잠을 설치게 하는구나. 레너드 공작이 출진하는 것을 황명으로 금한다."

꼭두각시 인형이 반격을 시작했다.

"고생하셨습니다."

루얀은 그를 쳐다보지도 않고 대충 말을 지껄이는 케시우스를 빤히 바라보다가 가볍게 한숨을 내쉬었다.

"자세히 묻지 않는군."

"어련히 잘 하셨겠죠."

케시우스의 무미건조한 태도에 루얀은 결국 할 말을 잃고 말았다.

사실이었으니까. 알아서 잘 해결했다.

루얀은 케시우스와의 거래를 이행하기 위해 또 하나의 '역병의 근원'을 처리하고 돌아온 길이었다.

제국의 최남단까지 다녀오느라 조금 귀찮았다는 점을 제외하면 특별히 어려운 일은 없었다.

"많이 바쁜가?"

"그걸 말이라고 합니까? 당연히 바쁘죠! 트벤테와 일루트를 연결할 워프 마법진을 설치해야 하고, 트벤테에 남은 빈 집도 처리해야 하고……."

"되었다. 내가 괜한 말을 했군."

들어주다가는 끝도 없을 것 같아서 루얀은 재빨리 케시우스의 말을 잘랐다.

케시우스는 잠시 루얀을 원망스럽게 바라보다가 다시 서류 더미에 고개를 묻었다.

"내일까지는 말 걸지 마세요. 돈 나가는 일 처리하는 것만으로도 이미 미치겠으니까."

한동안 어루만져 주지 않았더니 많이 건방져진 케시우스였다.

'조만간 한번 날을 잡아야겠군.'

루얀은 케시우스가 들었다면 발작을 일으켰을 말을 태연하게 중얼거리면서 훌쩍 몸을 돌렸다.

"잠깐만요."

그런데 말을 걸지 말라고 했던 케시우스가 오히려 먼저 루얀을 붙잡았다.

"뭐지?"

루얀이 걸음을 멈추고 뒤를 돌아보았지만 케시우스는 말없이 종이 하나를 휙 내던졌다.

중앙 대평원.

종이에는 짧은 글귀와 함께 어설픈 지도 하나가 그려져 있었다.

루얀이 상황을 이해하지 못하고 멀뚱히 서 있자 케시우스가 한숨을 푹 내쉬었다.

"뭘 보고만 있어요. 빚 갚으셔야죠."

그제야 루얀은 이 지도가 의미하는 바를 깨달을 수 있었다.

'역병의 근원'을 표시한 것이리라.

"이미 3개나 처리했다. 충분히 갚지 않았나?"

돈으로 환산하면 무려 3,000골드에 해당하는 일.

그 정도라면 루얀도 충분히 보답은 한 셈이었다.

하지만 케시우스는 그렇게 생각하지 않았다.

"트벤테 마을에 들어간 돈이 얼만지나 알아요? 에휴, 내가 말을 말아야지."

케시우스는 이번에도 루얀을 쳐다보지도 않고 대충 손을 내저었다.

귀찮으니 빨리 꺼지라는 뜻이 분명했다.

루얀은 가만히 케시우스를 바라보다가 이내 종이를 품에 넣었다.

다시 일해야 할 이유가 생겼으니까.

"케시우스, 깽값도 빚에 넣어 줄 수 있나?"

"자, 잠깐만요! 제 목숨값은 꽤 비싸……. 끄악!"

당황한 케시우스가 재빨리 몸을 일으켰지만 이미 늦은 후였다.

케시우스는 '조만간'을 '오늘'로 만드는 재주를 가지고 있었다.

chapter 3

블랑 학파 사무실의 정원에서는 기묘한 긴장감이 흘렀다.

어김없이 아침 일찍 집결한 블랑 학파의 신입들은 서로 눈치를 살피면서 어색한 분위기를 만들고 있었다.

방금 전, 루얀이 툭 내뱉은 한마디 말 때문이었다.

"팀을 2개로 나눈다. 1팀의 팀장은 센티온, 2팀의 팀장은 테오가 맡는다."

특별한 일은 아니었다.

50명이나 되는 아이들을 동시에 관리하는 것은 쉬운 일이 아니었으니 충분히 예상 가능한 일이기도 했다.

문제는 루얀이 임명한 팀장에 있었다.

센티온이야 이견의 여지가 없었다.

첫날부터 워낙 특출한 리더십을 보여 주었고, 그의 근성 덕분에 모든 아이들이 급여를 받을 수 있었으니까.

루얀이 공식적으로 그를 팀장으로 임명하기 전부터 아이들은 내심 센티온을 리더로 받아들이고 있었다.

하지만 테오는 아니었다.

그는 함께 가입한 동기도 아니고, 지금껏 수련을 같이 받은 적도 없었다.

'오다 가다 몇 번 보기는 했지만…….'

같은 식구라고는 하지만 엄밀히 말하면 테오는 낯선 얼굴이었다.

심지어 테오가 다른 아이들보다 나이가 많은 것도 아니었으니 선뜻 리더로 인정하기 어려운 것도 당연한 일이었다.

"각 팀의 인원 편성은 팀장이 협의해라. 그럼 대화 마저 나누도록."

루얀은 아이들의 어색한 분위기에도 아랑곳하지 않고 홀연히 자리를 떠나 버렸다.

그러자 수련장을 겸하고 있는 정원에는 더욱 무거운 침묵이 내려앉았다.

반면 테오는 마냥 신이 난 표정이었다.

'와! 재미있겠다. 가슴이 두근두근 해.'

팀장이라는 지위를 받아서는 아니었다. 그저 수많은 아이들과 정식으로 함께하게 된 것이 기쁠 뿐이었다.

에페스 왕국이 재건을 선포한 후부터 테오는 학교에도 가지 못하고 있었는데, 이번에 친구가 잔뜩 생긴 것이다.

평범한 삶을 꿈꾸는 테오에게는 또래 아이들과 어울려 보내는 시간이 그만큼 간절했다.

하지만 그런 테오의 마음을 모르는 아이들의 입장에서는 히죽거리는 그의 모습이 더욱 불편하게 느껴질 뿐이었다.

결국 보다 못한 센티온이 앞으로 나섰다.

'이대로는 우리끼리 편을 가르게 될지도 몰라.'

루얀의 명령이니까 당장 반발하는 아이는 없겠지만, 언젠가는 불만이 터질 수도 있었다.

차라리 처음부터 확실하게 털고 가는 편이 나았다.

"테오라고 했지? 반가워."

센티온이 먼저 손을 내밀자 테오는 좋아 죽겠다는 표정으로 발을 동동 굴려 댔다.

"나도 반가워! 진짜 너무너무 좋아."

테오는 센티온의 손을 덥석 붙잡고 마구 흔들어 댔다.

지나치게 천진난만한 모습에 당황한 센티온은 재빨리 손을 빼내고는 어색하게 웃음을 흘렸다.

'이 녀석 뭐지?'

블랑 학파의 신입 마법사들은 오직 독기로 똘똘 뭉친 아이들이었는데, 테오는 그들과 완전히 반대의 모습을 보여 주고 있었다.

과연 테오가 이들과 어울릴 수 있을까?

센티온은 회의적이었다.

어떻게든 수습을 하려고 나선 그조차도 이질감을 느낄 정도 였으니 다른 아이들의 생각도 다르지 않을 터였다.

역시나 테오를 바라보는 아이들의 눈빛이 차갑게 가라앉았 다.

'저 애가 팀장이라니……'

'설마 내가 저 팀에 가는 건 아니겠지?'

아이들은 은연중에 테오와 거리를 벌리고 센티온의 뒤쪽으 로 모여들었다.

하지만 너무 신이 나서 분위기 파악을 하지 못한 테오는 여 전히 환하게 웃으면서 마구 말을 쏟아 냈다.

"우리 같이 밥 먹을래? 친구를 데려오면 카린이 요리를 해 준다고 했어."

카린의 요리!

아이들은 그것이 얼마나 끔찍한 것인지를 알 턱이 없었지 만, 그와는 관계없이 꺼림칙한 표정이었다.

팀을 나눠야 하는 중요한 결정을 앞두고 쓸데없는 말을 지 껄이는 테오를 이해할 수 없었던 탓이었다.

'에휴. 더 분위기가 나빠지기 전에 일단은 중요한 일부터 해 결하자.'

눈치를 살피던 센티온은 재빨리 손뼉을 쳐서 아이들의 시선을 집중시켰다.

"그보다 마스터께서 지시하신 일부터 하자. 팀을 나누라고 하셨는데, 어떤 방식으로 결정하는 게 좋을까?"

센티온의 질문에 아이들은 대답을 망설이면서 서로 시선을 부딪치지 않도록 고개를 돌렸다.

누군가는 테오의 팀에 들어가야만 하는 상황.

괜히 말을 꺼냈다가 손해를 볼까 걱정하는 모습이었다.

그러자 눈치도 없이 테오가 먼저 나서서 손을 들었다.

"어차피 다 친구잖아. 팀을 나눈다고 서로 떨어져서 지낼 것도 아닌데 뭘 고민해."

지나치게 태연한 반응에 아이들은 황당해져서 입만 뻥긋거릴 뿐이었다.

몇몇 아이들은 대놓고 눈을 흘기면서 혼잣말을 구시렁거리기도 했다.

'네가 뭘 알아!'

'우리한테는 중요한 일인데!'

아이들에게 블랑 학파는 유일한 동아줄이었다.

재능이 없는 그들을 마법사로 만들어 주고, 더 나은 미래를 꿈꿀 수 있게 해 준 터전이다.

때문에 블랑 학파 안에서 일어나는 일은 그들에게 무척이나 중요했다.

그런데 여기서 테오와 같이 태평한 아이의 팀에 들어간다면 제대로 꿈을 펼쳐 보지 못할지도 몰랐다.

상상만으로도 끔찍한 일이었다.

'헤실헤실하고 있을 시간이 없어. 우리는 진짜 절실하다고!'

아이들의 불만은 시간이 갈수록 깊어져만 갔다.

물론 그들 또한 테오에 대해서 모르기 때문에 품을 수 있는 불만이었다.

테오의 과거를 알게 된다면 감히 삶의 무게에 대해서 떠들지 못했을 테니까.

'갇혀 있는 것도 아니고, 고문을 당하는 것도 아닌데 뭐가 이렇게 심각하지?'

테오의 입장에서는 심각할 것이 전혀 없는 상황이었다.

비범해지고 싶은 아이들과 평범함을 원하는 아이.

동상이몽 속에서 무거운 분위기는 걷힐 기미가 보이지 않았다.

'아, 이게 아닌데…….'

센티온은 금방이라도 터질 것만 같은 폭탄을 바라보면서 입술을 잘근 깨물었다.

지금 당장 팀을 가르는 것은 무척이나 위험한 일이었다. 그리고 무의미한 일이기도 했다.

결과가 뻔히 보였으니까.

"끄응. 일단은 수련부터 하자. 오늘 수련이 끝날 때까지 신중하게 생각하고 팀을 결정해 줘."

센티온은 서둘러 상황을 정리하면서 아이들의 불만을 잠재웠다.

어설픈 봉합이었지만 센티온의 말에 반대하는 아이는 없었다.

지금은 더 나은 방법이 없는 것이 사실이었으니까.

"각자 자리로 돌아가. 마나 간섭이 발생하지 않도록 3m 이상 거리를 유지하는 거 잊지 말고."

센티온의 지시에 아이들은 일사불란하게 자리를 잡고 일제히 가부좌를 틀고 앉았다.

단 한마디로 아이들을 통제하는 센티온의 카리스마도, 그에 맞춰 칼같이 움직이는 아이들의 모습도, 모두 흔히 보기 어려운 진풍경이었다.

'우와. 다들 멋지잖아?'

테오는 신기하다는 듯 아이들을 바라보다가 이내 주먹을 불끈 쥐면서 고개를 끄덕였다.

'좋아! 나도 열심히 해야지.'

그 즉시 테오의 눈빛이 달라졌다.

번쩍.

천진난만한 모습은 온데간데없이 사라지고 무인의 올곧은 의지만이 확고하게 자리를 잡았다.

블랑 학파의 신입들은 아직 모르고 있었지만, 사실 테오야말로 진정한 독종이다.

강해지고자 하는 열망으로 따지자면 그 누구도 테오를 앞설 수 없다.

 그에게는 반드시 강해져야만 하는 이유가 있기 때문이었다.

 ─네가 옳다고 생각하는 일을 행하려면 일단 자격을 갖추거라.

 루얀이 말이었다.

 당연한 것을 당연하다 말하기 위해서는 힘이 필요한 세상이라고 했다.

 마을 하나가 통째로 가라앉는 것을 목격한 테오는 그 사실을 뼈저리게 느끼고 있었다.

 '내가 강해져야만 모두를 지킬 수 있어.'

 테오는 빈자리를 찾아서 가부좌를 틀고 곧바로 운기행공을 시작했다.

 후우우웅.

 테오가 운기행공을 시작하자 막대한 내력이 그의 주변으로 몰려들었다.

 한 인간의 의지에 대자연이 반응하고 있었다.

 '뭐, 뭐지?'

 '갑자기 무슨 일이야?'

 막 운기행공을 시작하려던 아이들은 강렬한 마나 폭풍을 감지하고 번쩍 눈을 떴다.

그리고 놀라운 광경을 목격할 수 있었다.

테오의 몸이 파랗게 빛나고 있었다.

사방에서 모여든 마나가 그를 감싸 안고 신명 나게 날뛰었다.

초절정의 경지!

심지어 기운이 뚜렷한 색을 지니고 있다는 것은 초입 수준을 넘어섰다는 의미였다.

물론 블랑 학파의 아이들은 테오의 경지를 알아볼 안목이 없었지만, 겉으로 드러나는 모습만 보고도 놀라기에는 부족함이 없었다.

콰르르르.

테오가 환원심법으로 소주천을 마치고 내력을 자연으로 돌려보내자 그의 몸에서는 거대한 폭포수가 쏟아졌다.

'어떻게 저럴 수가…….'

모두가 수련에 매진해야 할 시간이었지만, 정작 제대로 운기행공을 진행하고 있는 사람은 오직 테오뿐이었다.

다른 아이들은 넋을 놓고 테오를 바라보기에 바빴다.

그렇게 얼마나 시간이 흘렀을까.

테오가 번쩍 눈을 뜨고 기운을 갈무리하자 수련장에는 다시 침묵이 찾아왔다.

거칠게 날뛰던 기운도 언제 그랬냐는 듯 홀연히 사라져 버렸다.

개운하게 수련을 마친 테오는 그에게 집중된 시선을 뒤늦게 발견하고 눈을 끔뻑거렸다.

"무슨 일이라도 있어?"

테오는 다시 천진난만한 모습으로 돌아와 있었다.

하지만 이제는 그 누구도 테오의 태도가 가볍다 말할 수 없었다.

테오를 멍하게 바라보던 센티온은 가부좌를 풀고 일어나서 그에게 쭈뼛거리면서 다가갔다.

"이런 거 물으면 안 되는 거 알지만……. 혹시 지금 써클이 몇 개야?"

"써클? 아직 3개뿐이기는 한데……."

테오는 민망하다는 듯 머리를 긁적이면서도 솔직하게 대답했다.

사실 숨길 정도의 경지도 아니었다.

루얀을 비롯해서 온갖 괴물들과 부대끼고 살아온 탓에 테오는 자신의 성취가 얼마나 대단한 것인지도 모르고 있었다.

"3써클 마법사라고?"

하지만 아이들은 금방이라도 눈알이 튀어나올 것처럼 놀라면서 입을 떡 벌렸다.

"너…… 몇 살인데?"

"생일을 몰라서 확실하지는 않은데 열세 살로 하기로 했어."

테오의 어리숙한 대답에 수련장은 충격의 도가니로 변해 버렸다.

센티온보다 오히려 한 살 어린 나이가 아닌가.

아이들은 테오를 괴물 바라보듯 하면서 슬그머니 가부좌를 풀었다.

갑자기 부끄러워진 탓이었다.

애초에 그들이 테오를 리더로 받아들이고 말고 할 문제가 아니었다.

오히려 역대급 천재 마법사가 그들과 함께해 준다는 사실에 넙죽 절을 올려도 모자랄 일이었다.

'나는 아직 멀었어.'

'언제부터 내가 이렇게 건방진 생각을 했지?'

아이들은 이제 겨우 마나 써클을 만들었을 뿐이었다.

그런데 벌써 '진짜 마법사'라도 된 것처럼 건방을 떨었으니 입이 10개라도 할 말이 없었다.

아이들은 감히 테오와 눈을 맞추지 못하고 슬쩍 고개를 숙였다.

그러자 다시 테오가 나섰다.

자칫 분위기가 무거워질 수 있는 상황에서 그가 먼저 손을 내밀었다.

"친구야. 아까 보니까 가부좌 자세가 조금 불안정하던데. 내가 좀 도와줄까?"

한 아이에게 다가간 테오가 여전히 천진난만한 얼굴로 말을 걸었다.

"으, 응? 내 자세가 틀렸어?"

"틀린 건 아닌데 그렇게 앉으면 오래 수련하기 힘들 거야."

대뜸 자세를 지적하는 것은 분명 기분이 나쁠 수도 있는 일이었다.

중원에서 이런 일이 있었다면 칼부림이 나도 할 말이 없는 상황.

하지만…….

"사실 나도 좀 불편하기는 했어. 네가 좀 가르쳐 줄 수 있어?"

아이는 순수하게 테오의 호의를 받아들였다.

자존심이 상하기는커녕 불쾌하게 생각하지도 않았다.

잠시 건방진 생각을 품기는 했지만, 그래도 블랑 학파의 아이들은 '배우려는 자세'를 갖추고 있는 이들이었다.

배우기 위해 혹독한 수련을 견뎌 냈고, 성장을 위해서라면 그 누구에게도 배울 각오가 되어 있었다.

"당연하지. 이렇게 한번 해 볼래?"

테오는 선뜻 고개를 끄덕이면서 아이의 자세를 바로잡아 주었다.

그러자 테오를 바라보던 아이들의 눈빛이 또다시 달라졌다.

무시에서 경악으로, 이제는 열망으로 바뀌어 갔다.

"나, 나도 물어보고 싶은 게 있는데. 라이트 마법이 이상하게 튀는데 뭐가 잘못 된 건지 모르겠어."

센티온의 뒤에만 숨어 있던 아이들이 슬금슬금 테오에게로 몰려들었다.

"아, 그건 마나 분배가 잘못된 거야. 나도 처음에는 그런 적 있었어."

순식간에 수많은 질문이 쏟아졌지만 테오는 귀찮은 내색조차 없이 친절하게 답해 주었다.

이내 수련장에는 자연스럽게 뜨거운 열기가 가득 들어찼다.

아이들은 하나라도 더 배우기 위해서 테오에게 바짝 붙어 귀를 기울였다.

"설명이 좀 어려웠어? 그럼 내가 그림으로 그려서 보여 줄게."

테오의 친절한 설명이 이어질 때마다 아이들의 표정은 환하게 밝아졌다.

사실 테오야말로 아이들의 가려운 부분을 시원하게 긁어 줄 수 있는 적임자였다.

비슷한 과정을 밟아 왔으니까.

재능은 뛰어나지만 글자를 몰라서 암기가 불가능했던 테오는 스스로 그림을 그려 가면서 개념으로 마법을 익혔다.

그러한 테오의 마법 이론은 아이들에게 안성맞춤이었다.

어려운 이론도 그림으로 손쉽게 풀어 낸 테오의 개념은 아이들의 귀에 쏙쏙 박혔다.

천재와 둔재들.

그들의 하모니가 블랑 학파에 새로운 바람을 불어넣고 있었다.

'흐음, 이쯤일 텐데.'

루얀은 케시우스가 건네준 지도를 품에 넣으면서 주변을 둘러보았다.

중앙 대평원.

이름값을 한다고 해야 할까.

소블레스 대륙의 중앙에 펼쳐진 대평원은 끝이 보이지 않을 정도로 광활한 규모를 자랑했다.

무릎 높이로 자란 잡초와 듬성듬성 솟아난 나무 외에는 아무것도 보이지 않았다.

'찾는 것부터가 일이로군.'

어설픈 지도를 따라서 일단 평원의 중앙이라 짐작되는 곳에 도착하기는 했지만, 더 이상은 정보가 없었다.

무엇보다도 '역병의 근원'을 느낄 수 없다는 것이 가장 곤란한 문제였다.

아무리 감각에 집중을 해 봐도 이상한 점은 발견할 수 없었다.

'혹시 잘못된 정보인가?'

오래 전부터 '역병의 근원'을 추적해 온 케시우스가 실수를 했을 가능성은 낮았다.

차라리 일부러 골탕을 먹이기 위해 지도를 엉망으로 만들었다고 생각하는 편이 더 설득력이 있으리라.

'쯧. 어쩔 수 없지.'

루얀은 낮게 혀를 차면서 힘껏 기운을 끌어 올렸다.

우우우웅.

루얀의 팔에서 뿜어져 나온 황금빛 내력이 평원을 장악하고 빠르게 뻗어 나갔다.

감각만으로는 찾아낼 수 없었으니 공간을 통째로 장악해 버린 것이었다.

물론 터무니없는 짓이었다.

끝을 가늠할 수 없을 정도로 광활하게 펼쳐진 대평원을 모두 장악한다는 것은 상식 밖의 일이다.

루얀이라 할지라도 상당한 부담을 감수할 수밖에 없는 일.

이렇게까지 했는데도 허탕을 친다면 케시우스는 목숨을 부지하기 어려울 것이 분명했다.

계속해서 기운을 쏟아붓던 루얀은 이내 멈칫하면서 손을 거두었다.

대략 500m 앞에서 수상한 흐름을 감지한 탓이었다.

'슬슬 짜증이 나려고 했는데. 운이 좋았군.'

물론 운이 좋은 사람은 루얀이 아니라 케시우스였다.

겨우 생을 연명할 수 있게 되었으니까.

루얀은 수상한 흐름이 감지된 곳을 향해 뚜벅뚜벅 걸어갔다.

잡초만 무성한 곳이었고. 겉으로는 아무런 이상도 발견할 수 없었다.

'아래인가?'

루얀은 천천히 심호흡을 하면서 땅 밑으로 기운을 흘려보냈다.

투웅.

그런데 놀랍게도 기운이 멀리 뻗지도 못하고 금방 튕겨 나왔다.

정체를 알 수 없는 무엇인가가 가로막고 있는 것이 분명했다.

'직접 확인해 봐야겠군.'

외부에서 들여다볼 수 없다면 직접 들어가는 수밖에.

루얀은 튕겨 나온 기운을 회수해서 발에 집중시키고 힘껏 땅을 굴렀다.

쿠우웅.

발길질 한 번에 땅이 움푹 패면서 일대가 크게 주저앉았다.

그러자 대평원의 지하에 숨겨져 있던 동굴이 모습을 드러냈다.

인위적으로 만들어진 동굴은 아니었고, 과거부터 존재했던 것으로 보였다.

'천연 동굴이라고는 해도 무척이나 수상하군.'

동굴에서는 무척이나 음습하고 사특한 기운이 흘러나오고 있었다.

고오오.

착각인지 알 수 없지만 이상한 소리가 들리는 것 같기도 했다.

동굴의 분위기가 어찌나 불길했으면 루얀조차 본능적으로 거부감이 느껴질 지경이었다.

신계의 문짝도 뻥뻥 걷어차는 그였지만 이 동굴만큼은 선뜻 발을 내밀기 꺼려졌다.

루얀은 잠시 동굴 안을 살펴보았지만 워낙 어두워서 딱히 눈에 보이는 것은 없었다.

'쯧. 귀찮은 일이 생길 것 같은데…….'

외부의 기운을 튕겨 내는 수상한 장막에다 루얀의 시력으로도 분간이 불가능한 어둠까지.

당연히 평범한 동굴일 리가 없지 않은가.

하지만 불길하다고 해서 그냥 돌아갈 수도 없는 일이었다.

동굴 안에서 미약하지만 '역병의 근원'이 느껴지고 있었으니까.

제대로 찾은 것만은 확실했다.

루얀은 낮게 혀를 차면서 동굴 안으로 훌쩍 뛰어내렸다.

'보기보다 훨씬 더 고약하군.'

동굴로 들어서자 겉에서 보던 것보다 훨씬 더 강력한 압박이 느껴졌다.

무엇이라 딱 꼬집어 말하기는 어렵지만, 숨을 쉬는 것조차 불편할 정도로 찝찝한 기운이 감돌고 있었다.

'일단 시야부터 확보를 해야겠어.'

루얀이 가볍게 손가락을 튕기자 찬란하게 빛나는 구체가 머리 위로 둥실 떠올라 길을 밝혔다.

곧이어 드러난 동굴 내부의 모습은 가히 충격적이었다.

'으읍!'

루얀은 구역질이 날 뻔한 것을 겨우 참으면서 잔뜩 인상을 찌푸렸다.

수천, 수만의 시체가 동굴에 널브러져 있었다.

뼈만 앙상하게 남은 시체가 있는가 하면, 시랍화 되어 생전의 모습을 유지하고 있는 시체도 보였다.

그 끔찍한 모습을 확인한 순간, 마치 기다렸다는 듯 지독한 악취가 확 풍겨 왔다.

루얀은 코를 막으면서 비척비척 뒤로 물러났다.

'이게 무슨……'

너무나도 끔찍했다.

숱한 전장을 관통했고, 수많은 죽음을 직접 행하기도 했지만 이토록 처참한 광경은 처음이었다.

마을 전체가 한 줌 핏덩이로 녹아 내렸던 글로리 마을의 참사도 이 동굴에 비하면 가소로운 수준에 불과했다.

이곳에서 도대체 얼마나 많은 사람들이 죽은 것일까.

왜 이들의 목숨은 이토록 하찮게 파묻힌 것일까.

큰 충격을 받은 루얀은 차라리 눈을 감아 버리고 싶었다.

하지만 그럴 수 없었다.

시체들의 모습을 본 순간 불쾌한 기억 하나가 떠올라 그의 눈길을 붙잡았다.

둥. 둥. 둥.

먼저 전장의 북소리가 귀를 때렸다.

이어서 거대한 함성이 루얀의 몸을 뒤흔들었다.

—와아아아!

함성을 듣는 것만으로도 피가 뜨거워지는 기분이었다.

어느새 루얀은 전장의 한복판에 내팽개쳐져 있었다.

—죽여라!

—적을 죽여야 우리가 산다!

루얀을 사이에 두고 양쪽에서 돌진해 온 병사들이 충돌했다.

창을 내질러 적의 심장을 꿰뚫은 병사가 피를 뒤집어쓰고 포효했다.

하지만 부지불식간에 날아든 검에 그의 목도 떨어져 전장을 어지럽혔다.

수를 헤아릴 수도 없을 정도로 많은 사람들이 뒤엉키자 이내 피아를 식별하는 것은 무의미해졌다.

내가 죽지 않기 위해서는 주변에 있는 모든 이들을 죽여야만 했다.

쥴르의 기억!

루얀은 그가 보고 있는 장면이 무엇인지 곧바로 알아챌 수 있었다.

쥴르를 제거하기 위해 신계에 쳐들어갔을 때 목격했던 장면이었다.

사악한 존재를 깨우고야 말았던 대륙 최대의 실수.

바로 통일 전쟁이었다.

'그만. 그만하거라!'

전쟁의 참상을 지켜보는 것만으로도 정신이 피폐해져 갔다.

차라리 직접 무기를 들고 전장에 나섰다면 이렇게까지 고통스럽지는 않을 터였다.

다른 생각을 할 여유조차 없었을 테니까.

하지만 사람이 사람을 죽이고, 죽은 자의 몸뚱이가 땔감이 되어 전장을 불태우는 모습은 도저히 맨 정신으로 견뎌 내기 힘든 장면이었다.

오직 살기로만 가득한 전장의 분위기는 곧 루얀의 트라우마를 푹 찌르고 들어왔다.

─죽일 것이다. 모조리 지옥으로 내던질 것이다!

이어서 펼쳐진 장면은 루얀, 그 자신의 모습이었다.

눈에 보이는 모든 기사를 죽였다.

갑옷을 감추고 달아나는 기사를 끝까지 추격해서 결국 목을 거두었다.

블랑의 복수를 위해서였다.

기사단 하나를 통째로 지워 버린 루얀은 영주 성에 쳐들어 가서 끝내 마지막 한 놈까지 쓸어 버렸다.

무엇이 다른가!

당시 루얀이 품은 광기는 통일 전쟁을 일으킨 자들의 모습 과 전혀 다를 것이 없었다.

쥘르와 같은 사악한 존재가 탄생한 배경에는 결국 루얀의 분노도 포함되어 있었던 것이다.

비틀거리던 루얀은 힘겹게 균형을 잡으면서 주먹을 움켜쥐 었다.

'재미없는 짓거리를 하는군.'

고통스러운 장면에 갇힌 와중에도 루얀은 핵심을 놓치지 않 았다.

이 기억은 그의 것이 아니다.

60년 전에 벌어진 전쟁을 루얀이 목격했을 리가 없지 않은 가.

물론 복수를 위해 기사들을 죽인 것은 사실이다.

하지만 그는 당사자였다.

하늘에서 내려다보듯 하는 장면은 절대로 그의 기억일 수 없었다.

그러니까 이 장면은 누군가 악의적으로 꾸며 낸 수작에 불과했다.

"갈! 물러가라!"

궁신의 호령이 천하를 뒤엎었다.

콰르르르.

그의 억센 손에서 피어난 황금빛 내력이 전장을 관통해 모든 것을 잿더미로 만들었다.

결국 전장의 모습이 스르륵 걷히면서 루얀은 현실로 돌아올 수 있었다.

그는 시체가 산처럼 쌓여 있는 동굴의 한복판에 서 있었다.

루얀은 그제야 시체들의 무장을 확인할 수 있었다.

갑옷들은 심하게 파손되고 녹슬었지만 단 하나만큼은 여전히 또렷하게 남아있었다.

각 왕국을 상징하는 문양!

총 5개의 깃발이 한데 어우러져 몰락해 있었다.

"이곳이 전장이었군."

통일 전쟁에서 가장 치열한 전투가 펼쳐졌던 곳.

비정한 역사가 파묻힌 무덤.

그것이 바로 중앙 대평원이었다.

당시 전사한 병사들의 시체를 이 동굴에 파묻은 것이리라.

루얀은 쓸쓸하게 시체들을 바라보다가 이내 고개를 들어 동굴 안쪽으로 시선을 던졌다.

"장난은 여기까지만 하지. 모습을 드러내거라."

루얀의 담담한 목소리가 동굴 안쪽으로 흩어졌다.

그러자 곧 기괴한 일이 벌어졌다.

―크하하하!

―낄낄낄. 환영 인사가 별로였나 봐.

소름 끼치는 웃음소리가 사방에서 울려 퍼졌다.

루얀을 에워싸고 맴도는 메아리에는 무수히 많은 목소리가 섞여 있었다.

악마의 속삭임 같기도 했고, 어린아이의 통곡 같기도 했다.

분노한 기사의 호통이 있었고, 좌절한 병사의 단말마가 있었다.

종내에는 그 모든 목소리들이 하나로 겹쳐 알아들을 수도 없는 지경에 이르렀다.

"장난은 그만두라 했을 텐데."

하지만 루얀은 표정 하나 바꾸지 않고 태연하게 주변을 둘러보았다.

딱히 놀라운 일도 아니었다.

그는 이미 목소리들의 정체를 알고 있었으니까.

-아하하하. 싫은데?

-정색하지 마. 그러니까 너무 귀엽잖아.

루얀의 경고에도 불구하고 목소리들은 계속 주변을 맴돌면서 지껄여 댔다.

결국 루얀은 고개를 절레절레 내저으면서 천천히 기운을 끌어 올렸다.

후우우웅.

그의 다리로 모여든 황금빛 내력이 찬란하게 빛을 뿜어내는 순간, 벼락같이 발이 땅을 갈랐다.

"망령 따위가 건방지구나."

콰아앙.

엄청난 폭음과 동시에 공간이 쩍 갈라지면서 숨어 있던 존재들이 모습을 드러냈다.

도깨비불처럼 허공에 둥실둥실 떠 있는 검은 덩어리들이었다.

전쟁이 남긴 망령이다.

쥴르와 비슷한 이유로 탄생한 악령이지만 신이 되기에는 힘이 부족해 이곳에 남은 것이다.

말하자면 지박령인 셈.

놀라운 점은 망령의 수가 무려 100마리도 넘는다는 사실이었다.

'쯧. 거대한 무덤이었으니 그럴 만도 하지.'

루얀은 망령들을 쭉 둘러보면서 씁쓸하게 혀를 찼다.

수만 명의 목숨이 이 동굴에서 저물었다.

그 원한과 분노, 고통이 뒤엉켰으니 오죽하겠는가.

'꽤 귀찮아지겠군.'

망령 중에는 사뭇 강력한 사념을 지닌 놈들도 여럿 있었다.

계기만 주어진다면 충분히 신이 될 수도 있는 놈들이었다.

-벌써 끝이야? 인간, 더 괴로워 해! 어서!

-배고파. 배고파 죽겠어.

-널 잡아먹으면 아주 배가 부를 것 같아.

강제로 모습이 밝혀진 후에도 망령들은 섬뜩한 목소리를 멈추지 않았다.

루얀은 망령들을 빤히 바라보다가 이내 피식 헛웃음을 터트렸다.

'시간을 끌 필요는 없겠지.'

저들이 루얀을 기다린 것인지, 아니면 운명이 그를 이곳으로 이끈 것인지는 확실치 않았다.

하지만 망령들을 뚫어야만 역병의 근원으로 다가갈 수 있다는 것만은 분명했다.

그렇다면 망설이고 있을 이유가 없지 않은가.

"빨리 끝내자. 와라."

동굴의 어둠 속에서도 빛을 잃지 않은 신목의 나뭇가지가 사악한 존재들을 똑바로 겨누었다.

루얀이 진 천무지체를 완성한 이후로 활을 쥔 것은 이번이 처음이었다.

그만큼 상대가 만만치 않다는 뜻이기도 했다.

빠드득.

순식간에 신목의 나뭇가지가 거세게 휘었다.

이전에도 루얀의 궁술은 타의 추종을 불허했지만, 지금은 손놀림이 더욱 빨라져 있었다.

진 천무지체.

무에 최적화된 신체를 얻은 덕분이었다.

파아앗.

이내 밝게 빛나는 화살 하나가 허공으로 솟구쳤다.

신궁 오의.

천룡승천(天龍昇天).

용이 되어 승천하는 화살이 세찬 비바람을 뿌렸다.

파파파팟.

수천의 강기 덩어리가 빗줄기처럼 하늘을 가득 채우고 지상으로 떨어져 내렸다.

하나하나가 막대한 위력을 품고 있는 황금빛 폭우였다.

황금빛 내력!

루얀이 새로운 경지에 이르면서 얻은 기운이었다.

질푸른 내력과 노란빛의 마나, 그리고 오색찬란한 신력이 하나로 뭉쳐 새롭게 태어난 것.

당연히 그 위력은 평범한 마나와 비할 바가 아니었다.

콰콰콰쾅.

무시무시한 폭격에 동굴이 와르르 무너지고, 시체들이 불타 사라졌다.

존재 자체를 지워 버리는 궁신의 권능에 온 세상이 벌벌 떨었다.

망령들도 예외는 아니었다.

-끼에엑!

강기 덩어리에 격추당한 망령들은 고통에 몸부림치면서 소멸했다.

그 어떤 망령도 단 한줄기 빗방울을 견뎌 내지 못하고 스러졌다.

당연한 일이었다.

루얀은 이제 6갑자에 달하는 어마어마한 내력을 다루고 있었으니까.

뿐만 아니라 루얀의 내력에는 정순한 신력이 포함되어 있으니 망령들에게는 상극이나 다름없었다.

고작 화살 한 발이었지만, 단번에 30여 마리의 망령이 쓸려 나갔다.

하지만 루얀은 그것으로 만족하지 않고 다시 활을 당겼다.

도대체 언제 화살을 쏘고, 또 언제 다시 당긴 것일까.

너무나도 빠르고 자연스러운 동작이라 활의 움직임이 눈에 보이지도 않았다.

신궁 오의.

나선채(螺線彩).

이어서 금빛 어금니를 드러낸 3마리의 용이 맹렬히 뛰쳐나갔다.

하나하나에 무려 1갑자의 내력이 투입된 화살이 셋.

그토록 강맹한 힘이 담겼으니 거대한 강기 덩어리가 진짜 용처럼 보일 지경이었다.

콰르르르.

서로 뒤엉켜 나선으로 회전하는 화살은 일대를 완전히 초토화하면서 덩치를 불려갔다.

─인간이 어떻게 이런……

폭풍에 휩쓸린 망령들은 화살에 관통당하기도 전에 소멸해 버렸다.

쿠쿠쿵.

하늘에서는 뇌우가 쏟아지고, 지상에서는 용이 날뛰는 상황.

오직 파괴에만 초점을 맞춘 궁신의 힘은 단순히 죽음을 행하는 것을 넘어서 예술의 경지라고도 할 수 있었다.

루얀은 무자비한 파괴를 가만히 바라보다가 슬쩍 주먹을 움켜쥐었다.

이내 그의 주먹에도 황금빛 광채가 모여들었다.

우우우웅.

어떻게 이런 일이 가능한 것일까.

이토록 강력한 힘을 쏟아 내고도 루얀의 얼굴에는 힘든 기색조차 없었다.

이것이 바로 진 천무지체의 진짜 위력!

대자연과 완벽하게 동화된 덕분에 내력을 회복하는 속도가 무척이나 빨라졌다.

그저 호흡을 하는 것만으로도 운기조식을 취하는 것과 비슷한 수준으로 내력을 회복할 수 있다.

실제로 루얀은 대평원을 장악하는 과정에서 막대한 내력을 소모했지만, 이미 절반 이상을 회복한 후였다.

마르지 않는 샘물.

한 번에 다 퍼내지만 않는다면 거의 무한대로 기운을 쏟아부을 수 있었다.

신궁 오의.

질풍취우(疾風驟雨).

제2식 회(回).

루안의 주먹에 맺힌 황금빛 내력이 일순간 확 뻗어 나가 동굴을 가득 채웠다.

그러자 비바람을 뿌리던 천룡이, 발톱을 휘두르던 광룡이, 일제히 고개를 돌려 다시금 망령을 찢어발겼다.

콰르르르.

단말마조차 삼켜 버린 폭격이 멎었을 때, 동굴은 이미 태반이 무너져 있었다.

살아남은 망령도 겨우 30여 마리에 불과했다.

나름대로 특별한 존재라고 자부했던 망령들도 궁신의 손짓 앞에서는 한순간에 70%가 증발해 버렸다.

압도적인 무위를 선보였으니 보통이라면 전투가 끝나도 이상할 것이 없는 상황이었다.

하지만 망령들은 포기하지 않았다.

-기회다!

-내가 먼저 먹을 거야!

그들은 애초에 유대감이 없는 존재였고, 태생부터 공포라는 감정이 결여된 괴물이었다.

파파팟.

원망, 분노, 좌절, 고통, 살의.

모든 부정적인 감정들이 시퍼렇게 날을 세우고 루안에게 돌진해 왔다.

'결국 모두 소멸시켜야 끝날 일이다.'

루얀은 날아드는 망령들을 무심하게 바라보면서 슬쩍 호신 강기를 끌어 올렸다.

그 즉시 황금빛 장막이 펼쳐져 루얀을 감싸 안았다.

그런데…….

스르륵.

놀랍게도 망령들은 내력의 벽을 그냥 통과해서 파고들었다.

신력을 포함하고 있는 내력에도 영향을 받지 않다니!

이번에는 루얀조차 예상치 못했던 일이라 대응이 늦고 말았다.

푸욱.

결국 망령 하나가 날카롭게 발톱을 세우고 루얀의 어깨를 찔렀다.

동시에 망령은 스르륵 흩어지면서 루얀의 몸 안으로 스며들었다.

'무슨 짓을…….'

깜짝 놀란 루얀은 자신의 어깨를 내려다보았다.

이상하게도 상처는 없었다.

대신 미친 듯이 허기가 몰려왔다.

너무 배가 고파서 일순간 머리가 하얘지는 기분이었다.

루얀도 고아로 내팽개쳐져 굶주림이 일상이었던 시기가 있었다.

하지만 당시에도 이 정도는 아니었다.

이렇게까지 지독한 허기는 생애 처음이었다.

'끄으윽.'

오죽하면 주변에 널브러진 밀랍 시체의 살점이라도 뜯어먹고 싶은 심정이었다.

지금 당장 굶주린 배를 채우고 싶다는 욕망만이 머릿속을 가득 채웠다.

'쳇. 아귀(餓鬼)로군.'

루얀은 어금니를 빠득 깨물면서 욕망을 억눌렀다.

굶주려 죽은 이의 욕망에서 탄생한 망령이 그의 정신을 좀먹고 있는 것이 분명했다.

자칫 이성을 잃는 순간에는 저 망령들처럼 변해 버릴 수도 있었다.

위협을 느낀 루얀은 재빨리 몸을 뒤로 빼내고 망령들을 경계했다.

'정면으로 부딪치는 것은 위험하다.'

물리적인 위력은 그리 대단할 것이 없지만 접촉하는 것 자체가 위험한 놈들이었다.

그나마 아귀의 공격이었기에 망정이지 살귀(殺鬼)에게 노출됐다면 끔찍한 일이 벌어졌을 것이었다.

루얀이 이성을 잃고 날뛴다면 그보다 더 큰 재앙도 없을 테니까.

ー쳇. 굶어 죽은 놈 따위가 가장 먼저 맛을 보다니.

-부러워! 나도 저 몸을 갖고 싶어!

루얀이 후퇴하자 망령들은 더욱 섬뜩하게 목소리를 높이면서 일렁거렸다.

하지만 말과는 달리 섣불리 달려드는 망령은 없었다.

그들도 깨달은 것이다.

루얀이 만만치 않은 상대라는 사실을.

가장 먼저 달려드는 망령은 허망하게 소멸할 것이 분명했다.

차라리 다른 망령이 소멸하는 틈을 노려서 루얀을 잡아먹는 것이 현명한 방법이다.

30여 마리의 망령들은 이 순간 모두 같은 생각을 하고 있었다. 덕분에 시간을 번 루얀은 정신을 집중해서 아귀의 사념을 완전히 떨쳐 낼 수 있었다.

-멍청한 새끼들! 이러다 다 죽는다고!

-아가리만 씨불이면 끝이냐? 너부터 뭐라도 해 봐!

루얀이 아귀를 떨쳐 냈다는 사실을 본능적으로 깨달은 망령들은 서로를 힐끗으면서 상스러운 욕설을 쏟아 냈다.

-병신들. 얼마 만에 찾아온 인간인데! 이대로 맛도 못 보고 소멸할 생각이야?

-차라리 같이 먹자. 공평하게 딱 한 입씩만 먹는 거야!

본래 협력이라는 개념조차 없는 악령들이었지만, 욕망 앞에서 기적적인 화합이 일어났다.

-좋아. 대신 내가 먼저 먹을 거야.

-개소리 하지 마. 내가 먼저야.

악령들은 마치 비명을 지르듯 지껄이면서 한 점으로 모여들었다.

스아아악.

곧 30여 마리의 망령들이 하나의 몸으로 재탄생했다.

결국 신이 되기를 포기하고 괴물이 되기로 결정한 것.

원초적인 본능과 욕망이 불러온 결과였다.

고오오오.

악령들이 하나로 합쳐지자 동굴에는 다시 음습한 기운이 가득 들어찼다.

-크하하하.

거대해진 망령은 무려 10m가 넘는 덩어리가 되어 끔찍하게 꿀렁거렸다.

'끔찍하군.'

애초에 강력한 욕망에서 탄생한 놈들이다.

그 끔찍한 감정들이 하나로 뭉쳤으니 존재 자체가 재앙이라 해도 과언이 아니었다.

-히히. 맛있겠다.

하나의 망령이 지껄였지만 30개의 목소리가 흘러나왔다.

온 몸의 털이 쭈뼛 곤두설 정도로 섬뜩한 음성이었다.

루얀은 망령 덩어리를 빤히 바라보다가 길게 한숨을 내쉬었다.

"태어나지 말았어야 할 것들이 많기도 하구나."

분명 망령들은 위험한 존재였다.

사방에서 틈을 노리고 날아드는 악의는 루얀조차 긴장하게 만들었다.

하지만 그들이 스스로 하나가 되었다면 이야기가 달라진다.

더 이상 감정의 기습을 걱정하지 않고 하나의 괴물만 쓰러트리면 되는 일.

결과적으로 망령들의 합체는 루얀을 더 편하게 해 줄 뿐이었다.

"본좌가 거두겠다."

루얀은 슬쩍 활을 들었다가 그냥 내려놓았다.

활을 당기는 모습도 보이지 않았고, 화살이 쏘아지지도 않았다.

하지만 정말로 아무것도 하지 않은 것은 아니었다.

너무 빨라서 보이지 않았을 뿐.

마궁 오의.

신벌(神罰).

무려 6갑자의 내력을 품은 최후의 한 발이 은밀하게 어둠을 갈랐다.

본래 신의 징벌이란 예고 없이 찾아오는 법.

푸욱.

모습도, 소리도, 기척도 없이 날아간 화살이 거대한 망령의 중심을 관통했다.

일시에 모든 기운을 쏟아부은 루얀은 잠시 눈을 감고 호흡을 가다듬었다.

내력 고갈로 인한 현기증 때문에 한동안은 몸을 움직일 수 없는 상황이었다.

하지만 뒤를 걱정할 필요는 없었다.

고작 망령 따위가 막아 낼 수 있는 화살이 아니었으니까.

이미 동굴 안에서는 그 어떤 기운도 느껴지지 않았다.

'케시우스, 이번에는 1000골드로는 어림도 없을 거다.'

잠시 휴식을 취한 루얀은 눈을 번쩍 뜨고 주변을 돌아보았다.

역시나 망령들은 모두 소멸한 후였다.

이제 '역병의 근원'을 처리하고 돌아갈 순간.

루얀은 케시우스에게 얼마를 청구할 것인지 고민하면서 천천히 걸음을 옮겼다.

그런데 허공에서 불쑥 튀어나온 망령 하나가 그의 앞을 가로막았다.

'전부 소멸한 것이 아니었나?'

아슬아슬하게 일렁이는 것을 보면 힘이 다한 것 같았지만, 아직 살아 있다는 것만으로도 충분히 놀라운 일이었다.

"쯧. 아직도 욕심을 버리지 못했나?"

루얀은 망령을 한심하게 바라보면서 질책했다.

그러자 망령은 루얀을 피해 훌쩍 뒤로 물러나면서 다급하게 말을 쏟아 냈다.

"잠깐! 네가 뭘 상대하고 있는지는 알고 있어?"

무슨 말을 하려는 것일까.

망령은 힘이 다해서 존재가 흐릿해지는 순간에도 간사하게 입을 놀려 댔다.

"관심 없다."

루얀은 망령의 말을 무시하고 다시 걸음을 옮겼다.

죽어 가는 망령에게 휘둘리고 싶은 생각은 없었다.

하지만 망령은 포기하지 않고 루얀의 뒤를 졸졸 따라왔다.

"적이 누구인지는 알고 싸워야지."

"그것도 상관없다."

사실이었다.

루얀은 상대가 누가 되었든 신경 쓰지 않았다.

제거해야 하는 놈이라면 반드시 그렇게 할 뿐이다.

"치. 재미없는 놈이네. 그래도 알려 줄게. 나만 알고 사라지기에는 너무 심심하니까."

망령은 그 말을 끝으로 완전히 모습이 흩어져서 소멸해 버렸다.

대신 루얀의 눈앞에 새로운 장면이 펼쳐졌다.

검은색 머리카락을 짧게 자른 청년의 모습이 보였다.

고급스러운 복장으로 보아 부유한 집안의 자제인 듯했다.

청년은 책을 읽고 있었다.

그런데 어느 순간 낯선 남자가 그를 찾아왔다.

낯선 남자는 청년의 귀에 무척이나 재미있는 농담을 속삭였다.

-너는 신의 아이란다.

그리고 대륙 곳곳에서 불길이 치솟았다.

소블레스 대륙을 피로 물들인 통일 전쟁의 시작이었다.

'허어. 무슨 일이 있었던 것이냐.'

루얀은 눈앞에 펼쳐지는 기억들을 주시하면서 탄식을 흘렸다.

놀라운 진실이 그를 기다리고 있었다.

❦

대륙은 오래 전부터 5개의 왕국으로 나뉘어 있었다.

언제부터였는지는 정확하지 않았다.

기록 문화가 발달하기 전부터 그래 왔기 때문에 그저 아주 먼 과거의 일이라고 추측할 뿐이었다.

대륙 동부의 흐바르 왕국.

대륙 서부의 비살라 왕국.

대륙 남부의 유실 왕국.

대륙 북부의 에페스 왕국.

그리고 중앙에는 파그리오 왕국이 명맥을 이어 갔다.

평화의 시기였다.

각 왕국은 서로의 영토를 탐내지 않았고 각자의 문화를 존중하며 발전했다.

각 왕국이 따르는 신도 모두 제각각이었지만 그 또한 큰 문제가 되지는 않았다.

신은 인간들에게 다툼을 권하지 않았으니까.

하지만 영원할 것만 같았던 평화에도 결국 끝은 있었다.

모순되게도 불행은 가장 햇살이 따사로운 날에 시작되었다.

나무 그늘에 앉아 책을 읽던 흐바르 왕국의 왕자에게 한 청년이 찾아왔다.

오닉스 흐바르 10세는 햇빛을 가로막는 그림자에 살짝 인상을 찌푸리면서 고개를 들었다.

"누구세요?"

"내가 누구인지는 중요하지 않단다. 진짜 중요한 것은 네가 누구냐이지."

"그게 무슨 말이죠?"

"너는 신의 아이란다. 꼭 기억하고 있거라. 조만간 너의 힘을 깨닫는 날이 올 테니."

낯선 청년은 오닉스에게 알 수 없는 말을 남기고 홀연히 떠나 버렸다.

'내가 신의 아이라고?'

이상한 일이기는 했지만 오닉스는 딱히 신경 쓰지 않았다.

흐바르 왕가는 대대로 켈라헬 신을 따르고 있었고, 왕가의 후손인 오닉스라면 당연히 '신의 아이'라 불릴 자격이 있었다.

어떻게 보면 흔한 덕담이라고 생각할 수도 있었다.

오닉스는 낯선 청년과의 만남을 금방 잊어버렸다.

그로부터 1년이 지났을 때, 오닉스에게 놀라운 일이 벌어졌다.

오닉스는 켈라헬 교단의 행사에 참석했다가 왕성으로 돌아가던 중에 낙마하고 말았다.

그의 기마술은 왕국 제일이라 평가를 받았지만, 갑작스러운 사고를 피하지는 못했다.

그런데 이상하게도 상처 하나 남지 않았다.

낙마하는 순간 말의 발길질에 머리가 치였음에도 그는 멀쩡했다.

오닉스는 영문을 알 수 없었지만, 사고를 목격한 기사들은 똑똑히 볼 수 있었다.

갑자기 터져 나온 신성력이 오닉스를 보호하는 모습을.

"왕자님, 사제도 아닌데 어떻게 신성력을 다루십니까?"

그 사실이 알려지자 흐바르 왕국은 발칵 뒤집혔다.

신성력은 오직 사제만이 다룰 수 있는 힘이었다.

어렸을 때부터 신에게 모든 삶을 바칠 것을 맹세한 인간에게만 신성한 힘이 허락된다.

하지만 오닉스는 맹세도, 수행도 없이 신성력을 얻었으니 분명 놀라운 일이었다.

그제야 오닉스는 낯선 청년과의 대화를 다시 떠올릴 수 있었다.

─너는 신의 아이란다.

이상하게도 청년의 얼굴은 전혀 기억이 나질 않았다. 아니, 애초에 청년이 맞기나 한 것인지조차 불확실했다.

오직 그의 한마디만이 기억에 남아 머리를 맴돌았다.

'신의 아이…….'

이유야 어찌 되었든, 한순간에 왕국의 주요 인물로 부상한 오닉스는 수많은 관심을 받게 되었다.

그렇게 10년이 지났을 때, 오닉스는 다른 왕자와 왕녀들을 제치고 왕좌에 앉게 되었다.

신에게 선택받은 왕!

흐바르 왕국의 국민들은 매일같이 입을 모아 오닉스를 칭송했다.

오닉스도 그가 받은 은총을 국민들에게 되돌려 주기 위해 불철주야 노력했다.

그렇게 성군이 탄생하는 듯했다.

하지만 문제는 그때부터였다.

"에페스 왕국에서도 신에게 선택을 받은 왕이 나왔다던데?"

"엥? 우리 왕국만 축복을 받은 게 아니었어?"

"파그리오 왕국에서도 방금 '신의 아이'라고 주장하는 왕이 등극했대."

대륙에 이상한 소문이 돌기 시작했다.

자신이 '신의 아이'라고 주장하는 이들의 공통점은 모두 낯선 청년을 만났다는 것이었다.

망령이 보여 준 과거의 기억을 지켜본 루얀은 낮게 침음을 흘렸다.

'이게 사실이라면……'

이후에 벌어질 일을 예상하는 것은 그리 어려운 일도 아니었다.

보물은 그 수가 적을 때에 더 가치가 높은 법이다.

혼자만 보물을 쥐고 있다고 생각하다가 같은 보물이 여럿 존재한다는 사실을 알게 된다면 어떤 일이 벌어지겠는가.

'없애고 싶겠지.'

루얀의 예상은 완벽하게 적중했다.

다른 왕국에서도 비슷한 일이 일어났다는 사실을 파악한 오닉스 흐바르 10세는 크게 탄식했다.

"흐바르 왕국만을 위한 축복이 아니었단 말인가."

오닉스는 혼란스러웠다.

수많은 감정이 복잡하게 뒤엉켜서 그 자신의 마음조차 확실히 가늠할 수 없었다.

그는 절대로 인정하지 않겠지만, 복잡한 마음속에서 가장 강하게 존재감을 드러낸 것은 '질투'였다.

"왜 특별한 존재를 이토록 많이 내리셨을까. 나 하나로는 부족하셨던가."

오닉스는 본래 총명한 아이였다.

독서와 사색을 즐기는 순수한 영혼이기도 했다.

하지만 그것도 이제는 과거의 수식어일 뿐. 이제 오닉스를 표현하는 단 하나의 수식어는 오직 '특별함'이었다.

모든 사람들이 그를 특별한 존재로 바라보았고, 그의 행동 하나하나를 신의 뜻으로 여기며 떠받들었다.

그렇게 무려 10년을 보냈다.

삼인성호(三人成虎)라는 말이 있다.

비록 거짓일지라도 3명이 입을 맞추면 없는 호랑이도 만들어 낼 수 있다는 뜻이다.

오닉스의 행동이 신의 뜻인지는 알 길이 없으나, 수많은 사람들의 추앙은 그를 변화시켰다.

'나는 신에게 선택받은 존재다.'

이미 자신의 지위에 너무 심취한 오닉스는 결국 돌이킬 수 없는 결정을 내리고 말았다.

"나를 세상에 내려 보낸 켈라헬 신만이 유일한 신성이다."

오닉스는 다른 교단을 부정하기에 이르렀다.

그가 계속 특별하기 위해 다른 신의 아이들을 끌어내리기로 결심한 것이었다.

오닉스 흐바르 10세의 충격적인 발언은 대륙을 혼란에 빠트리기에 충분했다.

더욱 안타까운 점은, 어리석은 판단을 내린 사람이 비단 오닉스뿐만은 아니라는 사실이었다.

"벨라 여신만이 유일한 정의다."

"쥬리아 신께서는 다른 신의 아이들을 인정하지 않으셨다."

같은 날, 모든 왕국에서 같은 일이 벌어지고 있었다.

5개의 왕국은 이미 신의 아이를 중심으로 권력이 재편된 상황.

세상의 중심으로 떠오른 그들이 서로를 견제하기 시작했으니 충돌은 이미 정해진 것이나 마찬가지였다.

이윽고 신의 아이들을 주축으로 한 전쟁이 발발했다.

"모두 검을 들어라! 아스테어 신을 위하여!"

"켈라헬이 지켜보고 계신다. 돌격!"

"놈들에게 사이하 신의 위대함을 증명할 시간이다. 가자!"

60년 전에 벌어졌던 대전쟁은 애초에 제국 통일이 목적이 아니었다.

말하자면 신성 전쟁이었다.

"와아아! 죽여라!"

"한 놈도 살려 보내지 마라!"

중앙 대평원에서 5개의 군대가 충돌하는 장면을 끝으로 망령의 기억은 끝이 났다.

다시 동굴로 돌아온 루얀은 가볍게 한숨을 내쉬었다.

'후우, 이것을 믿어야 하는 것인가.'

엄밀히 말하자면 망령의 장난일 뿐이었다.

신뢰도가 너무 낮다.

하지만 거짓으로 치부하기에는 너무 구체적인 기억이었다.

그리고 무엇보다도 마음에 걸리는 이름 하나가 있었다.

'사이하……. 분명 그런 이름이었지.'

루얀을 신계로 불렀던 정체불명의 신.

그는 자신의 이름을 사이하라고 밝혔다.

이것이 과연 우연일까.

루얀은 황금빛으로 일렁이던 사이하의 모습을 떠올리면서 미간을 주물렀다.

아직 모든 사실을 확인하지는 못했지만, 무척이나 복잡하게 얽힌 일이 그를 기다리고 있는 기분이었다.

'일단은 역병의 근원부터.'

할 수 있는 일부터, 그리고 해야 하는 일부터 처리하다 보면 언젠가는 끝에 다다를 수 있을 터.

루얀은 무겁게 걸음을 떼고 동굴 안으로 뚜벅뚜벅 걸어 들어갔다.

이미 소멸해 버린 망령들은 더 이상 그의 걸음을 붙잡지 못했다.

"이번에는 조금 늦으셨네요?"

케시우스는 골든 펍의 허름한 문을 열고 들어서는 루얀을 발견하고 대충 손을 흔들어 보였다.

다소 어설픈 지도를 던져 주기는 했지만 루얀이라면 어렵지 않게 해결할 것이라 믿고 있었다.

그런데 어째서일까.

루얀의 표정이 딱딱하게 굳어져 있었다.

평소와는 분명 다른 모습이었다.

"무슨 일이라도 있었습니까?"

그제야 케시우스는 자세를 바르게 고쳐 앉고 공손하게 루얀을 올려다보았다.

분위기가 심상치 않다는 것을 본능적으로 감지한 것이었다.

"케시우스, 자리를 옮기지."

루얀이 심각하게 말을 꺼내자 케시우스는 선뜻 고개를 끄덕이면서 자리에서 일어났다.

"지하로 가시죠."

지금은 루얀과 테오가 수련실로 쓰고 있지만, 본래 골든 펍의 지하실은 케시우스의 집무실이었다.

드래곤의 개인 공간.

당연히 그 어떤 간섭도 존재할 수 없었다.

케시우스와 함께 지하실로 내려온 루얀은 눈을 감고 잠시 생각을 정리하다가 툭 하고 말을 내뱉었다.

"전장이었더군."

"맞습니다. 하지만 옛날 일이죠. 지금은 아무도 찾지 않는 오지일 뿐입니다."

"옛날 일이라……. 정말로 그렇게 생각하나?"

루얀의 날카로운 말투에 움찔한 케시우스는 반사적으로 방어 자세를 취하면서 뒤로 물러났다.

물론 의미 없는 짓이었다.

루얀이 진짜로 폭력을 행사할 생각이었다면 방어 자세 따위는 아무런 장애물도 되지 않았을 테니까.

루얀은 케시우스의 재롱을 가만히 지켜보다가 한숨을 푹 내쉬었다.

"그곳에서 이상한 것을 봤다."

루얀은 중앙 대평원에서 그가 겪은 일을 차분하게 이야기했다.

끝내 망령들을 모두 해치우고 '역병의 근원'까지 제거했다는 이야기를 들은 케시우스는 담담하게 고개를 끄덕였다.

그다지 놀라지도 않는 기색이었다.

"역시 그랬군요. 짐작은 하고 있었습니다."

"그렇다면 망령이 보여 준 장면이 사실이라는 것인가?"

"아마 그럴 겁니다. 저도 직접 확인한 일은 아니지만요."

"그게 무슨 뜻이지?"

케시우스의 두루뭉술한 대답에 루얀의 표정이 더욱 무겁게 굳어졌다.

더 말을 아끼다가는 대화에 물리력이 더해질 것이 분명한 상황이었다.

"제가 인간들을 지켜본 것은 통일 전쟁이 벌어진 이후부터였습니다. 전쟁의 배경에 대해서는 저도 모릅니다."

케시우스의 솔직한 고백에 루얀은 그제야 표정을 풀고 그를 똑바로 바라보았다.

"짐작하고 있는 바를 말하라."

"전쟁 중에 인간들이 신의 이름을 부르짖었던 것만큼은 기억하고 있습니다."

그러니까 망령이 보여 준 기억에서 최소한 절반은 진실이었다는 뜻.

영토 확장을 목적으로 한 전쟁이 아니었다는 사실만큼은 확실해졌다.

"정말로 신성 전쟁이었다는 건가? 왜 지금까지 말하지 않았지?"

"저도 이야기를 들은 후에야 퍼즐을 맞출 수 있었습니다."

케시우스는 침착하게 목소리를 가다듬으면서 그가 맞춘 퍼즐을 내보였다.

"신성 전쟁이라는 허울을 내세웠지만, 사실 특별한 존재로 남고 싶었던 몇몇 인간들의 다툼이었겠죠."

거기까지는 루얀도 알고 있었다.

망령의 기억에서 확인했으니까.

중요한 것은 그 이후였다.

"루얀, 그 전쟁을 지켜보면서 신들은 과연 어떤 생각을 했을까요?"

케시우스는 정확하게 핵심을 찔렀다.

왕국들은 신의 이름을 앞세웠지만 정작 거기에 신의 뜻은 없었다.

"전쟁을 막고 싶었겠지."

"맞습니다. 하지만 신은 직접 인간 세상에 개입할 수 없으니 다른 방법이 필요했을 겁니다."

"다른 방법이라면……."

"신의 아이를 다시 선택하는 겁니다. 전대의 신의 아이가 저지른 잘못을 수습할 수 있는 인간으로요."

"알리제와 클로양이 벨라의 선택을 받았습니다. 알고 계시죠?"

루얀도 알고 있었다.

하지만 지금 케시우스가 이 말을 하는 이유는 '왜'를 따지기 위함이었다.

왜 그녀들이었을까.

에페스 왕국의 마지막 왕은 알리제의 조부였다.

에페스 11세가 벨라에게 선택받은 인간이었다는 뜻이다.

에페스 왕국의 과오를 바로잡을 새로운 신의 아이로 알리제만큼 적합한 인간도 없었을 터.

벨라는 에페스의 핏줄이 스스로 문제를 해결하기를 바랐던 것이다.

"벨라. 인연의 신이라고 했던가?"

"네. 그녀는 딱 이름에 걸맞은 결정을 내린 셈이죠. 그리고 그렇게 생각하면 다른 신의 아이들도 설명이 됩니다."

테오와 프레시아를 말함이었다.

알리제까지 포함하면 이미 3명의 신의 아이가 존재를 드러냈다.

"유실 왕국이 모셨던 아스테어는 생명의 신이라고 불립니다."

"생명의 신이라면······."

"아스테어라면 당연히 생명을 고귀하게 여길 수 있는 존재를 신의 아이로 선택했을 겁니다."

"그래서 엘프를 선택했군."

"네. 그중에서도 풍파에 휘둘리지 않고 자신의 자리를 지킬 수 있는 엘프가 필요했겠죠."

그렇게 보면 프레시아가 적임자다.

혼란스러운 상황에서도 자신의 정체성을 찾기 위해 부족에 남은 아이니까.

비록 추측이라고는 하지만 확실히 설득력이 있었기에 루얀도 순순히 고개를 끄덕였다.

"파그리오 왕국이 따랐던 쥬리아는 평화의 신입니다. 평범한 일상 속에서 평화를 찾는 것이 쥬리아 교단의 가르침이죠."

평범한 일상을 간절히 바라는 아이.

테오가 쥬리아의 선택을 받은 것도 역시 우연이 아니었다.

"무슨 말인지 알겠다. 하지만 애초에 신의 아이들 때문에 벌어진 일이 아닌가. 그런데 또 같은 짓을 한다고?"

"맞습니다. 신들도 똑같은 실수를 반복하는 것이 두려웠을 겁니다."

케시우스는 그렇게 말하면서 루얀을 빤히 바라보았다.

재앙을 반복하지 않기 위해 신들에게도 안전장치가 필요했을 터.

케시우스는 그 안전장치가 무엇인지 이제 확실히 깨달을 수 있었다.

"사이하. 비살라 왕국을 수호했던 신입니다."

"그 이름을 들어 본 적이 있다. 사이하는 누구지?"

"치유의 신입니다. 그러니까 사이하라면 망가진 대륙을 치료할 수 있는 인간을 선택했을 겁니다."

케시우스도, 루얀도, 잠시 말을 멈추고 서로를 바라보았다.

어색해진 분위기 속에서 먼저 입을 연 쪽은 케시우스였다.

"루얀, 당신입니다."

신계의 초대를 받았을 때, 루얀은 다섯 신을 만날 수 있었다.

당시에는 그들이 누구인지 알 수 없었다.

하지만 이제는 그들의 정체를 알 것도 같았다.

황금빛으로 일렁이던 첫 번째 신이 가장 뚜렷한 존재감을 지니고 있었다.

사이하다.

그가 스스로 이름을 밝히기도 했으니 틀림없었다.

다음으로 뚜렷한 자는 푸른 빛을 띠고 있었고, 초록과 분홍의 순서로 존재감을 드러냈다.

'테오의 눈동자가 딱 그런 색이었지.'

푸른 빛으로 일렁이던 신은 쥬리아였을 터.

초록빛으로 일렁이던 자는 프레시아의 눈동자를 연상시켰다.

신의 아이가 각성한 힘에 따라 그들의 존재감도 바뀌는 모양이었다.

어렴풋이 분홍빛을 드러냈던 신, 벨라의 존재감이 유독 약했던 것은 아직 알리제와 클로양이 각성을 하지 못했기 때문이리라.

'그러고 보니……'

벨라는 유독 그에게 적대적이었다.

그녀는 루얀의 오만한 태도를 꾸짖으면서 분기를 드러내기도 했다.

당시에는 그녀의 이름조차 알지 못했지만, 지금 생각해 보면 그녀가 예민하게 반응한 것도 충분히 이해할 수 있는 일이었다.

'신이라는 자가 옹졸하군.'

루얀이 벨라와 대면한 것은 그때가 처음이 아니었다.

펄스 마을에서 클로양은 쥴르에게 한번 몸을 빼앗긴 적이 있었다.

그 사실을 눈치챈 루얀은 벨라에게 호통을 쳤었다.

−벨라. 듣고 있다면 답하라. 너의 사제를 지켜라.

다행히 벨라가 화답하면서 위기를 넘길 수 있었지만, 신의 입장에서 생각한다면 상당히 불쾌한 일이리라.

'다시 만난다면 오해를 풀어야겠군.'

물론 주먹으로.

루얀은 폭력이야말로 관계 개선에 가장 효과가 빠른 처방임을 잘 알고 있었다.

'제멋대로 나를 선택한 사이하라는 놈과도 대화가 필요하겠지.'

사이하와 벨라.

과연 누가 더 혹독하게 두들겨 맞을지는 두고 봐야 알 일이었다.

어찌 되었든 조금씩 퍼즐이 맞춰지고 있었다.

이제 남은 조각은 단 하나뿐.

다섯 신들 중에서 어두운 기운을 뿌리던 시커먼 형체.

루얀을 초대하고도 건방지게 먼저 떠나 버린 놈.

그리고 루얀을 심마에 들게 했던 등선문의 목소리!

'그놈이 켈라헬이었군.'

통일 제국을 완성한 흐바르 왕국의 신성도 분명 신들의 연회장에 함께 있었다.

잠시 생각을 정리하던 루얀은 슬쩍 고개를 들어 케시우스를 똑바로 바라보았다.

"사이하라는 놈이 마음에 들지는 않지만 일단은 넘어가겠다. 그보다 중요한 일이 있으니까."

"켈라헬 말씀이시죠?"

"그렇다. 그자는 아직 신의 아이를 선택하지 않은 것인가?"

"저도 모릅니다. 하지만 힌트는 있습니다. 켈라헬은 다섯 신들 중에서 유일하게 교단이 남아 있는 신입니다."

"그 말은……."

"제국의 수도에 단서가 있을 겁니다. 어쩌면 황성에 있을지도 모르고요."

다른 신들의 계획이 조금씩 드러나는 상황에서도 켈라헬의 의중만큼은 여전히 베일에 싸여 있었다.

"병신 같은 놈! 감히!"

씩씩거리면서 저택으로 돌아온 레너드 공작은 거칠게 욕설을 쏟아 냈다.

"황제 취급을 해 줬더니 이 같잖은 놈이 나를 방해해?"

허수아비 황제에게 이런 식으로 뒤통수를 맞을 줄이야.

지금껏 제국을 쥐락펴락했던 레너드 공작도 이런 상황만큼은 전혀 예상하지 못했다.

"그냥 술이나 처먹고 멍청하게 계집이나 주무를 것이지! 죽고 싶어서 안달이 났구나!"

마음 같아서는 당장이라도 황제의 목을 쳐 버리고 싶었다. 그리고 레너드 공작에게는 그럴 만한 능력도 있었다.

황실 기사단의 존재도 그에게는 전혀 부담스럽지 않았다.

애송이들의 병정놀이 따위는 단칼에 쓸어버릴 수도 있다.

하지만 당장 황성을 뒤엎어 버리지 않고 그냥 돌아선 것은 더 큰 그림을 위해서였다.

"후우. 참아야지. 아직은 때가 아니야."

지금껏 황제에게 고개를 숙이고 재상의 지위에 머물렀던 것은 제국의 이름이 필요하기 때문이었다.

황실이 대륙을 통제하고, 그런 황실을 레너드 공작이 조종한다면 손쉽게 일을 진행할 수 있으니까.

그런데 이제 와서 그가 전면에 나선다면 제국은 무너지고 만다.

황실의 정통성은 오직 핏줄로만 증명할 수 있는 법.

지금 황제를 죽여도 레너드 공작은 황위에 오를 수 없다.

심지어 소블레스 3세는 아직 후손조차 남기지 않았으니, 그가 죽는 순간 춘추전국시대가 열린다.

"조금만! 정말로 조금만 참으면 된다."

레너드 공작은 이를 바득바득 갈면서 주먹을 움켜쥐었다.

하지만 참는다고 해서 모든 일이 해결되는 것은 아니었다.

이대로 두면 그의 인내가 무색하게도 제국은 멸망할 것이 분명했다.

에페스 왕국이 다시 깃발을 세웠고, 대륙 곳곳에서 그에 동조하려는 움직임이 드러나고 있었다.

무엇보다도 루얀! 그놈을 막지 못하면 제국의 운명은 끝이었다.

"젠장. 진즉 싹을 잘랐어야 했어."

처음에는 검은 사자 기사단으로도 충분할 것이라 생각했었다.

결과적으로 그것이 오산이었음이 드러났을 때라도 확실하게 결단을 내렸어야 했다.

바로 호위 기사를 보내서 제거를 명했다면 루얀은 죽음을 피하지 못했을 것이 분명했다.

하지만 레너드 공작은 쉽게 결정을 내리지 못하고 망설였고, 그것이 이 사단을 만들었다.

이제 루얀은 너무 커 버렸고, 제국의 힘으로는 그를 감당하지 못할 지경에 이르렀다.

'쯧. 이렇게 되면 어쩔 수 없지.'

제국의 이름을 유지하려고 인내를 발휘하고 있는데, 루얀이 제국을 쓸어 버리면 무슨 소용이란 말인가.

지금이라도 과감한 결단해야 했다.

레너드 공작은 살벌하게 안광을 불태우면서 손을 치켜들었다.

"부탁할 것이 있다."

레너드 공작의 입에서 짜증이 가득 담긴 목소리가 흘러 나왔다.

그러자 아무것도 없는 허공에서 검은 그림자가 일렁이더니 누군가 스르륵 모습을 드러냈다.

"기다리고 있었습니다."

시커먼 갑옷으로 전신을 감싸고 있는 무인.

레너드 공작의 호위 기사였다.

"빌어먹을 놈! 끝까지 건방이구나!"

화풀이 대상이 필요했던 것일까.

호위 기사의 태도가 딱히 불손한 것도 아니었건만 레너드 공작은 그의 배를 걷어차 버렸다.

퍼억.

80이 넘은 노인의 힘이라고는 믿을 수 없을 정도로 강력한 발길질이었다.

휘청한 호위기사는 잠시 몸을 부르르 떨었지만 이내 아무 일도 없었다는 듯 다시 레너드 공작의 앞에 섰다.

"명을 내리시지요."

"젠장! 닥쳐! 닥치라고!"

호위 기사의 당당한 태도에 발끈한 레너드 공작은 눈을 까 뒤집고 무자비하게 발길질을 가했다.

하지만 아무리 구타를 가해도 호위 기사는 아랑곳하지 않고 그의 앞으로 되돌아왔다.

"명을 내려주십시오."

"꺼져! 가서 루얀을 죽여 버려!"

결국 레너드 공작의 입에서 척살령이 떨어졌다.

"명을…… 따르겠습니다."

가볍게 고개를 끄덕인 호위 기사는 홀연히 등을 돌리고 저 택을 빠져나갔다.

어째서일까.

막강한 적을 상대하러 가는 길임에도 그의 발걸음은 무척이 나 가벼워 보였다.

루얀에게도 결코 쉽지 않은 싸움이 다가오고 있었다.

🦅

에페스의 통치 속에서 일루트와 트벤테 마을은 빠르게 체계 를 갖춰갔다.

비록 2개의 영지일 뿐이지만 일루트와 트벤테는 대륙 북부 에서 가장 규모가 큰 지역이었다.

뿐만 아니라 주민들이 모두 의욕에 가득 차서 자신의 역할을 수행하고 있으니 에페스의 세력이 빠르게 성장하는 것도 당연한 일이었다.

자원해서 병사와 수련 기사가 된 이들로 인해 연병장은 늘 북적였고, 그들 덕분에 왕국의 치안은 더 완벽해졌다.

그 소문이 대륙 각지로 퍼진 덕분에 이제는 에페스 왕국의 백성이 되겠다며 먼저 찾아오는 사람들도 넘쳐났다.

"사람답게 살고자 하는 사람이라면 모두 받아들이세요."

알리제는 대부분의 사람들을 백성으로 받아들였다.

일할 의지가 있는 사람에게는 일자리를 주었고, 꿈이 있는 아이들에게는 교육을 베풀었다.

─에페스 왕국은 차별하지 않는다.

소문은 소문을 낳았고, 갈수록 더 많은 사람들이 에페스 왕국의 문을 두드렸다.

그들을 새롭게 정착시키기 위해서는 막대한 자금이 필요했지만, 장기적으로 봤을 때는 왕국의 발전에 밑거름이 될 일이었다.

알리제는 모든 이들을 받아들이겠다고 선언했고, 실제로도 에페스 왕국은 성문을 활짝 열었다.

하지만 그녀조차 선뜻 받아들이기 곤란한 손님들도 분명히 존재했다.

알리제는 갑작스럽게 면담을 요청한 3명의 남자들과 마주 앉아서 신중하게 그들의 눈빛을 살폈다.

"동맹을 요청하셨다고요?"

"네. 적의 적은 친구라고 했으니 우리는 훌륭한 동맹이 될 수 있을 겁니다."

3명의 남자들은 당당하게 어깨를 펴고 알리제에게 손을 내밀었다.

비살라 왕국, 유실 왕국, 파그리오 왕국의 후손들이었다.

소블레스 제국에 의해 멸망한 왕국들의 의지가 한자리에 모인 역사적인 순간이었다.

하지만 알리제의 표정은 어둡기만 했다.

chapter 4

알리제는 눈앞의 남자들을 빤히 바라보다가 애써 한숨을 삼키면서 고개를 숙였다.

　　"정식으로 인사드릴게요. 저는 새로운 에페스 왕국의 임시 국왕, 알리제입니다."

　　알리제가 먼저 고개를 숙이자 세 남자의 눈에서 이채가 번뜩였다.

　　셋 중에서 가장 체구가 작고 뺨이 홀쭉한 남자가 먼저 알리제의 인사를 받았다.

　　"저는 비살라 왕가의 14대손 노이어 비살라입니다. 에페스의 위대하신 국왕 폐하를 만나 뵙게 되어 영광입니다."

　　혓바닥에 기름칠이라도 한 것일까.

아주 자연스럽게 나오는 아부가 그의 성향을 알려 주고 있었다.

이어서 특색이랄 것이 없는 평범한 남자가 어색하게 눈알을 굴리면서 고개를 숙였다.

"저, 저는…… 포헬스 파그리오 12세입니다."

파그리오 왕국의 후손은 핏줄의 무게를 견디기에는 너무나도 유약해 보였다.

몰락한 왕가의 삶이 얼마나 험난한지 잘 알고 있는 알리제로서는 포헬스가 아직까지 살아 있는 것이 오히려 놀라울 따름이었다.

끝으로 체구가 2m에 근접한 거구의 남자가 알리제에게 시선을 고정하고 당당하게 어깨를 폈다.

"본인은 유실 왕국을 다시 일으킬 하다디 유실 12세다."

초면임에도 굉장히 고압적인 자세였다.

하지만 알리제는 불쾌한 기색도 없이 그저 고개를 끄덕여 주었다.

"네. 반갑습니다. 그럼 본론으로 들어가시죠. 동맹을 요청하러 오셨다고요?"

알리제가 먼저 판을 깔자 세 남자의 눈에서 다시 한번 이채가 번뜩였다.

쓸데없는 인사치레를 생략하는 것은 그들도 바라던 바였다.

"네. 이미 우리 세 왕국은 연합을 구성했습니다. 에페스 왕국까지 함께한다면 반드시 제국을 무너트릴 수 있을 겁니다."

언변이 뛰어난 노이어 비살라가 연합군의 대표를 맡은 모양이었다.

알리제는 장황하게 말을 늘어놓은 노이어를 바라보면서 부드럽게 미소를 지었다.

"옳은 말씀이에요. 힘을 모은다면 제국도 우리를 함부로 하지 못하겠죠."

긍정적인 답변이었다.

알리제가 순순히 동의하자 노이어 비살라는 눈빛을 반짝거리면서 입술을 끌어 올렸다.

하지만 알리제의 말은 그것으로 끝이 아니었다.

"그런데 지금까지는 왜 그렇게 하지 않으셨나요?"

태도와 말투는 분명 부드러웠지만 그 안에 날카로운 가시가 돋아 있었다.

"그게 무슨 말씀이신지……."

분위기가 심상치 않다는 사실을 깨달은 노이어 비살라는 재빨리 눈치를 살피면서 목소리를 낮췄다.

하지만 알리제는 여전히 부드러운 말투로 말을 이어 갈 뿐이었다.

"에페스 왕국이 제국과 켈라헬 교단의 공격을 받았을 때, 여러분은 어디서 무엇을 하고 계셨는지 궁금하네요."

그제야 알리제의 시선이 긍정의 신호가 아니었음을 깨달은 노이어 비살라는 어색하게 억지웃음을 지었다.

'쳇. 반대 상황이었으면 에페스도 그렇게 했을 거면서. 이미 지난 일로 꼬투리를 잡을 셈인가?'

불쾌하지만 무엇이라 할 말이 없는 것도 사실이었다.

그들은 에페스 왕국을 돕지 않았으니까.

오히려 잔뜩 몸을 움츠리고 숨을 죽였다.

제국의 기사단과 켈라헬 교단의 성기사단은 무척이나 강력했고, 그들은 감히 맞서 싸울 엄두조차 낼 수 없었다.

당시만 하더라도 에페스 왕가가 어떻게 되든 그들과는 상관없는 일이기도 했다.

'이렇게 될 줄 누가 알았겠어. 알았으면 우리도 당연히 도왔겠지.'

노이어 비살라는 마음속으로 알리제의 옹졸함을 비난하면서도 차마 입 밖으로 진심을 꺼내지는 못했다.

지금은 상황이 완전히 달라졌으니까.

놀랍게도 에페스 왕국은 제국과 켈라헬 교단의 연합군을 상대로 승리를 거두었다.

완승이라 말하기는 어렵겠지만 제국과 교단이 먼저 꼬리를 내렸으니 그 또한 에페스 왕국의 능력이라 할 수 있다.

심지어 알리제는 생존으로도 만족하지 않고 제국의 영지를 장악해서 왕국을 재건하기까지 했다.

이쯤 되면 기적이나 다름없는 일이었다.

'에페스 왕국이 가장 먼저 깃발을 세울 줄이야. 왜 우리에게는 그런 기적이 일어나지 않는 거지?'

노이어 비살라는 그에게만 무심한 하늘을 원망했지만, 달라지는 것은 없었다.

아니꼽더라도 지금은 영지를 2개나 보유하고 있는 에페스 왕국의 눈치를 볼 수밖에 없는 입장이었다.

노이어 비살라는 다른 후손들과 눈빛을 교환하고는 다시 매끄럽게 혀를 놀려 댔다.

"부끄럽지만 당시에는 아직 준비가 되지 않아서 전력을 가다듬을 시간이 필요했습니다."

"이제는 준비가 됐다고 말씀하시는 건가요?"

"네. 우리 연합군의 모든 전사들이 드디어 준비를 마쳤습니다. 불미스러운 일이 있었지만 이렇게 모두가 만나게 되었으니 참으로 기쁜 일이 아니겠습니까."

궁색한 변명이었다.

하지만 노이어 비살라는 민망한 내색조차 없이 뻔뻔하게 알리제의 눈과 똑바로 마주했다.

'너도 결국은 우리의 힘이 필요해서 지금 여기 앉아 있는 거잖아?'

제국과의 전쟁을 앞두고 있는 에페스 왕국은 개미의 힘이라도 빌리고 싶은 심정일 터.

노이어 비살라는 알리제가 그들의 손을 뿌리치지 못할 것이라 확신했다.

　하지만 과연 그럴까?

　알리제는 속을 알 수 없는 표정으로 그들을 멀뚱히 바라보는 것으로 대답을 대신했다.

　한동안 응접실에는 무거운 침묵만이 흘렀다.

　'흥. 이제 보니 장사꾼이었군. 협상이라도 한번 해 보겠다는 건가?'

　노이어 비살라는 은근히 알리제의 눈치를 살피면서 탁자 아래에서 손을 만지작거렸다.

　알리제를 회유하기 위해서는 그가 먼저 카드를 꺼낼 필요가 있었다.

　"비살라 왕국은 숙련된 기사 40인과 병사 200인을 거느리고 있습니다. 든든하지 않습니까?"

　이미 2개의 영지를 보유하고 있는 에페스 왕국과 비할 바는 아니겠지만 비살라 왕국도 절대 무시할 수 없는 힘을 지니고 있었다.

　노이어 비살라는 이쯤 되면 알리제도 관심을 드러낼 것이라 생각했다.

　심지어 연합군의 전력은 그것으로도 끝이 아니었다.

　이어서 유실 왕국의 후손도 말을 보탰다.

　"유실 왕국은 30인의 기사가 전부지만 그들 모두가 일당백의 용사들이다."

하다디 유실은 이번에도 고압적인 태도를 유지하면서 턱을 치켜들었다.

이제 파그리오 왕국이 그들의 힘을 밝힐 차례.

하지만 유약한 포헬스 파그리오는 감히 알리제와 눈조차 맞추지 못하고 고개를 푹 숙이고만 있었다.

보다 못한 노이어 비살라가 대신해서 파그리오 왕국의 전사들을 소개했다.

"파그리오 왕국은 비록 기사의 수가 적지만 300인의 병사를 거느리고 있습니다."

세 왕국이 힘을 더하면 총 70인의 기사와 500인의 병사라는 막대한 전력을 갖추게 된다.

숫자로만 보자면 오히려 에페스 왕국의 힘을 뛰어넘는 수준이었다.

"그렇군요."

하지만 알리제의 반응은 그것이 전부였다.

살짝 고개를 끄덕였을 뿐이었다.

사실 알리제의 입장에서는 아무런 감흥도 없는 것이 당연했다.

대륙의 정세는 과거와 달라졌다.

병사의 숫자로 전장을 압도할 수 있는 시기는 이미 지났다.

황실 기사단의 단장들은 중급의 소드 마스터다.

일기당천의 기사가 무려 둘.

레너드 공작의 호위 기사까지 포함하면 인간의 규격을 벗어난 존재는 셋으로 늘어난다.

제아무리 병사의 수가 많다고 하더라도 그들의 앞에서는 가을 하늘의 낙엽 더미일 뿐이다.

'전황도 읽지 못하고 전쟁을 하겠다니. 이렇게 어설퍼서야…….'

알리제의 무심한 반응은 오히려 한숨을 감추기 위한 최소한의 배려인 셈이었다.

하지만 그녀의 생각을 알 턱이 없는 노이어 비살라는 알리제가 여전히 흥정을 하는 것이라고만 여겼다.

"좋습니다. 단도직입적으로 말씀드리죠. 가장 큰 세력을 거느리고 계시니 영토를 나눌 때도 우선권을 드리겠습니다."

"네? 지금 무슨 말을……."

"큰 공헌을 세운 쪽이 더 큰 왕국을 이루는 것이 당연하지 않겠습니까. 비살라 왕국의 힘도 부족하지는 않으나, 본인은 2순위로 만족하겠습니다."

황당해진 알리제는 멍하게 노이어 비살라를 바라보았다.

이들도 나름대로 신념을 위해 싸우는 자들이라 생각하고 대우해 주었지만, 잠자코 들어주는 것도 여기까지였다.

'하아, 비살라 왕국은 미래가 없겠구나.'

아직 전쟁은 시작도 하지 않았다.

얼마나 많은 이들이 죽거나 다칠지 알 수도 없다.

그런데 벌써 논공행상부터 따지다니.

이런 자를 위해 무기를 든 병사들이 불쌍할 지경이었다.

"노이어 경께서는 영토를 위해 싸우시는 거군요."

'경'이라는 호칭에 노이어 비살라의 눈썹이 살짝 꿈틀거렸다.

아직 왕국의 깃발을 세우지는 못했지만 그도 비살라 왕국의 의지를 잇는 왕손이었다.

'폐하'라는 호칭까지는 어렵더라도 일개 기사 취급을 하는 것은 분명 문제가 있었다.

"당연하지 않습니까. 왕국을 부활시키고자 하는 염원은 모두 같을 텐데요."

"누구를 위한 왕국인데요?"

"당연히 비살라 왕국의⋯⋯."

"비살라 왕국의 전통과 문화, 행정에 대해서는 알고 계십니까?"

갑자기 예상치 못했던 질문이 들어오자 노이어 비살라는 입을 다물고 눈을 끔뻑거렸다.

생각해본 적이 없는 것이 분명했다.

"결국 왕가의 핏줄만 빼면 비살라와는 아무런 연관이 없는 왕국을 세우겠다는 뜻이군요."

"말을 조심하시죠! 비살라 왕국의 정통성은 오직 저에게만 있습니다."

"정통성이요? 땅덩어리만 있는 왕국에 정통성이 있다고 생각하세요? 비살라 왕국의 선대 폐하들이 정말로 그런 모습을 바랐을 것 같습니까?"

알리제는 결국 냉혹한 기세를 드러내면서 노이어를 한심하게 바라보았다.

스스로 소드 마스터에 올라 자격을 증명한 제왕의 기세!

알리제의 압박에 얼굴이 새하얗게 질린 노이어 비살라는 안쓰럽게 몸을 떨어 댔다.

"다시 한번 묻겠습니다. 누구를 위한 왕국입니까? 그저 노이어 경께서 황제가 되고 싶은 것은 아닙니까?"

"에페스는! 에페스 왕국은 뭐가 다릅니까? 당신도 에페스가 사라진 후에 태어났을 텐데!"

너무 잔인한 모욕이었을까.

노이어 비살라는 두려움마저 잊고 거칠게 목소리를 높였다.

"과거의 이름을 빌렸을 뿐, 저는 완전히 새로운 세상을 만들 겁니다. 에페스의 의지가 아니라 제 의지로요."

완전히 새로운 세상!

알리제가 만들려는 국가는 과거의 미련에 머물러 있지 않았다.

"제가 꿈꾸는 세상에 귀족은 없습니다. 당연히 왕가도 없지요. 대륙의 모든 사람들이 평등한 기회를 누리는 세상이 될 겁니다."

알리제는 다른 왕국의 후손들 앞에서 당당하게 포부를 밝혔다.

같은 처지였지만, 그녀는 다른 출발선에 서 있었다.

노이어 비살라는 그가 능동적으로 세력을 이끌고 있다고 생각했지만, 명백한 착각이었다.

그저 핏줄이 시키는 대로 따라왔을 뿐이다.

그에게는 그 무엇도 자신의 뜻으로 이룰 의지가 없었다.

알리제의 독설에 노이어 비살라는 입술을 잘근 깨물면서 눈빛을 불태웠다.

알리제의 말을 인정할 수 없는 탓이었다.

"그래서 동맹을 거절하겠다는 겁니까?"

"동맹을 원하신다고요? 원한다면 할 수도 있습니다. 하지만 전쟁이 끝난 후에도 당신들에게 주어질 영토 따위는 없습니다."

알리제의 충격적인 발언에 3명의 남자들은 입을 떡 벌리고 그녀를 바라보았다.

"설마 에페스 왕국이 대륙을 통일하겠다는 뜻입니까?"

알리제가 보다 큰 뜻을 밝혔음에도 노이어 비살라는 여전히 작은 창으로만 세상을 바라보고 있었다.

어떻게든 자신의 것을 챙기려고 발끈하는 모습은 역겨울 지경이었다.

"저는 분명히 임시 국왕이라고 말했습니다. 제국의 몰상식을 무너트리고 대륙이 안정되면 저 또한 왕의 자리를 내려놓을 겁니다."

알리제는 스스로 '권력'이 아닌 '책임'의 자리로 물러날 결심을 세운 후였다.

모두가 평등한 세상이 되기 위해서는 머리부터 바꾸어야 할 테니까.

"당신들도 국민과 평등하게 어울릴 생각이 있다면 우리는 함께할 수 있습니다."

알리제는 욕심으로 가득한 노이어 비살라에게 마지막으로 기회를 주었다.

"약속하실 수 있나요?"

하지만 기회를 주었을 뿐, 선택지를 준 것은 아니었다.

철컥.

알리제가 부드럽게 말하면서 손짓을 보내자 접객실의 문이 잠겼다.

화들짝 놀란 노이어 비살라는 자리를 박차고 일어났다.

"지금 뭐 하는 짓입니까!"

하지만 알리제는 대수롭지 않다는 듯 어깨를 으쓱일 뿐이었다.

"들으셨을 텐데요. 문을 잠갔습니다."

노이어 비살라는 알리제를 매섭게 노려보면서 동료들에게 손짓을 보냈다.

그러자 지금껏 지켜만 보고 있던 하다디 유실이 손으로 테이블을 '쾅' 내려치면서 일어났다.

"제국이 휘청이고 있는 이 절호의 기회를 버리고 우리끼리 싸우자는 뜻인가?"

"선택에 따라서는 그렇게 될 수도 있겠죠. 부디 신중하게 결정해 주시기를."

알리제는 진심이었다.

비록 어설픈 자들이라고는 하나 나름대로 비슷한 고통을 공유한 신세였다.

그녀의 손으로 직접 처리하는 비극만큼은 피하고 싶었다.

하지만 하찮은 동정을 베풀기에는 알리제의 상황도 그리 여유롭지 않았다.

'후환을 남겨 둘 수는 없어.'

서로의 등을 의심스럽게 바라보는 동맹은 오히려 적보다 더 위험하다.

무엇보다도 군림하기 위해 전쟁을 벌이겠다는 노이어 비살라는 언젠가 걸림돌이 될 것이 분명했다.

'해야만 한다면……'

지금 당장. 그리고 확실하게.

알리제는 마음속으로 검을 뽑으면서 각오를 다잡았다.

하다디 유실은 알리제의 가라앉은 눈빛을 보고 위험을 직감했다.

'위험해. 진짜로 우릴 죽일 셈이다.'

숱한 전장을 헤쳐 오면서 단련된 그의 육감이 죽음의 냄새를 맡았다.

"아직은 그대가 꿈꾸는 새로운 세상이 어떤 모습인지 모르겠다. 어찌 되었든 결과적으로 유실 왕국의 이름은 사라지고 에페스만 남는 것이 아닌가."

하다디 유실은 최대한 긴장감을 감추면서 알리제를 똑바로 바라보았다.

두렵지만 그도 이대로 물러날 수는 없는 입장이었다.

하지만 그의 각오가 무색하게도 알리제는 너무나 쉽게 대답을 내놓았다.

"이름에 집착하신다면 왕국의 이름을 유실로 바꿔 드릴 수도 있습니다. 그것이면 만족하시겠습니까?"

결국 하다디 유실은 할 말을 잃어버렸다.

그는 평생토록 유실 왕국의 이름을 위해 싸워 왔다.

비단 하다디뿐만 아니라 이곳에 모인 모두가 그러했다.

알리제도 다르지 않았을 터.

그런데 그녀는 너무나 쉽게 왕국의 이름을 버렸다.

'이것이…… 군주인가.'

하다디 유실은 알리제의 배포에 감탄할 수밖에 없었다.

저 작은 여인의 몸 안에 천하를 호령할 황제의 기개가 담겨 있었다.

"후우, 애초에 이름은 의미가 없었군. 이름만 유실 왕국으로 바꾼다고 해서 달라질 것도 없을 테니."

알리제는 대륙 전체를 평등한 세상으로 바꾸겠다고 공언했다.

권력이라는 개념 자체가 사라진다면 과거처럼 왕가가 국가를 통치하던 세상 또한 사라지게 된다.

결국 에페스도, 유실도, 과거의 역사일 뿐이었다.

"현명하시군요."

알리제는 하다디 유실을 의외라는 듯 빤히 바라보았다.

오만한 태도와 거대한 체구만 보면 무식한 전사 같지만, 하다디 유실은 의외로 이성적인 인물이었다.

"선조들의 넋을 기릴 공간이 필요하다면 여러분이 직접 가문을 만드시면 됩니다."

에페스 가문.

알리제도 종내에는 왕가가 아닌 그저 가문의 일원으로 돌아갈 생각이었다.

귀족이 없는 세상에서 가문이 무슨 의미가 있겠냐 말하겠지만, 전통이란 본디 마음으로 이어 나가는 법.

선왕이 지켜온 왕국의 의지는 그녀가, 그리고 그녀의 자손이 마음속으로 지켜 가면 그만이었다.

'새로운 세상이라…….'

하다디 유실은 입을 꾹 다물고 깊은 고민에 빠져들었다.

알리제의 이상에 동감하는 것은 아니지만 이미 선택지가 없다는 사실을 깨달았기 때문이다.

알리제의 제안을 거절하고 끝까지 권력을 고집한다면 당장 목숨을 장담할 수 없는 상황이다.

'이곳이 전직 한복판이 된다면 우리가 살아서 나갈 수 있는 확률이 얼마나 될까.'

모르긴 해도 극히 희박할 것이 분명했다.

운이 좋아서 겨우 살아남는다 하더라도 문제는 끝이 아니다.

더 이상 제국과 싸움을 이어 나갈 수 없다.

에페스 왕국이 제국보다 더 무서운 적이 되어서 검을 겨눌 테니까.

하다디 유실이 본 알리제는 결코 제국의 아래에 있을 인물이 아니었다.

'허. 오늘 이곳에 온 것은 실수였을까. 아니면 행운이었을까.'

그마저도 확답을 내릴 수 없었다.

하다디 유실은 허탈하게 웃으면서 지그시 눈을 감았다.

그사이, 결국 분노를 참지 못한 노이어 비살라가 발갛게 달아오른 얼굴로 고성을 터트렸다.

"우리 연합군을 핍박하고도 에페스 왕국이 무사할 것 같습니까?"

"아니요. 무사하지 못할 것 같으니 지금 싹을 자르려고 합니다."

알리제는 진실만을 말했다.

하지만 노이어 비살라는 그래서 더 큰 공포를 느낄 수밖에 없었다.

"우, 우리 전부를 상대하지는 못할 텐데?"

"대답은 잘 들었습니다. 그런데 전부를 상대할 필요가 있을까요?"

"그게 무슨……."

"당신은 이미 죽어 있는데요."

알리제의 목소리에는 살기조차 맺혀 있지 않았다.

그저 평온한 뿐이었다.

그런데 어떻게 된 일일까.

목소리를 높이려던 노이어 비살라는 이상하게도 혀를 굴릴 수가 없었다.

'뭐지? 몸이 이상…….'

무엇인가 잘못되었다는 사실을 깨달았을 때에는 이미 늦은 후였다.

노이어 비살라는 뒤늦게 알리제의 손에 거대한 대검이 들려 있는 것을 발견할 수 있었다.

그리고 그것이 그가 본 마지막 모습이었다.

쿠웅.

비살라 왕국의 마지막 후손이 눈조차 감지 못하고 기우뚱 쓰러졌다.

뒤늦게 뿜어져 나온 새빨간 피가 접객실을 물들이고 뻗어 나갔다.

일말의 망설임조차 없이 노이어 비살라의 목을 베어 버린 알리제는 대검을 거두고 태연하게 자리에 앉았다.

"파그리오 왕국의 후손께서는 결정을 내리셨나요?"

알리제의 잔잔한 목소리에 포헬스 파그리오는 미친 듯이 고개를 끄덕였다.

소블레스 제국을 무너트린 이후의 세상.

그 혼란의 싹이 뿌리 뽑히는 순간이었다.

"틀렸다. 마나를 인위적으로 가두려 하지 마라. 환원심법은 마법을 펼칠 때에도 자유로이 흘러야 한다."

루얀의 가르침에 블랑 학파의 신입 마법사 하나가 고개를 갸웃거렸다.

그도 그럴 것이, 아이가 이해하기에는 너무나 어려운 무리(武理)였다.

하지만 루얀도 이보다 더 쉽게 설명할 재주는 없어서 곤란하기는 마찬가지였다.

중원에서 환원심법을 먼저 완성하고 넘어온 그에게는 사실 당연한 일이었다.

그의 입장에서는 가만히 숨을 쉬어도 자연스럽게 환원심법이 따라붙는 것이 정상이었으니까.

그렇게 루얀이 애를 먹고 있을 때, 옆에서 테오가 불쑥 끼어들었다.

"마나 써클에 있는 마나를 단전으로 이동시키는 게 어려운 거지?"

"마, 맞아! 어떻게 알았어?"

"헤헤. 나도 그랬거든. 아무튼 그건 어떻게 하냐면⋯⋯. 말로는 어려우니까 그림으로 그려 줄게."

어디선가 나무 막대기 하나를 구해 온 테오는 바닥에 얼기설기 그림을 그리기 시작했다.

거짓말로라도 잘 그렸다고 말하기는 어려운 솜씨였다.

하지만 놀랍게도 아이는 테오의 설명을 곧바로 이해하고 격렬하게 고개를 끄덕였다.

"아아! 이해했어. 생각보다 간단한 일이었네?"

테오와 아이를 지켜보던 루얀은 헛웃음을 흘리면서 한걸음 뒤로 물러났다.

'테오에게 이런 재주가 있을 줄이야.'

이번이 처음도 아니었다.

어떻게 한 것인지는 모르겠지만 테오가 설명을 하면 아이들은 곧바로 깨달음을 얻곤 했다.

루얀은 테오가 어설프게 그린 그림을 유심히 지켜보았지만 무엇이 특별한 것인지조차 알아챌 수 없었다.

그의 입장에서는 너무나 당연한 것을 그려 놓은 것에 불과했으니까.

예컨대 1+1는 2라고 그저 적어 놓은 수준이었다.

'어찌 되었든 좋은 일이야.'

루얀이 하지 못하는 일을 테오가 해내고 있으니 참으로 기특한 일이었다.

뿐만 아니라 아이들을 가르치면서 테오도 즐거워하고 있으니 딱히 말릴 일도 아니었다.

'이러다 내가 할 일이 없어지겠군.'

루얀은 흐뭇한 미소를 애써 감추면서 더욱 멀찍이 뒤로 물러났다.

지금은 그가 아이들의 수련에 방해가 될 뿐이었다.

테오와 센티온을 중심으로 똘똘 뭉친 아이들은 누가 지시하지 않아도 열정적으로 수련에 매달리고 있었다.

팀을 나눈 것이 효과가 있었는지, 이전보다 훨씬 더 체계가 잡힌 모습이었다.

'어쩌면 2써클 마법 이론을 준비해 둬야 할지도 모르겠군.'

아이들은 루얀이 예상했던 것보다 훨씬 더 빠르게 성장하고 있었다.

환원심법과 수련 마법진, 그리고 테오라는 훌륭한 스승이 시너지를 발휘한 덕분이지만 그렇다고 하더라도 놀라운 속도였다.

루얀은 한참이나 아이들의 수련을 지켜보다가 조용히 몸을 돌렸다.

'햇볕이 좋구나.'

오랜만에 즐기는 여유였다.

루얀은 그동안 '역병의 근원'을 처리하기 위해 대륙 구석구석을 헤집고 돌아다녀야 했다.

결국 케시우스가 파악하고 있는 모든 '역병의 근원'을 처리한 후에야 자유를 얻을 수 있었는데, 그나마도 오래가지 않을 것이 분명했다.

케시우스가 골든 펍의 역량을 총동원해서 새로운 '역병의 근원'을 찾고 있으니까.

'오래 내버려 두진 않을 것 같으니 수련은 무리겠지.'

오늘 같은 날에는 그저 가볍게 산책이나 하면서 신체를 단련하는 쪽이 나을 듯했다.

그렇게 용병 사무실을 빠져나온 루얀은 걸음을 옮기려다 갑자기 멈칫하고 허공을 응시했다.

'후우, 산책은 사치였나?'

루얀은 가볍게 한숨을 내쉬면서 방향을 바꿔 걸음을 내디뎠다.

본래는 정처 없는 산책이었지만, 이미 목적지가 정해진 이상 그의 걸음에는 거칠 것이 없었다.

곧바로 성문을 지나쳐 마을 바깥으로 나온 루얀은 10여 분을 넘게 걸은 끝에 일루트 뒷산으로 접어들었다.

그리 빠르지 않은 속도였지만 쉬지 않고 나아간 루얀은 산의 중턱에 있는 넓은 공터에 도착한 후에야 걸음을 멈췄다.

'본래 이렇게 깔끔한 공터가 아니었을 텐데.'

인위적으로 나무를 베고 일대를 정리한 흔적이 보였다.

루얀은 담담하게 주변을 둘러보다가 고개를 들어 허공을 똑바로 바라보았다.

"오래 기다렸나?"

분명 혼잣말이었다.

하지만 이내 허공에서 검은 형체가 일렁이면서 누군가 모습을 드러냈다.

스르륵.

광택조차 없는 시커먼 갑옷과 투고로 전신을 뒤덮고 있는 정체불명의 기사.

레너드 공작의 호위 기사였다.

대화할 생각이 없는 것일까.

검은 갑옷의 기사는 입을 열지 않고 가만히 루얀을 바라보고만 있었다.

"나를 부른 이유가 무엇인가?"

루얀은 재차 질문을 던져 보았지만 이번에도 대답은 돌아오지 않았다.

"일단 고맙다는 말을 해 두지."

상대는 오직 루얀만이 느낄 수 있을 정도로 은밀하게 기운을 뿌려 댔다.

그렇게 조용하게 신호를 보내 왔다는 것은 혼자 오라는 뜻일 터.

만약 마을에서 전투가 벌어졌다면 큰 피해가 발생했을 텐데, 상대도 무고한 희생을 원하지는 않는 모양이었다.

그것이 배려임을 알기에 루얀도 기꺼이 상대의 도전을 받아들인 것이었다.

"말을 하지 않으니 자세한 내막은 모르겠으나, 용건이야 뻔하겠지?"

어쩌다 보니 루얀이 혼자 떠들고 있는 모양새가 되었지만 그딴 것이야 아무래도 상관없었다.

진짜로 중요한 것은 이 전투가 끝났을 때, 누가 입을 열 수 있느냐였다.

"시작하지."

루얀은 담담하게 말을 내뱉으면서 천천히 활을 꺼내 들었다.

그러자 아무런 반응도 없던 검은 갑옷의 기사가 드디어 몸을 움직였다.

스르릉.

새카만 오러가 넘실대는 장검이 뽑혀 나왔다.

한계를 가늠할 수 없는 절대자들의 싸움.

반드시 둘 중 하나가 죽어야만 끝이 나는 최후의 전투가 성큼 다가왔다.

파앗.

전투는 그 어떤 예고도 없이 시작되었다.

검은 갑옷의 기사가 발을 구르자 시커먼 마나가 대지를 장악하고 쭉쭉 뻗어 나왔다.

콰아아아.

그 한계를 가늠할 수 없는 막대한 마나였다.

눈 깜짝할 사이에 일대는 완전히 그의 손아귀 안에 들어가 버렸다.

하지만 루얀도 가만히 보고만 있지는 않았다.

쿠웅.

루얀이 맞서 발을 구르자 황금빛 내력이 폭발하면서 여명을 일으켰다.

화르르륵.

검은 마나의 숲에서 떠오른 황금빛 태양이 어둠을 찢어발기고 확장했다.

이윽고 두 기운이 충돌했다.

콰르릉.

땅이 갈라지고, 바위가 날카롭게 솟구쳤다.

거대한 지진이었다.

산이 함몰됐다.

갈기갈기 찢긴 대지가 울퉁불퉁하게 뒤엉켜 기괴한 소용돌이를 만들어 냈다.

검은 내력과 황금빛 내력은 세상을 양분하고 서로를 향해 맹렬히 진격했다.

쩌저적.

이내 허공에 균열이 발생하고 공간이 깨진 유리처럼 흩어져 쏟아졌다.

루얀과 검은 갑옷의 기사.

두 절대자의 전투는 이미 인간의 수준을 아득히 뛰어넘은 후였다.

차라리 신들의 전투라 하는 편이 더 어울리지 않을까.

하지만 세상을 무너트릴 것만 같았던 마나 충돌도 탐색전에 불과했다.

진짜는 이제부터!

검은 갑옷의 기사가 먼저 검을 휘둘렀다.

촤아악.

거대한 파도가 밀려들었다.

밤바다를 가르고 밀려드는 오러의 파도가 천지를 뒤흔들었다.

루얀도 지체 없이 활을 당겼다.

빠드득.

은은하게 빛나는 신목의 나뭇가지가 강하게 휘었다.

이내 황금빛 태양에서 불똥이 불쑥 튀어 나갔다.

피잉.

단 한 발의 화살이 거대한 파도의 중앙을 가르고 진격했다.

신궁 오의.

잠룡규사(潛龍窺伺).

검은 오러의 중심에 닿은 화살에서 순식간에 엄청난 내력이 쏟아져 나왔다.

화아아.

숨을 죽이고 있던 잠룡이 존재감을 드러내자 거대한 파도가 고통스럽게 꿈틀거렸다.

거칠게 충돌한 두 기운은 서로를 할퀴고, 미친 듯이 물어뜯으면서 함께 소멸했다.

스으으으.

막대한 기운이 흩어지면서 일어난 돌풍이 루얀과 검은 갑옷의 기사를 뒤흔들었다.

섣불리 누군가의 우위를 말할 수 없는 격돌이었다.

'역시 힘을 전부 다 보여 준 것이 아니었군.'

루얀은 검은 갑옷의 기사를 똑바로 바라보면서 입술을 깨물었다.

그는 진 천무지체를 이루면서 완전히 다른 존재로 다시 태어났다.

단순하게 계산하기는 어렵지만 족히 2배 이상 강해졌다고 자부했다.

그런데도 상대를 쉽게 제압할 수가 없었다.

처음 만났을 때의 모습이 전부가 아니라는 뜻이었다.

과연 이 무인의 끝은 어디일까.

한계가 존재하기는 하는 것일까.

루얀은 생애 처음으로 상대가 '두렵다'는 생각마저 품게 되었다.

물론 패배가, 그로 인한 죽음이 두려운 것은 아니었다.

미지의 존재에 대한 본능적인 불편함이었다.

반면 검은 갑옷의 기사는 돌풍 속에서도 한 치의 흐트러짐도 없이 재차 검을 휘둘렀다.

스아악.

몇 번이나 휘두른 것일까.

눈에 보이지도 않는 속도로 허공을 가른 검에서 시커먼 오러가 울컥울컥 흘러나왔다.

수십의 오러 다발은 루얀이 미처 활을 당기기도 전에 그를 꿰뚫어 버렸다.

파아앗.

빛보다 빠른 속도였고, 그 위력은 일대의 공간을 허물 정도였다.

하지만 그뿐이었다.

허무하게 당해 버리는가 싶었던 루얀의 신형이 스르륵 흩어졌다.

허상이다.

루얀은 이미 디코이 마법으로 가짜를 만들어 놓고 자리를 빠져나간 후였다.

"어울리지 않게 잔재주를 부리는 구나!"

검은 갑옷의 기사는 호통을 치면서 몸을 휙 돌렸다.

가히 완벽이라 말할 수 있는 궁신의 은신술도 그의 눈을 속일 수는 없었다.

촤아악.

길게 늘어난 검에서 검은 오러가 똑 떨어져 나와 허공을 갈랐다.

기척을 감추고 뒤를 잡으려 했던 루얀에게 오러가 날아들었다.

그러나 루얀도 당황하지 않고 침착하게 활을 당겼다.

속일 수 없다는 사실은 그도 이미 알고 있었다.

그저 아주 잠깐의 시간이 필요했을 뿐이다.

파파파팟.

루얀의 활에서 순식간에 20발의 화살이 튀쳐나갔다.

궁신의 속사!

궁극에 달한 궁술이 불을 뿜었다.

단언컨대 이보다 더 빠른 화살은 존재하지 않을 것이었다.

순식간에 화살이 쏟아지자 검은 갑옷의 기사가 멈칫하면서 검을 거두었다.

"무슨 짓을……."

수많은 화살이 쏟아져 나온 것이 분명한데, 그 어느 것도 기척을 감지할 수 없었다.

마궁오의.

신벌(神罰). 속사(速射).

소리도, 모습도 없이 죽음을 행하는 궁신의 엄벌이 끝도 없이 쏟아졌다.

자취를 감춘 화살의 수만 무려 20개!

하나하나에 엄청난 내력이 필요하다는 점을 생각하면 경이로운 일이었다.

치치칙.

루얀에게 날아들던 오러는 허무하게 튕겨 나가 흩어져 버렸다.

보이지 않는 화살에 가로막힌 탓이었다.

물론 그것으로 끝이 아니었다.

검은 갑옷의 기사는 검을 심장 앞으로 들어 올리면서 신중하게 자세를 낮췄다.

'위험하다.'

섣불리 움직였다가는 죽음을 피할 수 없는 상황이었다.

숨 막히는 정적 속에서 찰나가 영겁처럼 흘렀다.

느려진 시간 속에서 시커멓게 타오르는 오러만이 또렷하게 존재감을 유지했다.

'뒤쪽!'

자세를 낮추고 있던 기사는 어느 순간 폭발적으로 움직이면서 몸을 홱 돌렸다.

채앵.

은밀하게 접근한 화살이 검은 오러에 튕겨 나갔다.

튕겨 나가는 화살의 모습 또한 보이지 않았지만, 휘몰아치는 마나의 폭풍만으로도 그 격돌이 얼마나 치열했는지를 알 수 있었다.

'정말 괴물이로군. 본능적으로 위험을 감지하는 것인가.'

적이지만 감탄할 수밖에 없었다.

상대는 지금껏 루얀이 겪어 보지 못했던 강자였다.

일시에 모든 내력을 쏟아부은 루얀은 살짝 비틀거리면서 호흡을 가다듬었다.

하지만 움직일 수 없는 것은 상대도 마찬가지였다.

보이지 않는 화살의 덫에 갇힌 기사는 섣불리 루얀에게 달려들지 못하고 검만 힘껏 움켜쥐었다.

곧이어 다시 날카로운 쇳소리가 터져 나왔다.

채앵.

또 한 발의 화살이 튕겨 나갔다.

검은 갑옷의 기사는 위기 속에서도 절대 집중력을 잃지 않았다.

화살이 가로막힐 때마다 다급해지는 쪽은 루얀이었다.

모든 화살이 가로막히면 역공이 시작될 터.

그때는 오히려 루얀이 위기를 견뎌야 할 것이 분명했다.

'집중하자. 평정심을 잃는 것이야말로 가장 위험한 일이다.'

루얀은 초조함을 비우기 위해 아예 눈을 감아 버렸다.

지금은 기운을 회복하는 일에만 집중해야 했다.

채앵.

쇳소리는 끊임없이 울려 퍼졌다.

그리고 끝내 마지막 20번째 화살이 가로막혔을 때, 전장의 분위기가 달라졌다.

타앗.

기회를 노리던 검은 갑옷의 기사가 땅을 박차고 루얀에게 쇄도했다.

루얀의 눈에서 안광이 쏟아져 나온 것도 그때였다.

번쩍 눈을 뜬 루얀은 힘껏 주먹을 움켜쥐면서 중얼거렸다.

신궁 오의.
질풍취우.
제3식 환(瓛).

루얀은 겨우 회복한 내력을 다시 모조리 쏟아부었다.
그가 할 수 있는 최선이었다.
우우우웅.
그 순간 놀라운 일이 벌어졌다.
튕겨 나간 20개의 화살이 일제히 둥실 떠오르면서 검은 갑옷의 기사를 포위했다.
스스로 살아 움직이는 화살!
목표를 파괴하기 전까지 절대로 멈추지 않는 화살 지옥이 펼쳐졌다.
그 자체만으로도 끔찍할 정도로 위협적인 최종 오의.
그런데 그것으로도 끝이 아니었다.
상대를 포위하고 고고하게 유영하는 화살들은…….
여전히 눈에 보이지 않았다.
진정한 의미의 신벌이 완성된 것이다.
신이 사형을 선고했으니 세상 그 어디에도 피할 곳은 없었다.

"이건 도대체……."

경악한 기사는 신음을 흘리면서 덜컥 멈춰 섰다.

보이지 않는 화살이 주변을 맴돌면서 거센 바람이 일어났다.

더 이상 본능에 의존해 화살을 막아 내는 것도 불가능했다.

화살이 집요하게 약점만을 노리면서 유영하는 탓에 사방에서 위험이 감지되고 있었다.

"와라! 내가 직접 끝을 확인할 것이다!"

검은 갑옷의 기사는 결연하게 목소리를 높이면서 미친 듯이 검을 휘둘렀다.

촤라락.

시커먼 오러가 일대를 가득 채우고 뻗어 나오면서 빼곡한 검막이 그의 전신을 뒤덮었다.

하지만 기사의 투구에서 흘러나오는 안광은 이미 흐릿해져 있었다.

그도 느끼고 있는 것이다.

최후가 다가왔다는 사실을.

콰콰콰쾅.

곧이어 검막을 뚫고 20개의 화살이 일제히 파고들었다.

궁신이 내린 신벌은 단 하나도 빠짐없이 검은 갑옷의 기사에게 틀어박혔다.

"크헉!"

기사의 입에서 처음으로 비명이 터져 나왔다.

한계를 용납하지 않았던 절대자의 몰락이었다.

화살은 기사의 검은 갑옷을 산산이 부서 버리고, 그것으로도 모자라 전신에 구멍을 뻥 뚫어 버렸다.

몸에 20개의 구멍이 뚫렸으니 절대로 회생 불가능한 부상이었다.

털썩.

충격을 이겨 내지 못한 기사는 몸을 부르르 떨면서 결국 무릎을 꿇었다.

동시에 일대를 뒤덮고 있던 검은 오러가 스르륵 흩어졌다.

남은 것은 검 한 자루에 몸을 지탱하고 있는 무력한 기사의 모습뿐이었다.

루얀은 그를 빤히 바라보다가 비틀거리면서 다가갔다.

벌써 두 번이나 마나가 고갈되었으니 루얀도 사실 정신력으로 버티고 있는 상황이었다.

하지만 완전히 끝을 내기 전에는 정신을 잃을 수 없었다.

뚜벅. 뚜벅.

불규칙한 발소리만이 적막한 전장을 수놓았다.

그때 기사의 얼굴을 가리고 있던 육중한 투구가 반으로 쪼개져서 툭 떨어져 내렸다.

"그대는……."

기사의 얼굴을 확인한 루얀은 걸음을 멈추고 말았다.

루얀도 아는 얼굴이었다.

직접 만난 것은 아니지만 기억에 있었다.

망령이 보여 준 기억 속에 저 남자의 얼굴이 있었으니까.

오닉스 흐바르 10세!

켈라헬의 축복을 받아 흐바르를 번영케 했던 왕자.

성군이 될 수 있었으나 간사한 혀 놀림에 현혹되어 전쟁을 일으키고만 신의 아이.

그리고 끝내 전쟁에서 승리해 통일 제국을 건국한 영웅.

대륙 역사상 가장 위대한 무인.

그는 소블레스 제국의 초대 황제였다.

오닉스의 흐릿한 눈동자가 가늘게 떨렸다.

루얀은 그 모습을 똑똑히 확인할 수 있었다.

그런데 어째서인지 눈동자의 떨림이 느려졌다.

아주 천천히 진동했다.

그리고 종내에는 떨림이 완전히 멎었다.

시간이 정지한 것처럼 느껴졌다.

이는 루얀의 착각이 아니었다.

실제로 시간이 정지하고, 온 세상이 딱딱하게 굳어졌다.

'이건……'

루얀은 무슨 일이 벌어진 것인지 곧바로 알아차렸다.

그가 신력을 깨우쳤을 때에도 이와 비슷한 현상이 일어난 적이 있었다.

신의 강림!

돌연 천둥이 울려 퍼졌다.

콰르릉.

동시에 다섯 줄기의 벼락이 루얀의 옆에 내리 꽂혔다.

그제야 다시 시간이 흐르기 시작했다.

"빨리도 오는군."

루얀은 피식 헛웃음을 지으면서 주변을 둘러보았다.

마치 연기가 뭉쳐서 형상을 빚어 낸 것처럼 흐릿한 인영(人影)들이 뒷짐을 지고 서 있었다.

루얀도 이제는 그들이 누구인지를 잘 알고 있었다.

과거 다섯 왕국을 이끌었던 신들이다.

루얀의 핀잔에 황금빛 인영이 앞으로 나섰다.

"개입할 수 없으나 마음으로 응원했습니다."

"응원 따위는 필요 없으니 어떻게 된 일인지나 말하라. 오닉스가 어떻게 아직 살아 있는 거지?"

소블레스 제국의 초대 황제는 이미 오래 전에 죽었다.

그의 제국은 이제 2대를 넘어 3대째로 계승되었다.

초대 황제의 위엄도 이제는 점차 흐릿해졌고, 황실은 흔들리고 있었다.

그런데 그가 레너드 히스타민 공작의 호위 기사가 되어 제국을 혼란스럽게 하고 있었다는 충격적인 사실을 누가 상상이나 했겠는가.

"그, 그건……. 저보다 더 잘 설명할 수 있는 존재가 있을 겁니다."

루얀의 날카로운 반응에 움찔한 사이하는 후다닥 뒤로 물러났다.

그러자 다섯 신들의 끝에 있던 검은 형체가 오닉스에게 다가갔다.

켈라헬이었다.

과거와는 달리 그도 이제는 꽤 선명해진 형체를 지니고 있었다.

사이하와 비교해도 좋을 정도로 뚜렷한 존재감이 느껴졌다.

그가 선택한 신의 아이가 드디어 각성을 했다는 뜻이리라.

오닉스의 앞에 선 켈라헬은 잠시 그를 내려다보다가 씁쓸하게 입을 열었다.

"나의 아이야, 어찌 이리 되었느냐."

켈라헬의 말과 함께 오닉스의 시간도 흐르기 시작했다.

눈동자가 흔들리던 오닉스는 켈라헬을 발견하고는 아예 눈을 질끈 감아 버렸다.

차마 똑바로 마주할 염치가 없었기 때문이었다.

"죄송합니다. 너무나 큰 잘못을 저질렀습니다."

"반성으로 끝날 일이 아니다. 얼마나 많은 목숨이 희생된 줄 아느냐.”

켈라헬은 지엄한 목소리로 오닉스를 꾸짖었다.

신들이 인간에게 특별한 힘을 허락했을 때, 바란 것은 단 하나였다.

신이 돌보지 못하는 작은 일들을 챙기라는 뜻이었다.

예컨대 가엾은 인간들을 돕는 정도면 충분했다.

그런데 신의 이름을 앞세워서 전쟁을 일으키고, 무수히 많은 인간들을 죽음으로 내몰았으니 어찌 감히 용서 받을 수 있겠는가.

인도의 신, 켈라헬은 본래 인간들의 선택과 행동을 가만히 지켜봐 주는 신성이었다.

하지만 오닉스의 탈선만큼은 그도 좌시할 수 없었다.

오죽했으면 방침을 깨고 직접 신탁을 내리기까지 했다.

─그 어떤 인간도 특별하지 않다. 너 또한 그렇다.

과거, 전장으로 향하던 오닉스는 분명 켈라헬의 목소리를 들었다.

하지만 이미 눈이 뒤집힌 그에게 신의 가르침이 곧이 곧대로 들렸을 리 만무했다.

'내가 아직 부족하다 말씀하시는 것인가?'

감히 특별한 존재라고 지껄이는 다른 신의 아이들을 모두 제거하라는 뜻으로 여기고 말았다.

그렇게 두 눈과 두 귀를 막은 흐바르는 참혹한 전장에서도 가장 새빨갛게 타오르는 불꽃이 되었다.

결국 전쟁에서 승리한 오닉스는 다른 신의 아이들을 모두 제거하고 통일 제국을 완성했다.

하지만 그것은 끝이 아니라, 오히려 비극의 시작이었다.

"면목 없습니다."

오닉스는 비통한 표정으로 고개를 숙이면서 힘겹게 말을 내뱉었다.

그는 어떤 말로도 속죄할 수 없는 죄인이었다.

켈라헬은 오닉스의 모습을 안타깝게 바라보면서 더욱 또렷하게 존재감을 드러냈다.

"너에게 다시 기회를 주겠다. 모든 것을 제자리로 돌려놓거라."

"아닙니다. 용서받지 못할 죄를 지었는데 어찌 기회를 욕심내겠습니까. 저는 자격이 없습니다."

오닉스는 자조적인 목소리로 중얼거렸다.

지금껏 죽지도 못하고 비극을 지켜봐야만 했던 절대자는 이미 지쳐 있었다.

"허락하신다면 저는 이제 눈을 감고 싶습니다. 어떤 벌이라도 달게 받겠습니다."

오닉스는 대륙 역사상 가장 위대한 무인이었다.

분명 강직하고, 용맹한 남자였다.

하지만 더 이상은 아니었다.

켈라헬은 무엇이 그를 이토록 나약하게 만들었는지 잘 알고 있었다.

그래서 더는 종용할 수도 없었다.

어떻게 보면 오닉스야말로 가장 불쌍한 인간이 아니겠는가.

"아이야. 괜찮다고 하지는 않겠다. 영원히 용서 받지도 못할 것이다. 하지만…… 지금은 죽음을 허하노라."

허락이 떨어지자 오닉스는 크게 엎드려 절을 올렸다.

이 저주받은 삶에 드디어 마침표를 찍어 주었으니 엄청난 은총을 받은 셈이었다.

공손하게 절을 올린 오닉스는 비척비척 몸을 일으키고는 루안을 똑바로 바라보았다.

"그대, 해칠링의 영웅이여."

루안을 바라보는 눈빛은 더 이상 흐릿하지 않았다.

켈라헬을 닮은 검은 눈동자가 또렷하게 빛을 뿜고 있었다.

"염치 없지만 그대를 기다리고 있었다."

그랬다.

북부의 작은 마을에서 세상을 바꿀 영웅이 탄생하리라 예언한 것은 바로 초대 황제였다.

여로모로 이해가 되지 않는 일이었다.

누군가는 초대 황제가 치매에 걸렸다고 말하기도 했다.

그 자신이 건국한 제국을 무너트릴 존재를 예언하다니.

마치 제국이 무너지기를 바라는 사람 같지 않은가.

심지어 그토록 기다려 왔던 예언의 존재에게 직접 검을 들이밀기도 했으니 분명 이상한 일이었다.

루얀은 아무런 말 없이 오닉스를 빤히 바라보았다.

도대체 무슨 일이 있었던 것일까.

"그대에게 모든 진실을 털어놓겠다."

오닉스가 먼저 입을 열었다.

신의 아이들로 인해 전쟁이 발생하고 3개월이 지났을 때였다.

개전 초반의 전황은 에페스 왕국이 압도적으로 유리했다.

에페스의 대검!

육중한 무기를 귀신같이 다루는 기사단은 전장의 공포였다.

―젠장. 에페스의 대검이다!

―피하라. 정면으로 맞서서는 승산이 없다!

그들이 등장하면 다른 왕국의 기사들은 전의를 상실하고 퇴각을 결정할 정도였다.

그도 그럴 것이 에페스의 기사단은 전쟁에 특화되어 있었다.

모든 왕국의 기사들이 튼튼한 철제 갑옷으로 무장하고 전장에 나서던 시대였다.

일반적인 창칼로는 갑옷을 뚫을 수 없기에 기사의 위력은 막강했다.

오직 무기에 마나를 덧씌울 수 있는 자들만이 기사를 쓰러트릴 수 있었다.

하지만 에페스 기사단은 달랐다.

그들은 마나를 다루지 못하는 자들까지도 전장에서 위력을 발휘했다.

거대한 대검으로 갑옷을 찌그러트리고, 투구를 으깨 버렸다.

보다 수준이 높은 기사들도 에페스의 대검 앞에서는 목숨을 장담할 수 없었다.

그렇게 에페스 왕국은 승승장구하면서 빠르게 대륙을 장악해갔다.

그나마 에페스 왕국에 대항할 수 있는 유일한 세력은 유실 왕국이었다.

생명의 신, 아스테어를 따르는 유실 왕국은 가장 뛰어난 치유력을 보유하고 있었다.

유실 왕국의 사제들이 전장에 투입되면 병사들은 죽지도, 지치지도 않고 싸울 수 있었다.

대전쟁은 결국 에페스 왕국과 유실 왕국의 2파전으로 요약
이 되었다.

반면 가장 열세에 몰린 왕국은 흐바르였다.

'위대하신 켈라헬의 은총을 받았건만 이대로 끝이란 말인
가!'

흐바르 왕국의 기사들은 대검을 능숙하게 다루지 못했고,
사제들의 치유력은 유실만큼 뛰어나지 않았다.

그나마 오닉스의 무위가 아니었다면 흐바르 왕국은 진즉 도
퇴되었을 것이 분명했다.

대륙 제일검!

오직 오닉스의 검만이 흐바르를 떠받치는 유일한 힘이었다.

"도움이 필요하십니까?"

그러던 어느날 오닉스에게 한 청년이 찾아왔다.

지금껏 본 적이 없는 해괴한 힘을 사용하는 청년이었다.

"플레임 스피어."

그 짧은 외침에 손에서 불덩이가 쏟아져 나왔고, 단번에 수
십 미터가 불길에 휩싸였다.

"도대체 무슨 짓을 한 거요?"

"마법이라고 합니다. 기사들이 사용하는 마나를 조금은 다
른 방식으로 사용하는 기술이죠."

마나를 다른 방식으로 다룰 수 있다는 사실도 놀랍지만, 그
위력과 효용성은 더욱 놀라웠다.

"저를 중용해 주신다면 이 힘을 전수해 드리겠습니다."

더욱 매력적인 것은, 그 힘을 누구나 빠르게 익힐 수 있다는 점이었다.

기사들은 10년을 수련해야 겨우 마나 소드를 사용할 수 있지만 마법은 며칠만 수련해도 불덩이를 쏘아 댈 수 있었다.

비록 1써클 마법은 그 위력이 뛰어나지 않다지만, 마법사들을 집중 육성한다면 전황을 바꾸기에 충분할 것이었다.

가능성을 발견한 오닉스는 정체를 알 수 없는 청년의 손을 덥석 붙잡았다.

"그대. 이름이 무엇인가?"

"레너드라고 합니다."

그것이 레너드와 오닉스의 첫 만남이었다.

"레너드 경, 그대를 중용하겠소. 부디 흐바르 왕국에 손을 보태 주시오."

사실 오닉스에게는 다른 선택지가 없었다.

이대로라면 왕국이 몰락할 상황이었으니까.

앞뒤 따지고 있을 여유는 없었다.

고작 청년 1명이 가세했을 뿐이지만 흐바르 왕국은 완전히 달라졌다.

흐바르 왕국은 이후 펼쳐진 에페스 왕국과의 전투에서 압승을 거두었다.

청년의 마법이 상대 기사들을 불태우고, 진형을 찢어 놓은 덕분이었다.

"우리 왕국에도 드디어 기회가 왔구나!"

에페스 왕국의 대검.

유실 왕국의 치유력.

흐바르 왕국도 그 까다로운 힘들에 대항할 새로운 무기를 얻게 되었다.

그렇게 마법의 위력을 증명한 레너드는 곧바로 제안을 해왔다.

"다른 이들에게도 마법을 전수하겠습니다. 대신 조건이 있습니다."

"말해 보시오. 그대가 원하는 것이라면 무엇이든 들어줄 테니."

무엇인들 아깝겠는가.

오닉스는 마법을 얻기 위해서라면 그가 평생토록 다룬 애병(愛兵)까지 내줄 수 있었다.

"전쟁에서 최종적으로 승리한다면 다섯 가지 소원을 들어주십시오."

레너드의 조건은 오닉스를 더욱 기쁘게 만들었다.

전쟁에서 승리할 때까지 그를 곁에 둘 수 있을 테니까.

다른 신의 아이들을 모두 제거할 수만 있다면 고작 5개의 소원쯤은 문제가 될 것도 없었다.

공헌을 세웠다면 부와 명예, 권력을 얻는 것이 오히려 당연한 일이기도 했다.

"물론이오. 그대의 소원이라면 그 무엇보다 앞서 들어주겠소."

오닉스는 레너드의 제안을 받아들였고, 흐바르 왕국은 마법이라는 새로운 무기를 장착하게 되었다.

흐바르 왕국의 집중 지원 속에서 탄생한 마법사들은 대륙의 역사를 바꿔 놓았다.

"파이어 에로우!"

수백, 수천의 불화살이 전장을 수놓았다.

에페스의 대검은 감히 흐바르의 병사들에게 닿지도 못하고 불타 쓰러졌다.

유실 왕국의 사제들은 사방에서 솟구치는 화염 때문에 신성 기도를 읊지도 못했다.

2년에 걸쳐 진행된 전쟁은 끝이 났고, 흐바르 왕국은 대륙의 유일한 패자가 될 수 있었다.

소블레스 제국의 탄생이었다.

"폐하. 저를 제국의 2인자로 임명해 주십시오."

레너드는 첫 소원으로 권력을 요구했다.

감히 황제의 자리를 넘보지는 않았지만 일인지하 만인지상의 자리를 원했다.

"그대의 공헌을 생각하면 당연한 일이다. 레너드 경을 공작의 위(位)에 봉한다."

오닉스는 기꺼이 레너드의 소원을 들어주었다.

대저택을 하사하고 제국 유일의 공작으로 임명했다.

사실 지극히 상식적인 보상이었기에 이견을 제시하는 사람 조차 없었다.

그렇게 제국의 체계가 갖춰지고 전쟁은 잊혀 갔다.

다시 평화의 시대가 찾아오는 듯했다.

심지어 흐바르 왕국의 경사는 그것으로도 끝이 아니었다.

전쟁을 겪으면서 큰 깨달음을 얻은 오닉스 초대 황제는 전무후무한 경지, 그랜드 소드 마스터에 오르게 되었다.

역사상 가장 위대한 무인!

수많은 사람들이 입을 모아 오닉스의 검을 칭송했다.

하지만 정작 위대한 성취를 얻은 오닉스는 고민에 빠지게 되었다.

'마법이 세상을 망칠 것이다.'

새로운 경지에 오른 오닉스는 그동안 볼 수 없었던 것들을 통찰할 수 있게 되었다.

인위적으로 마나를 가두고, 자연의 흐름을 비트는 방식은 무척이나 위험한 일이었다.

지금 당장은 괜찮을지라도 결국은 자연의 균형을 무너트릴 것이 분명했다.

'지금이라도 늦지 않았어. 마법을 금지해야 한다.'

오닉스는 고심 끝에 결정을 내렸다.

제국을 일으킨 힘이었지만 과감하게 버려야 했다.

하지만…….

"제국법으로 마법 학파를 인정하고 마법사를 우대하는 세상을 만들어 주십시오."

레너드 공작이 찾아와 오닉스에게 간청을 올렸다.

"그럴 수 없다. 우리의 후손을 위해서라도 마법은 사라져야만 한다."

당연히 오닉스는 레너드 공작의 제안을 거절했다.

대륙의 안위만큼은 절대로 타협할 수 없는 부분이었다.

그런데 어떻게 된 일일까.

다음 날, 오닉스는 제국의 주요 귀족들을 모아 두고 황명을 내렸다.

"마법사들을 우대하는 세상을 만들 것이다. 뛰어난 마법사라면 누구든지 중용할 계획이다."

오닉스는 무엇에 홀린 듯 레너드 공작의 말을 따르고 말았다.

그의 의지가 아니었지만 저항할 수 없었다.

몸이 제멋대로 움직이고 있었다.

그것은 레너드가 요구한 두 번째 소원이었다.

모든 귀족들이 위대한 황제의 목소리에 귀를 기울였다.

그 탓에 아무도 레너드 공작의 얼굴을 볼 수 없었다.

레너드 공작을 똑바로 바라보고 있는 사람은 오직 오닉스뿐이었다.

사악하게 미소를 지으면서 안광을 불태우는 모습이 무척이나 섬뜩했다.

'맙소사. 나는 어쩌자고 저렇게 사악한 것을 들였단 말인가.'

그제야 오닉스는 무엇인가 잘못되었다는 사실을 깨달을 수 있었다.

신의 아이들이 권력에 눈이 멀어 전쟁을 벌이는 틈을 노리고 사악한 것이 끼어든 것이다.

'저자는 인간이…… 아니다.'

귀족들을 해산시키고 레너드 공작과 단 둘이 마주한 오닉스는 날카롭게 그를 노려보았다.

"정체가 무엇이냐."

"켈라헬의 종. 너라면 이미 짐작하고 있을 텐데?"

본색을 드러낸 레너드는 더 이상 존칭을 쓰지도 않았다.

오히려 턱을 꼿꼿하게 치켜들고 제국의 황제를 내려다보았다.

하지만 오닉스는 그를 질책할 수 없었다.

그의 말대로 어느 정도는 정체를 짐작하고 있었으니까.

"신인가?"

"비슷해. 하지만 그런 고리타분한 것들과 비교하는 것은 좀 불쾌한데 말이야."

레너드는 인간이 아니었다.

그러나 신이라고 하기에도 분명 어색한 점이 있었다.

그는 인간들의 추앙에서 비롯되지 않았다.

그 어떤 인간도 이런 사악한 것을 바라지 않았을 테니까.

"나는 나 스스로 존재한다. 너희들이 제아무리 부정하려 들어도 태고부터 존재해 왔다."

"헛소리는 집어치워라!"

분노한 오닉스는 곧바로 검을 뽑아 들었다. 그리고 단숨에 레너드의 목을 날려 버렸다.

분명 그러려고 했다.

하지만 그의 검은 레너드의 목 앞에서 우뚝 멈춰 서서 꼼짝도 하지 않았다.

그랜드 소드 마스터의 힘으로도 더 이상은 검을 움직일 수 없었다.

"아둔한 인간, 네가 나를 부르지 않았더냐. 너는 절대로 나를 부정할 수 없단다."

"크윽. 내게 무슨 짓을 한 것이냐!"

"거래를 제안했을 뿐이지. 네가 받아들였고."

레너드는 재미있어 죽겠다는 듯 어깨를 들썩거리면서 오닉스를 조롱했다.

오닉스는 절대로 인정하고 싶지 않겠지만 사실이었다.

레너드의 힘을 빌리는 대가로 다섯 가지 소원을 들어주기로 했다.

그것은 계약이었다.

위대한 경지에 오른 오닉스라 할지라도 신과의 거래를 돌이킬 재주는 없었다.

"진정하라고. 남은 3개의 소원을 모두 들어주면 벗어날 수 있을 테니까."

레너드의 손아귀에서 벗어날 수 있는 방법은 계약을 끝까지 이행하는 것뿐이었다.

그렇게 소블레스 대륙은 레너드에게로 넘어갔고, 오닉스는 마법사들이 성장하는 것을 지켜볼 수밖에 없었다.

'내가 무슨 짓을 한 거지?'

후회해 봐야 이미 늦은 후였다.

점차 자연의 균형이 망가지면서 차원이 붕괴하는 조짐이 보였지만 오닉스가 막을 수 있는 일이 아니었다.

'정말로 내가 할 수 있는 일은 아무것도 없단 말인가?'

오닉스는 뒤늦게나마 그가 할 수 있는 일을 찾아 나섰다.

해칠링 마을에서 영웅이 탄생할 것이다. 그리고 그에 의해서 세상은 새로운 시대를 맞이할 것이다.

이는 사실 예언이 아니었다.

엄밀히 말하자면 켈라헬에게 보내는 구조 신호였다.

'저는 이미 실패했습니다. 염치없지만 제 잘못을 바로 잡아

줄 인재를 내려 주시옵소서.'

해칠링 마을을 선택한 이유는 황성에서 가장 거리가 멀기 때문이었다.

레너드 공작에게서 조금이라도 더 자유로울 수 있는 곳을 선택한 것이다.

그가 공식적으로 예언을 남겼으니 많은 사람들이 해칠링 마을을 주목하게 될 터. 사람들의 시선이 닿는 만큼 해칠링 마을은 더 안전해질 것이었다.

오닉스의 예언은 세상을 떠들썩하게 만들었다.

당연히 레너드 공작의 심기는 불편할 수밖에 없었다.

"건방진 인간. 무슨 짓을 꾸미는 것이냐!"

"내가 무엇을 꾸민 것이 아니다. 미래에 일어날 일을 예언했을 뿐이다."

"인간 따위가 예언이라니! 헛소리하지 마라!"

분노한 레너드 공작은 길길이 날뛰면서 오닉스의 뺨을 때렸다.

공작에게 뺨을 맞는 황제.

그것이 오닉스의 현 위치를 분명하게 말해 주고 있었다.

하지만 오닉스는 흥분하지 않았다.

그가 자초한 재앙이었고, 지금은 그것을 수습하는 것만으로도 벅찬 상황이었다.

—레너드 히스타민을 곁에 두고 지켜보거라. 그가 절대로 수도를 벗어나지 못하도록 해라.

오닉스는 그의 자리를 물려받을 후손에게 은밀하게 서한을 남겼다.

켈라헬이 그의 기도를 들었다면, 그래서 정말로 영웅을 내려준다면, 흐바르 왕가도 그에 화답해야 마땅했다.

잠시라도 레너드의 발을 묶어 두는 것.

그것이 흐바르 왕가에 주어진 마지막 임무였다.

동시에 오닉스는 매일같이 레너드 공작을 찾아가 소원을 말하라고 독촉했다.

"세 번째 소원은 아직인가?"

"필요한 일이 있으면 어련히 알아서 말할 텐데. 역시 인간은 성격이 급하다니까."

돌아오는 것은 조롱뿐이었다.

급할 것이 없는 레너드 공작은 오닉스를 비웃으면서 제국을 마음대로 주물렀다.

그렇게 30년이 흘러 오닉스가 생을 마감할 때까지도 레너드는 끝까지 세 번째 소원을 말하지 않았다.

죽음을 앞둔 오닉스는 차라리 다행이라고 생각했다.

'이 가혹한 운명도 드디어 끝이 나겠구나.'

그에게 죽음은 차라리 축복이었다.

레너드의 손에서 벗어날 수만 있다면 죽음 이후에 치러야할 죗값도 웃으면서 맞이할 수 있었다.

　　하지만 그를 기다리고 있는 것은 안식이 아니었다.

　　신과의 계약이라는 지독한 사슬은 죽음으로도 결코 끊어 낼수 없었다. 오닉스는 아직 레너드에게 빚진 3개의 소원을 완성하지 못했으니까.

　　"나는 죽음을 허락한 적이 없다. 일어나거라. 그것이 나의 3번째 소원이다."

　　지독한 운명이었다.

　　관을 뚫고 흘러 든 그 목소리에 오닉스는 다시 눈을 뜨게 되었다.

　　대륙 역사상 가장 위대한 무인은 그렇게 데스 나이트가 되었다.

　　"무려 30년이다! 이 정도 괴로워했으면 충분하지 않나! 제발나를 놓아다오."

　　오닉스는 레너드 공작에게 무릎을 꿇고 애원했다.

　　큰 죄를 저질렀다는 사실은 인정하지만, 죽지도 못하고 영원히 죄책감에 시달려야 한다는 것은 너무 가혹한 일이었다.

　　"그럴 순 없지. 이제야 재미있어지려고 하는데 벌써 도망치려고?"

　　시간이 흘러 레너드 공작도 이제 노년의 모습을 하고 있었지만, 그는 여전히 아이 같은 태도로 즐거워했다.

레너드 공작은 무릎을 꿇은 오닉스의 머리를 톡톡 두들기면서 네 번째 소원을 연달아 말했다.

"너를 호위 기사로 임명하겠다. 영원히 나를 지키거라."

너무나도 잔인한 소원이지만 오닉스는 거절할 수 없었다.

죽음마저 허락받지 못한 오닉스는 그 이후로도 계속해서 제국을 지켜봐야만 했다.

'켈라헬이여. 미력하고 아둔한 제가 언제까지 버틸 수 있을지 모르겠습니다.'

차라리 미쳐 버리고 싶은 시간이었다.

황위를 이어받은 그의 아들은 레너드 공작에게 휘둘리다가 요절했다.

오닉스는 레너드 공작이 그의 아들의 무덤에 침을 뱉을 때에도 곁을 지켜야 했다.

허수아비에 불과한 손자가 무력감에 치를 떨면서 주색에 손을 뻗는 것도 지켜보았다.

어디 그뿐인가.

마법사가 늘어나면서 끝내 차원에 균열이 발생했다.

하지만 그것을 파헤치려던 드래곤을 자신의 손으로 직접 죽여야 했다.

죗값을 치르기는커녕 오히려 더한 죄를 짓는 삶이었다.

유일한 희망이라면 이제 마지막 소원만을 남겨 두고 있다는 사실이었다.

'언젠가는 내게도 안식이 있을 것이다.'

오닉스는 자유의 몸이 될 날만을 기다리면서 고통의 시간을 인내했다.

물론 레너드 공작이 그를 쉽게 놓아줄 리 만무했다.

레너드 공작은 4번째 소원을 교묘하게 이용해서 오닉스를 무한정 부려먹었다.

"너는 나를 지켜야 한다."

레너드 공작은 오닉스의 힘이 필요한 일이 있으면 직접 몸을 움직였다.

루얀이 켈라헬 교단을 습격했을 때에도 마찬가지였다.

―베네치아 대사제가 죽을 겁니다.

―크흐흐. 혹시 그 아이를 구하라고 명령하기를 바랐더냐?

레너드 공작은 절대로 마지막 소원을 말하지 않았다.

그저 루얀의 앞으로 스스로 뛰어들어서 오닉스가 싸우도록 만들었다.

하지만 영원할 것만 같았던 고통에도 결국 끝은 있었다.

―꺼져! 가서 루얀을 죽여 버려!

그것이 오닉스가 접수한 마지막 소원이었다.

'계약을 끝내야 하니 나는 최선을 다 할 것이다. 루얀, 그러니 부디⋯⋯.'

오닉스는 흔쾌히 루얀을 찾아 나섰다.

간절한 소망을 품고서.

'나를 죽여다오.'

반드시 패배하고 싶은 싸움이었다.

꽃

"결국 그대에게서 모든 일이 시작되었군."

"미안하다. 내 욕심이 그대를 이곳에 이르게 했다."

모든 사정을 털어놓은 오닉스는 루얀에게 꾸벅 고개를 숙였다.

루얀은 그런 오닉스를 차가운 눈빛으로 바라보았다.

'어찌 한 인간이 이렇게 큰 재앙을 만들어 냈단 말인가.'

오닉스는 절대로 용서받지 못할 죄를 저질렀다.

신의 이름으로 포장해서 자신의 욕망을 앞세웠고, 그로 인해 수를 헤아릴 수도 없는 목숨이 스러졌다.

전쟁에서 승리하기 위해 수단과 방법을 가리지 않았던 그의 이기심은 결국 레너드라는 끔찍한 괴물을 불러들였다.

루얀의 냉혹한 눈빛과 마주한 오닉스는 크게 엎드려 절을 올렸다.

"변명하지 않겠다. 이해해 달라고도 하지 않는다. 다만 부탁하겠다. 나의 죄를 벌해다오."

죽음을 구걸하는 모습이 가련할 법도 하건만 루얀은 여전히 표정을 풀지 않았다.

"건방지군. 고작 그딴 일로 나를 불렀나?"

루얀이 소블레스 대륙으로 넘어온 것은 그의 의지가 아니었다. 등선문의 앞에서 들었던 낯선 목소리가 그를 여기까지 이끌었다.

―어찌 버렸다고 하였느냐. 가진 적도 없는 것을.

―아직은 때가 아니다.

뒤늦게 알게 되었지만 그것은 켈라헬의 목소리였다.

정리하자면 오닉스가 내뱉은 거짓 예언이 켈라헬에게 닿았고, 켈라헬이 그를 소블레스 대륙으로 불러들인 것이다.

루얀은 오닉스에게서 시선을 거두고 켈라헬을 날카롭게 노려보았다.

"왜 나였지?"

검은 인영이 크게 일렁거렸다.

답할 말을 찾기 곤란한 듯한 모습이었다.

질문에 대한 답은 뜻밖에도 켈라헬이 아닌, 루얀의 옆에서 들려왔다.

황금빛 형체, 사이하였다.

"당신이 환원심법을 익혔으니까요."

"그게 무슨 상관이지?"

"레너드가 전파한 마법은 자연의 균형을 무너트리고 있습니다. 반면 환원심법은 자연의 균형을 회복할 수 있는 힘이죠."

루얀도 그 말에는 동의했다.

자연의 불균형으로 인해 붕괴하고 있는 세상이라면 환원심법이 도움이 될 수 있다.

하지만 틀렸다.

질문에 대한 답이 아니다.

루얀은 그가 무엇을 할 수 있는지, 또 무엇을 해야 하는지를 물은 것이 아니었다.

"왜 나를 불렀는지 물었다."

사실 소블레스 대륙이 어떻게 되든 중원의 루얀에게는 상관없는 일이었다.

그런데 왜 그가 여기까지 와야만 했던 것일까.

루얀의 날카로운 반응에 사이하는 잠시 숨을 고르다가 부드러운 말투로 대답했다.

"환원심법을 제가 만들었기 때문이죠."

"그게 무슨……."

깜짝 놀란 루얀은 말을 얼버무리면서 멍하게 사이하를 바라보았다.

왜일까.

루얀은 문득 케시우스의 말을 떠올릴 수 있었다.

─사이하라면 망가진 대륙을 치료할 수 있는 인간을 선택했을 겁니다.

─루얀, 당신입니다.

사실 의문을 품고 있었다.

테오와 알리제는 신의 아이로 각성하면서 놀라운 힘을 얻었다. 그런데 루얀은 사이하에게 받은 것이 없었다.

그가 지닌 힘은 모두 스스로 깨우친 것들이었다.

하지만······.

'처음부터였던가!'

굶어 죽지 않으려 찾았던 야산에서 발견한 환원심법은 그를 구원했다.

그때부터 루얀은 사이하의 선택을 받은 '신의 아이'였던 것이다.

chapter 5

진실을 깨닫게 된 루얀은 크게 충격을 받을 수밖에 없었다.

'늘 외로운 싸움이었다.'

고아로 내버려 져서 일평생을 홀로 묵묵히 걸었다.

그것으로도 충분치 않았음인지, 미련이 남아 소블레스 대륙에 닿게 되었다.

'그래도 나의 길이라 생각했었다.'

무엇 하나 온전하지 않았기에 항상 질문을 던졌다.

이 길의 끝에 무엇이 있는지를.

하지만 홀로 맞서 왔다고 생각했던 삶은 처음부터 누군가의 장기판에 불과했다.

"나는…… 도구였던가."

루얀의 자조적인 목소리에 사이하가 멈칫하면서 크게 일렁거렸다.

뚜렷한 모습조차 없는 형체에 불과했으니 표정을 확인할 길은 없었지만, 어쩐지 씁쓸한 기색이 느껴졌다.

"절대 그렇지 않습니다."

"지금까지 살아온 모든 시간이 나의 의지가 아니었다. 도구가 아니고 무엇인가."

"저는 환원심법을 만들었을 뿐입니다. 욕심이 없는 자와 연이 닿기를 바랐고, 제 손을 잡은 것은 당신의 의지입니다."

사이하는 최대한 부드러운 목소리로 대답했다.

지금 루얀이 겪고 있는 혼란을 가늠조차 할 수 없기에 조심스러울 수밖에 없었다.

"그래서! 고맙다는 말이라도 바랐더냐!"

후우우웅.

루얀의 전신에서 폭풍과도 같은 기세가 흘러나왔다.

그는 진심으로 분노하고 있었다.

사이하는 여전히 신중한 태도였지만 소극적이지는 않았다.

그는 루얀의 기세를 피하지 않고 똑바로 마주했다.

"네. 고마워하십시오. 하지만 제가 아닌 당신의 삶에 그렇게 하세요. 당신은 하루하루 행복할 자격이 있는 인간입니다."

"갈! 말장난일 뿐이다!"

결국 루얀의 몸에서 황금빛 내력이 솟구쳤다.

콰아아아.

궁신의 막대한 내력은 다섯 신들을 찍어 누르면서 오만하게 존재감을 드러냈다.

그 폭력적인 기세에 신들조차 감히 경거망동하지 못하고 긴장감을 끌어 올렸다.

만약 여기서 루얀이 폭주한다면 몇이나 되는 신이 소멸하게 될까. 모르긴 해도 최소한 절반 이상이 무사하지 못할 것만은 분명했다.

그래도 사이하는 물러서지 않았다.

오히려 루얀에게 한 걸음 더 가까이 다가가면서 담담하게 말을 이었다.

"원하신다면 제 목을 거두세요. 당신이 느끼는 감정과 결정은 온전히 당신의 것입니다."

증명할 수 있는 기회였다.

루얀이 신의 의지가 아닌, 스스로의 결정으로 움직이고 있다는 사실을.

그를 이곳으로 이끌었던 신들을 죽인다면 그보다 더 완벽한 증명도 없을 것이었다.

'저는 선택지를 드렸을 뿐, 단 한 번도 강요한 적이 없습니다.'

지금도 마찬가지였다.

사이하는 선뜻 자신의 목을 내놓았다.

루얀이 그를 죽이지 않을 것이란 사실을 믿기 때문은 아니었다.

　정말로 죽음을 맞이하더라도, 그것으로 루얀을 달랠 수 있다면 기꺼이 그렇게 하리라는 결심이었다.

　"우리는 인간을 절대 도구로 보지 않습니다. 특히나 우리가 선택한 인간이라면 더욱 그렇습니다."

　사이하는 목숨을 담보로 대화를 시도했다.

　루얀은 일그러진 표정으로 거친 호흡을 내뱉으면서 천천히 손을 들어 사이하의 목을 움켜쥐었다.

　"가소로운 도박을 하는군."

　"루얀, 아니 하철혁. 저는 애정을 갖고 당신을 지켜봤고, 모든 시간을 응원했습니다."

　목을 붙잡히고도 사이하는 위축되지 않았다.

　그만큼 간절하기 때문이었다.

　"진심입니다. 비록 당신이 환원심법의 주인이 되었지만 달라지는 것은 없습니다. 당신은 그저 하철혁이자 루얀입니다."

　루얀은 가만히 사이하를 바라보았다.

　여전히 얼굴을 확인할 수는 없었다.

　하지만 느낄 수 있었다.

　사이하는 분명 웃고 있었다.

　결국 루얀은 크게 한숨을 내쉬면서 손을 거두었다.

　"블랑은……. 그 또한 너희의 계획이었나?"

"가족을 잃은 불쌍한 인간이었을 뿐. 그를 아버지로 받아들인 것 또한 당신입니다."

관점에 따라 다르다.

모든 것이 신의 계획이기도 했고, 루얀의 선택이기도 했다.

루얀과 사이하의 말은 계속 평행선을 달리고 있었다.

"좋다. 아직 답을 내리지는 못하겠으나 내 너에게 빚을 진 것은 인정하겠다."

굶주림과 추위에 떨던 루얀은 본래 동굴에서 절명했어야 할 운명이었다.

하지만 환원심법 덕분에 목숨을 구했고, 나름대로 부와 명성도 얻었다.

"나를 살려 주었으니 나도 너를 살려 주는 것으로 갚았다 하겠다."

목숨은 목숨으로.

루얀은 빚을 갚았다.

하지만 아직 갚아야 할 빚은 남아 있었다.

"내게 이리도 선명한 세상이 있다는 사실을 알려 주었으니, 그 빚 또한 마땅히 갚을 것이다."

루얀은 신들이 원하는 것을 이미 알고 있었다.

훌쩍 몸을 돌린 루얀은 뒤를 돌아보지도 않고 뚜벅뚜벅 멀어져 갔다.

"그리하여 빚진 것이 없을 때, 너희를 다시 찾을 것이다."

그의 뒷모습을 가만히 지켜보던 신들과 오닉스의 모습은 이내 흐릿하게 변해 사라져 갔다.

-너는 신의 아이란다. 꼭 기억하고 있거라. 조만간 너의 힘을 깨닫는 날이 올 테니.

이 한마디면 충분했다.

남들보다 특별해지고자 욕망하는 인간들은 너무나 쉽게 불길에 뛰어들었다.

심지어 그것이 신의 뜻이라 포장하면서 핏대를 세우는 인간들의 모습은 가히 혼자 보기 아까운 코미디였다.

대륙은 순식간에 혼란에 빠져들었다.

서로를 죽이고 죽었다.

레너드는 배꼽을 부여잡고 그 모습을 지켜보았다.

"크하하하. 멍청한 인간들. 더 증오하거라! 너의 가족을 죽인 놈을 찢어발겨라!"

사악한 자의 세 치 혀에서 비롯된 전쟁이었다.

가만히 두어도 수많은 목숨이 사라질 터였다.

하지만 레너드는 만족하지 않았다.

그가 원하는 것은 고작 몇몇 목숨이 아니었다.

"벌써 전쟁이 끝나 버리면 재미없잖아?"

레너드는 꺼져 가는 전쟁의 불씨에 부채질을 하기로 했다.

-도움이 필요하십니까?

가장 열세에 몰린 흐바르 왕국을 찾아가 다시 한번 달콤한 유혹을 던졌다.

멸망의 위기 앞에서 이성을 상실한 오닉스는 그 어떤 의심조차 없이 그의 손을 붙잡았다.

레너드는 당장이라도 터져 나오려는 웃음을 참기 위해 안간힘을 써야만 했다.

마법. 그것은 이 세상을 완전히 몰락시킬 재앙의 힘이었다.

하지만 오닉스는 그것이 무엇인지도 모르고 아주 열심히 마법사를 육성했다.

'으하하. 결국은 모두 죽을 것이다. 한 놈도 남김없이 모조리 지옥으로 가는 거야!'

레너드의 계획은 완벽했다.

넉넉히 잡아서 100년, 이르면 60년 안에 세상은 멸망할 것이었다.

균형이 무너진 대자연이 인간들을 용서치 않을 테니까.

그런데 어느 순간 예상치 못했던 문제가 발생했다.

오닉스가 반신의 경지에 오르면서 마법의 정체를 깨닫게 된 것이다.

마법을 금지하려는 오닉스의 움직임은 분명 레너드의 계획 밖이었다.

'쯧. 보다 요긴하게 쓰려고 했건만. 어쩔 수 없지.'

레너드는 두 번째 소원을 발동해서 오닉스의 움직임을 막았다.

결과적으로 오닉스는 아무런 저항도 할 수 없었으니 사소한 사건이라고도 할 수 있었다.

하지만 나비의 무의미한 날갯짓인 줄만 알았던 그 사소한 문제는 거대한 폭풍을 불러오고 말았다.

'젠장. 그때 소원을 하나만 아꼈더라도 이렇게 되지는 않았을 텐데.'

만약 소원이 하나만 더 남아 있었다면 어땠을까.

레너드는 망설이지 않고 루안을 죽이라고 명령했을 것이었다.

하지만 오닉스에게 내릴 수 있는 명령은 단 하나뿐이었고, 신중을 기하다가 적기를 놓치고 말았다.

그리고 그 결과는 치명적이었다.

"쓸모없는 인간! 언제까지 내 발목을 붙잡을 셈이냐!"

레너드는 오닉스가 소멸한 것을 바로 알아차릴 수 있었다.

그와 계약 관계로 묶여 있기 때문이었다.

끝내 오닉스마저 루안을 제거하는 데 실패한 것이다.

"왜! 도대체 왜 이렇게 전부 엉망인 거냐고!"

루얀이 나타나기 전까지만 해도 모든 파멸이 순조로웠다.

대륙 곳곳에 '차원의 균열'이 발생해서 세상이 무너지고 있었다.

나아가 역병과 기근, 부조리한 권력 구조로 수많은 인간들이 고통을 받았다.

그런데 이제 모든 것이 달라져 버렸다.

루얀에 의해 '차원의 균열'이 닫히고 있었다.

에페스 왕국의 후손이 깃발을 세운 이후로 고통받는 인간들도 빠르게 줄어들었다.

레너드가 무려 60년을 투자해서 진행해 온 계획들이 하나씩 무너져 가고 있었다.

"이제 정말 얼마 남지 않았는데! 조금만 더 버텼어도 대업을 완성할 수 있었단 말이다!"

대륙 곳곳에서 생성된 '차원의 균열'은 사실 곁가지에 불과했다.

진짜는 따로 있다.

레너드는 세상을 무너트릴 균열의 씨앗을 황성 지하에 숨겨 두었다.

고오오오.

60년간 무럭무럭 성장한 균열의 씨앗은 이제 황성 전체를 집어삼킬 수 있을 정도로 커져 있었다.

세상이 혼란스러울수록, 기득권 마법사들이 더 힘을 축적할수록, 균열은 더 빠르게 성장했다.

며칠의 여유만 더 있었더라도 균열의 씨앗이 싹을 틔우고 모든 생명을 짓밟을 수도 있었다.

하지만 '차원의 균열'은 조금씩 성장이 더뎌지는가 싶더니 끝내 완전히 성장을 멈춰 버렸다.

끝내 미완으로 남은 대업.

이쯤 되면 레너드도 인정해야만 했다.

60년의 시간이 물거품이 되었음을.

"하아, 아직은 때가 아니라 생각했지만 이제 어쩔 수 없지."

더 이상은 뒷짐을 지고 구경만 하고 있을 수는 없는 일이었다. 그가 직접 나서야 했다.

"쳇. 애초에 무능한 인간 놈들에게 맡겨 둘 일이 아니었어."

일순간 레너드의 얼굴이 달라졌다.

이전까지는 분노를 쏟아 내더라도 분명 인간의 모습이었다.

하지만 결심을 굳힌 순간, 눈에서 흰자가 사라지고 새카만 동공이 두 눈을 가득 채웠다.

길게 늘어난 송곳니는 입술을 뚫고 삐져나와서 날카롭게 번뜩였다.

쯔어억.

귀에서는 시커먼 고름이 줄줄 흘러나와서 턱을 검게 물들였다.

"크흐흐. 처음부터 그냥 이렇게 할 것을. 괜히 귀찮은 짓만 했구나."

즉시 자리를 박차고 일어난 레너드는 저택을 벗어나 황성으로 향해 돌진했다.

파아앗.

수많은 기사들이 황성을 지키고 있었지만 그 누구도 레너드를 막아서지 못했다.

더 정확하게 말하자면 포착조차 하지 못했다.

기사들은 레너드가 지나치고도 한참이 지난 후에야 시커먼 빛줄기를 발견했을 뿐이었다.

한달음에 황성을 파고든 레너드는 곧장 대전의 문을 박차고 들어갔다.

콰앙.

황제를 지키는 거대한 문도 레너드의 힘을 감당하지 못하고 단번에 무너져 내렸다.

"무슨 일이냐!"

소블레스 3세는 갑자기 시커먼 악귀가 들이닥치자 깜짝 놀라 소리쳤다.

하지만 그의 목소리가 대전 밖으로 뻗어 나가기도 전에 레너드가 소블레스 3세의 목을 낚아챘다.

"애송이. 네놈 따위가 감히 나를 막을 수 있다고 생각했느냐?"

레너드는 송곳니를 드러내면서 사악하게 미소를 지었다.

그가 인간들에게 본모습을 드러낸 것은 이번이 처음이었다.

초대 황제에게도 보여 준 적 없는 모습이었다.

하지만 소블레스 3세는 검은 악귀의 정체를 단번에 눈치챌 수 있었다.

언젠가는 이런 일이 벌어질 것이라고 예상하고 있었는지도 몰랐다.

"레너드. 결국 네놈이…….."

"크하하. 다시 한번 지껄여 보거라. 네가 무엇을 금지하겠다고?"

레너드가 손아귀에 힘을 주자 숨통이 막힌 소블레스 3세의 얼굴이 새하얗게 질렸다.

하지만 그 상태에서도 황제의 위엄을 잃지는 않았다.

"레너드 히스타민 공작. 그대에게 퍽 어울리는 모습이로다."

소름이 돋을 정도로 새카만 눈동자를 똑바로 바라보면서 씨익 미소를 지었다.

"건방진 놈. 처음부터 네놈들은 아무것도 아니었다. 황제랍시고 거들먹거리던 그 자리도 내가 만들어 준 것이다!"

황제의 태연한 모습에 더욱 분노가 치솟은 레너드는 사납게 으르렁거렸다.

그러나 소블레스 3세는 끝까지 그의 눈을 피하지 않았다.

"이제는 내가 필요 없어진 모양이지?"

소블레스 3세도 알고 있었다.

레너드가 그를 죽이지 않은 것은 황제라는 허수아비가 필요하기 때문이었다.

그런데 갑자기 태도를 바꿔서 그의 목을 노린다면 그 이유는 단 하나였다.

'네놈도 급해진 것이겠지.'

이제 뒤에 숨어만 있을 수 없게 되었다는 뜻.

결국 끝이 다가온 것이다.

'나는 초대 황제께서 무엇을 그리셨는지 모른다. 하지만⋯⋯.'

단 하나만큼은 확신할 수 있었다.

이 또한 운명이라는 사실을.

"무엇을 망설이는가. 죽여라."

소블레스 3세는 웃으면서 죽음을 맞이했다.

죽음은 그에게 오히려 안식이었다.

오닉스가 그러했던 것처럼.

최후의 전쟁은 황제의 죽음으로부터 시작되었다.

우드득.

황제의 목을 꺾어 버린 레너드는 시커먼 안광을 뿜어 대다가 뒤늦게 '아차' 하면서 손을 내렸다.

'더 고통스럽게 괴롭히고 싶었는데⋯⋯.'

하찮은 인간 주제에 마치 미래를 내다보기라도 하는 것처럼 건방을 떨기에 저도 모르게 손에 힘이 들어가고 말았다.

아쉬운 눈초리로 황제를 내려다보던 레너드는 이내 그의 시체를 휙 내던졌다.

아쉬움은 잠깐일 뿐이었다.

어찌 되었든 눈에 거슬리는 인간을 제거하지 않았는가.

흐바르 왕가의 핏줄은 이것으로 끝이었다.

뒤에서 몰래 수작을 부렸던 오닉스에게도 충분한 벌이 되었을 것이었다.

"크흐. 속이 다 시원하구나."

레너드는 직접 인간의 목을 비틀어 죽이는 희열을 매일같이 갈망했다.

하지만 꾹 참아야만 했다.

그가 제아무리 '근본적인 존재'라고 하더라도 대륙 전체를 적으로 돌릴 수는 없었다.

모든 인간들이 합심해서 그에게 창칼을 들이민다면 퍽 귀찮은 일이 될 테니까.

무엇보다도 짜증 나는 주신들이 '신의 아이'를 대륙 곳곳에 숨겨두었으니 조심할 필요가 있었다.

그래서 천천히 세상을 망가트릴 계획을 세웠다.

마법을 전파해서 균형을 무너트리면 인간들의 세상은 조금씩 말라 죽을 것이었다.

하지만 계획이 실패한 이상 더는 참을 필요도 없어졌다.

'차라리 내 손으로 모두 죽일 것이다!'

레너드가 음침하게 미소를 흘릴 때, 그의 등 뒤에서 소란이 일어났다.

"웬 놈이냐!"

폭음을 듣고 몰려든 기사들이 뒤늦게 대전으로 들이닥쳤다.

제국의 가장 명예로운 검, 푸른 사자 기사단이었다.

"아, 레너드 공작님이셨습니까? 방금 소란은 무슨 일입니까?"

레너드의 복장과 뒷모습을 알아본 푸른 사자들은 경계를 늦추면서 검을 내렸다.

하지만 그것도 잠깐일 뿐이었다.

이내 레너드의 옆에 널브러져 있는 황제의 모습을 발견한 기사들은 경악하면서 비명을 내질렀다.

"으악! 폐하가 어찌……."

"레너드 공작님! 도대체 무슨 일이 있었던 겁니까!"

믿을 수 없다는 듯, 엉거주춤 황제에게 다가간 기사들은 곧 더욱 충격적인 모습을 발견할 수 있었다.

레너드 공작이라 생각했던 자는 인간이 아니었다.

쯔으으윽.

레너드의 눈과 귀에서 흘러나온 시커먼 고름이 끈적끈적하게 늘어나서 대전으로 뻗어 나갔다.

"병정놀이도 이제 지겹구나."

레너드가 대충 손을 휘젓자 대전을 장악한 검은 기운이 기사들의 목을 콱 붙잡았다.

우드득.

그리고 너무나도 간단하게 기사들의 목을 꺾어 버렸다.

수십의 푸른 사자들은 반항조차 하지 못하고 무너져 내렸다.

믿어지는가.

제국에서 가장 뛰어난 기사들이 이렇게 허무하게 당해 버리다니.

처참한 모습이었다.

심지어 목이 꺾인 기사들은 순식간에 부패하면서 지독한 악취를 뿜어 댔다.

시체들의 눈과 귀, 그리고 입에서는 검은 연기가 울컥울컥 흘러 나왔다.

대전을 가득 채우고도 모자라 밖으로 뻗어 나간 검은 연기는 순식간에 황성을 뒤덮었다.

하지만 모든 희망이 사라진 것은 아니었다.

황성에는 아직 최후의 수호신이 남아 있었다.

"레너드! 멈춰라!"

뒤늦게 대전에 도착한 푸른 사자 기사단의 단장 하운드는 재빨리 검을 뽑아 레너드를 겨누었다.

후우우웅.

그의 검에서 타오른 무지막지한 오러가 검은 연기를 가르고 존재감을 드러냈다.

과연 중급 소드 마스터!

제국 5대 기사 중에서도 최강이라 불리는 하운드의 검은 명불허전이었다.

그뿐만이 아니었다.

곧이어 황실 수석 마법사가 도착하면서 하운드의 뒤를 받쳤다.

"늦어서 죄송합니다."

겉모습만 보자면 70대를 바라보는 가냘픈 노인일 뿐이었지만, 그는 무려 7써클에 오른 대마법사였다.

제국을 지탱하는 가장 강력한 기둥들이 레너드를 가로막았다.

수석 마법사가 도착한 것을 확인한 하운드는 살짝 고개만 끄덕여 응답하면서 더욱 힘껏 오러를 끌어 올렸다.

푸른 사자들의 왕.

그는 이미 깨닫고 있었다.

레너드가 인간이 아니라는 사실을.

그리고 이 전투가 결코 쉽지 않으리라는 사실을.

'폐하를 지키지 못한 죄인이 무엇을 두려워하겠는가. 나도 주군의 뒤를 따를 것이다.'

하운드는 목숨을 걸었다.

만약 이 전투에서 승리한다 하더라도 황제의 곁에서 스스로 생을 마감할 작정이었다.

"뒤를 부탁하겠소."

하운드는 수석 마법사에게 짧게 신호를 보내고는 곧바로 레너드를 향해 짓쳐들었다.

파아앗.

검은 연기 속에서도 또렷하게 반짝이는 푸른 갑옷이 허공에 길게 선을 그렸다.

굉장한 속도였다.

제국 최강의 기사는 자신의 목숨마저 도외시하고 맹렬히 돌진했다.

하지만 그뿐이었다.

"하찮은 인간. 네 재롱을 봐주는 것도 여기까지다."

쓰어억.

레너드가 입을 벌리자 끈적끈적한 고름이 끝도 없이 쏟아져 방벽을 쌓았다.

콰아앙.

시퍼런 오러는 방벽을 뚫지 못하고 허무하게 튕겨 나오고 말았다.

너무나도 무기력한 모습이었다.

하지만 하운드는 희망을 놓지 않았다.

그가 시선을 끄는 동안 수석 마법사가 준비를 마친다면…….

"앱솔루트 홀드!"

하운드의 바람대로 수석 마법사가 곧바로 마법 지원에 나섰다.

비록 살상력은 없지만 '앱솔루트 홀드'는 무려 7써클 마법이었다.

당연히 일반적인 '홀드'와는 다르다.

일시적으로 시간을 정지시켜서 움직임을 봉쇄하는 고차원적인 마법이었다.

'기회다. 지금이라면 놈을 제거할 수 있다!'

하운드는 수석 마법사의 지원을 활용해서 레너드를 몰아붙이려고 했다.

하지만 어째서일까. 몸이 움직이지 않았다.

손가락 하나 꼼짝할 수 없었다.

'도대체 왜…….'

하운드는 뒤늦게 깨달을 수 있었다.

수석 마법사의 마법이 향한 곳은 레너드가 아니었던 것이다.

하운드는 눈알조차 굴리지 못하고 등 뒤에서 다가오는 발소리를 듣고만 있을 수밖에 없었다.

결국 숨결을 느낄 수 있을 정도로 가까이 다가온 수석 마법사는 주머니에서 단검을 뽑아 들었다.

푸욱.

그리고 망설임도 없이 하운드의 갑옷 틈새를 찔러 버렸다.

한 번이 아니었다.

푸욱.

수석 마법사는 피가 뚝뚝 떨어지는 단검으로 하운드를 찌르고, 또 찔렀다.

하운드가 얼마나 위험한 자인지를 잘 알기 때문이었다.

과도한 출혈 탓에 온 몸에 힘이 풀린 하운드는 결국 털썩 무릎을 꿇었다.

제아무리 뛰어난 기사라 할지라도 결국 인간일 뿐.

당장 치료를 받지 않으면 목숨을 장담할 수 없는 부상이었다.

수석 마법사는 피투성이가 된 하운드를 가만히 내려다보다가 이내 레너드의 앞으로 가서 공손하게 허리를 숙였다.

"미리 언질을 주셨으면 제가 더 빠르게 움직였을 텐데. 죄송합니다."

늦어서 죄송하다고 했던 말은 처음부터 레너드를 향한 것이었다.

"너희들에게 맡기는 것도 여기까지다. 이제 내가 직접 나설 것이다."

레너드는 냉담하게 대꾸하면서 손을 들어 하운드의 머리를 움켜쥐었다.

"멍청한 인간. 나를 따랐다면 더 요긴하게 쓰일 목숨이었거늘."

레너드는 하운드가 무엇이라 답할 시간도 주지 않고 곧바로 머리를 터트려 버렸다.

퍼억.

제국 최강의 기사로 명성을 떨쳤던 무인도 그 최후만큼은 허망하기 짝이 없었다.

황제에 이어서 푸른 사자들까지 모조리 죽여 버린 레너드는 새카만 눈동자로 수석 마법사를 똑바로 바라보았다.

"이제 남은 것은 너뿐이구나."

브라이튼 학파의 마스터.

켈라헬 교단의 대사제.

소블레스 제국의 초대 황제.

그들 모두가 루얀에 의해 목숨을 잃었다.

레너드의 그늘 아래에 숨어 제국을 움직이던 4인 중에서 이제 남은 것은 수석 마법사뿐이었다.

"약속대로 너에게 영생을 줄 것이다. 모든 생명이 삭아서 흩어지겠지만 너는 권좌에 오를 것이다."

"모든 것을 바칠 각오가 되어 있습니다. 말씀만 내리십시오."

"때가 되었다. 균열의 힘을 내게 가지고 와라."

레너드의 지시에 수석 마법사는 결연한 표정으로 몸을 엎드리고 손으로 바닥을 짚었다.

고오오오.

곧 검은 연기가 소용돌이치면서 황성을 휘어 감았다. 그리고 지하에 묻혀 있는 '차원의 균열'을 일깨웠다.

지옥의 모습이 이러할까.

한순간에 솟구친 시커먼 화염이 온 세상을 집어 삼켰다.

화르르륵.

황성을 통째로 불태운 거대한 화염에서 끈적끈적한 연기가 타올랐다.

세상의 마나를 불태우고, 자연의 균형을 무너트리는 종말의 기운이었다.

종말의 기운은 황성의 공중으로 솟구쳐서 악귀의 얼굴을 빚어냈다.

-크아아아.

악귀가 괴성을 내질렀다. 미소를 지었다.

그러고는 곧장 레너드에게로 빨려 들어갔다.

스아악.

종말의 기운을 흡수한 레너드의 몸이 크게 부풀었다.

마치 풍선처럼 커졌다 작아졌다를 반복했다.

그 와중에도 종말의 기운은 끝도 없이 밀려들어 레너드의 전신을 충만하게 채웠다.

쩌저적.

결국 레너드의 몸에서 수십, 수백의 균열이 발생했다.

전신의 피부가 쩍 갈라지고 그 안에서 시커먼 연기가 줄기 줄기 흘러나왔다.

"크하하하. 모두 내게로 와라! 나야말로 이 세상의 진리요, 근본이니!"

몸이 붕괴하는 상황에서도 레너드는 광소를 터트렸다.

이미 죽은 황제와 기사들도 난폭한 기운에 휩쓸려 검은 연기로 변했고, 레너드는 그마저도 넙죽 받아먹었다.

그리고…….

차원의 균열을 일깨운 수석 마법사의 몸에서도 시커먼 연기가 마구 뿜어져 나왔다.

무엇인가 이상하다는 사실을 깨달은 수석 마법사는 동작을 멈추고 자신의 몸을 내려다보았다.

하지만 검은 연기는 더욱 빠르게 쏟아져 나왔고, 이내 지독한 고통이 찾아왔다.

"끄아악. 저, 저는 영생을 얻는 것이 아니었습니까?"

"인간. 내 안에서 영원히 함께할 것이다. 나는 너희의 본모습이니 두려워하지 마라."

레너드는 수석 마법사의 마나까지도 모조리 흡수해 버렸다.

그렇게 모든 것을 우악스럽게 먹어치운 후에야…….

콰아아앙.

레너드의 몸이 폭발했다.
시커먼 살점이 수천 조각으로 찢어져 흩날렸다.
쿠웅.
레너드의 몸을 찢고 나온 것은 기괴한 덩어리였다.
팔과 다리도 없이 덩어리 전체가 얼굴의 형상이었다.
하지만 얼굴 안에는 마땅히 있어야 할 눈이 없었다.
유독 거대한 귀만 쫑긋 서서 펄럭거렸다.
끔찍한 것은 그뿐만이 아니었다.
귓구멍에는 가시가 돋아 꿈틀거렸다.
그것은 마치 이빨과 같았다.

─죽일까? 죽이고 싶어! 죽여야겠어. 전부 다 빼앗을 거야.

귀에 달린 이빨에서 소름끼치는 목소리가 흘러나왔다.
이것이 바로 레너드가 꿈꾸었던 최종적인 형태였다.
질투와 이간질의 결정체!
그는 신이되 신이 아니었다.
인간들의 하찮은 믿음이나 신념에 구애받지 않는다.
그는 태초부터 항상 존재해 왔던 진리의 덩어리였다.

─왜 나는 불행하지?

인간은 자신보다 더 뛰어난 인간을 쉽게 인정하지 않는다.

남의 떡이 더 크다고 말한다.

내 것이 마음에 들지 않으면 급기야 남의 것을 빼앗는다.

그렇게 욕망이 커지면 눈이 멀어 아무것도 보지 못한다.

듣고 시기할 뿐이다.

─분명히 나쁜 짓을 해서 이룬 성과일 거야.

인간은 귀에도 입이 있다.

똑같은 '아' 소리를 들어도 자신의 마음에 들지 않으면 '어'라고 바꿔 듣는다.

분명 부족한 존재이건만, 스스로는 절대로 부족함을 인정하지 않는 것이 인간이다.

그 어리석음에서 태어난 존재가 바로 레너드였다.

─너는 신의 아이란다.

레너드의 목소리가 아주 손쉽게 인간들을 전쟁터로 내몰 수 있었던 이유도 여기에 있었다.

추악함이란 무척이나 달콤한 법이다.

스스로 그것을 부정할수록 더욱 그러했다.

"나도 너희의 모든 것을 빼앗을 것이다."

결국 재앙의 기운을 모두 흡수한 레너드는 흐뭇하게 미소를 지었다.

눈조차 없는 얼굴에서 끔찍한 살기가 어른거렸다.

신들을 뒤로 하고 산을 내려온 루얀은 곧바로 식구들을 소집했다.

루얀의 갑작스러운 호출에 황급히 달려온 블랑 학파의 식구들은 놀라운 이야기를 듣게 되었다.

"60년 전에 일어났던 일. 황당하게도 한 놈의 농간이었더군."

루얀은 오닉스를 통해 알게 된 진실을 모두 말해 주었다.

분명 충격적인 이야기였다.

심지어 초대 황제가 레너드의 호위 기사로 살아왔다는 이야기에서는 탄식마저 흘러나왔다.

"허. 평범한 기사가 아니라는 사실은 알고 있었지만 어떻게 그럴 수가……."

직접 오닉스와 맞서다가 요단강을 왕복한 경험이 있는 케시우스는 가장 큰 충격을 받은 표정이었다.

이야기를 마친 루얀은 식구들과 1명씩 시선을 맞추면서 결연하게 그의 결정을 알렸다.

"나는 이제 황성으로 가려고 한다. 레너드를 잡아야 이 모든 일이 끝이 난다."

루얀의 말에 식구들의 표정이 딱딱하게 굳어졌다.

"루얀, 너무 위험하지 않을까?"

"너무 서두르는 거 아닐까요? 감정적으로 움직이다가는 오히려 우리가 위험할 수도 있습니다."

알리제와 메슬리가 조심스럽게 루얀을 만류했다.

그도 그럴 것이, 레너드는 지금까지 그들이 상대해 온 자들과는 차원이 다른 존재였다.

놈은 홀로 대륙 전체를 피로 물들인 악령이다.

오죽하면 신들조차 섣불리 나서지 못했을 정도다.

그런 존재를 상대해야 한다는 것은 당연히 부담스러운 일이었다.

케시우스도 알리제와 같은 생각이었다.

운명이라면 피할 수는 없겠지만, 최후의 전투라면 응당 그에 맞는 준비가 필요했다.

하지만 케시우스가 무엇이라 말하려는 순간, 회의실 문이 벌컥 열리면서 검은 복면을 쓴 남자가 들어섰다.

골든 펍의 요원이었다.

"긴급입니다."

도대체 얼마나 중요한 정보이기에 루얀이 소집한 회의를 방해할 용기를 냈을까.

케시우스는 아무런 말도 하지 않고 재빨리 서신을 낚아채서 펼쳤다.

소블레스 3세 피살. 황실 기사단 전멸.
레너드의 소행으로 추정.

"허. 이런 미친!"
정보를 확인한 케시우스는 저도 모르게 욕설을 지껄이고 말았다.
그만큼 충격적인 사안이었다.
하지만 진짜로 충격적인 일은 따로 있었다.

─황성 진입 불가. 투입된 요원 80인 전원 사망. 황성 외부에서 검은 기류를 발견.

케시우스와 함께 정보를 확인한 블랑 학파의 식구들은 모두 할 말을 잃고 말았다.
대륙의 운명은 이제 어떻게 되는 것일까.
끔찍한 일이 벌어지고 있었다.
"검은 기류는……. 레너드일까요?"
알리제의 질문에 케시우스는 신중한 표정으로 천천히 고개를 끄덕였다.

"다시 한번 대전쟁이 일어날 수도 있습니다."

"그게 무슨 뜻이지?"

루얀이 되묻자 케시우스는 잠시 눈을 감고 생각을 정리하다가 천천히 입을 열었다.

"레너드에게는 정통성이 없습니다. 그가 황제를 죽여도 제국을 손에 넣을 수는 없죠. 놈도 그 사실을 알기 때문에 지금까지 황제를 살려 둔 겁니다."

"그런데 지금은 달라졌다?"

"네. 레너드가 아무런 생각도 없이 황제를 죽이진 않았을 겁니다. 억지로 혼란을 일으킬 생각인 거겠죠."

소블레스 3세는 자녀를 남기지 못했다.

황위를 이어받을 자가 없는 상황이다.

그런 상황에서 황제가 레너드에게 피살됐다면?

레너드를 엄벌하고 황실을 장악하는 자가 정통성을 획득하고 제국의 황제가 된다.

무너져 가는 제국 안에서 기회를 노리던 수많은 지방 영주들에게 절호의 기회가 찾아온 것이다.

"과거에는 고작 5개 왕국이었지만, 이번에는 수십 개의 깃발이 충돌할 겁니다."

역사의 비극이 반복되려 하고 있었다.

심지어 이전보다 훨씬 더 참혹한 전쟁이 될 것이 분명했다.

레너드의 의도를 파악한 알리제는 몸을 부르르 떨면서 주먹을 움켜쥐었다.

"케시우스 님, 황제의 피살이 알려지기까지 시간이 얼마나 걸릴까요?"

"골든 펌에서도 이제 막 파악한 정보이니, 공식적으로 알려지려면 하루는 걸릴 겁니다."

단 하루.

종말을 막기 위해 그들에게 허락된 시간은 그것이 전부였다.

자리를 박차고 일어난 알리제는 제왕의 기세를 드러내면서 결연하게 선언했다.

"에페스 군. 출진하겠습니다. 모두 준비해 주세요."

시간이 많지 않았다.

전쟁이 벌어지기 전에 레너드를 끝장내야만 했다.

펄럭.

분홍빛 배경에 거대한 대검이 수놓아진 깃발이 휘날렸다.

그 뒤를 따라 묵직한 쇳소리가 끊임없이 울려 퍼졌다.

철그럭, 철그럭.

무려 100인에 달하는 기사들.

에페스 기사단이 은색 갑옷을 번뜩이면서 위풍당당하게 행군했다.

비록 마나를 다루지 못하는 수련 기사들이 태반이라지만 꽤 늠름한 모습이었다.

기사들의 뒤로는 500인의 병사들이 굳건하게 창을 쥐고 진격했다.

척, 척.

하나로 통일된 발소리가 그들의 의지를 대변하고 있었다.

그들 모두가 새로운 세상을 열기 위해 자발적으로 창을 쥐고 모인 에페스의 전사들이었다.

여기에 마법사들도 합류했다.

테오와 센티온을 필두로 50인의 블랑 학파 마법사들이 힘차게 걸음을 옮겼다.

전쟁을 경험하기에는 아직 어린아이들이었다.

하지만 블랑 학파의 신입 마법사들은 가장 먼저 모여서 출정을 기다렸다.

신념을 증명하는 일에 나이는 중요치 않다.

어리다는 이유로 다른 병사들보다 더 중한 목숨이라 생각지도 않았다.

단 한 번의 결정. 그리고 단 하나의 목숨.

그 무게는 모두가 같다.

그들의 부모가 평민임에도 귀족보다 더 명예로울 수 있었던 이유였다.

'우리도 증명할 수 있어.'

블랑 학파의 신입 마법사들은 아직 1써클에 불과했지만 블 랑의 '틈새 이론'을 읽혔다.

뿐만 아니라 환원심법까지 전수 받았다.

족히 3써클 마법사 이상의 위력을 발휘할 수 있는 인재들이 었다.

에페스의 깃발 옆으로는 유실 왕국과 파그리오 왕국의 연합 군이 자리를 잡았다.

30인의 기사와 300인의 병사들이 에페스의 장비를 지급받고 어깨를 나란히 했다.

통틀어 무려 1천에 달하는 강력한 군대였다.

심지어 이들 중에서 억지로 전장에 끌려온 이는 단 한 명도 없었다.

그 누구도 두려운 기색을 내비치지 않고 당당하게 진격했 으니 그 기세는 사뭇 경건하기까지 했다.

하지만 그토록 웅장한 숫자도 에페스의 진정한 힘을 모두 말해 주는 것은 아니었다.

선두에서 군대를 이끌고 있는 이들을 보라.

소드 마스터에 올라서 스스로 에페스의 의지를 증명한 알리 제가 모두를 이끌었다.

에릭과 에디, 메슬리는 소드 익스퍼트 최상급에 다다라서 끝 내 마스터의 벽을 두드리는 중이었다.

그 어떤 상대를 마주해도 절대로 물러서지 않는 불굴의 전사가 방패를 들었고, 신의 기적을 행하는 사제가 뒤를 바쳤다.

그뿐인가.

8써클 마법을 펑펑 쏟아부을 수 있는 위대한 존재가 무려 다섯이다.

그리고…….

루얀이 있었다.

무슨 수식어가 더 필요하겠는가.

이쯤 되면 종말을 막기 위한 원정대로 부족함이 없었다.

전쟁을 막기 위해서 오히려 전쟁을 각오한 군대는 거침없이 수도를 향해 나아갔다.

곧이어 수도를 감싸고 있는 거대한 성벽이 모습을 드러냈다.

"성벽이 보입니다. 일단 정지하세요."

알리제의 한마디에 1천의 군대가 우뚝 멈춰 섰다.

"결국 여기까지 왔네요."

알리제도 긴장이 되는 것일까.

그녀는 크게 심호흡을 하면서 성벽을 바라보았다.

본래 일루트에서 수도까지는 족히 일주일이 넘게 걸리는 거리였다.

하지만 에페스 군대가 성벽 앞에 도착하기까지 걸린 시간은 고작 5시간.

케시우스를 비롯한 드래곤들이 힘을 모아 워프 게이트를 설치해 준 덕분이었다.

1천의 병력을 단번에 이동시키다니.

대륙 역사에 두 번 다시는 없을 황당한 시도였다.

"막사를 세우고 정비하세요. 이제부터 지휘는 메슬리 기사단장님이 맡습니다."

알리제의 지시에 군대가 일사불란하게 움직였다.

이미 지휘권이 넘어올 것을 알고 있었던 메슬리는 능숙하게 기사들을 이끌었다.

알리제는 군대의 모습을 잠시 지켜보다가 루얀에게로 시선을 돌렸다.

긴장감을 감추기 위함일까.

알리제는 애써 미소를 지으면서 입을 열었다.

"갈까?"

루얀은 말없이 고개를 끄덕이고는 성큼 앞으로 나섰다.

그러자 루얀을 따라서 몇몇 사람들이 대열을 벗어났다.

이제부터 군대는 대기한다.

소수 정예만이 앞으로 나아간다.

무의미한 살생과 희생을 피하고자 내린 결정이었다.

'우리끼리 싸우는 것은 아무런 의미도 없어.'

군대를 이끌고 성벽에 접근하면 수도의 방위군이 저항할 수도 있다.

그러다 자칫 충돌이라도 발생한다면 정말로 무의미한 희생이 따를 것이 분명했다.

그것이야말로 레너드가 바라는 일일 터.

당연히 알리제는 그런 불상사를 만들 생각이 전혀 없었다.

'레너드! 놈을 잡아야만 이 싸움을 끝낼 수 있어.'

목표는 오직 하나뿐이었다.

그런데도 굳이 군대를 이끌고 여기까지 온 이유는 미래를 위한 결정이었다.

레너드를 제거해도 수도를 안정화하려면 병력이 필요하다.

무너진 제국을 대신해서 치안을 유지해야 한다.

지방 영주들의 혹시 모를 거병도 경계해야 할 일이었다.

제아무리 잘 훈련된 군대라 할지라도 평범한 병사들이 할 수 있는 일은 딱 거기까지였다.

레너드와 같은 괴물을 상대하는 일에 함께할 수는 없었다.

'루얀. 이번에는 나도 숨지 않을게.'

알리제는 앞서가는 루얀의 등을 바라보면서 두 주먹을 힘껏 움켜쥐었다.

지금까지는 항상 루얀에게만 힘든 싸움을 떠넘겼다.

돕고 싶은 마음은 간절하지만, 그녀는 루얀에게 도움이 될 수 없었다.

오히려 방해가 될 뿐이었다.

그래서 비참한 마음을 곱씹으면서 뒤로 물러나야만 했다.

하지만 이번만큼은 그럴 생각이 없었다.

'내가 얼마나 도움이 될 수 있을지는 모르겠지만……'

최소한 함께 걸을 것이다.

함께 싸우고, 위기가 찾아온다면 먼저 죽을 것이다.

알리제는 각오를 굳히면서 루얀의 뒤를 따라 힘껏 걸음을 내디뎠다.

그렇게 대열을 벗어나 앞으로 진격하는 사람은 총 9명이었다.

벨라의 아이, 알리제와 클로양.

쥬리아가 선택한 인간, 테오.

사이하의 부탁을 받은 루얀.

그리고 다섯 드래곤들이었다.

신의 아이와 드래곤.

레너드를 상대할 수 있는 것은 오직 그들뿐이었다.

"그럼 진입하겠습니다. 인비저블."

케시우스가 마나를 흩뿌리자 일순간 아홉 명의 모습이 스르륵 사라졌다.

성벽을 지키고 있는 병사들의 눈을 속이기 위한 투명화 마법이었다.

모습을 감추고 조용히 성벽을 통과한 일행은 빠르게 도시 안으로 진입했다.

수도에 들어서자마자 저 멀리, 우뚝 솟아 있는 황성의 모습이 보였다.

"더 이상 정체를 감출 생각이 없는 모양이군."

황성에서는 무척이나 불길한 검은 연기가 모락모락 피어오르고 있었다.

아직 황성까지는 거리가 꽤 멀지만 벌써 숨이 턱 막힐 정도로 지독한 기운이 느껴졌다.

레너드가 그들을 부르고 있는 것이다.

루얀은 끈적끈적하게 달라붙는 시커먼 기운을 떨쳐 내면서 황성을 향해 똑바로 걸어갔다.

다른 일행도 망설이지 않았다.

루얀이 열어 준 길을 따라 결연하게 나아갔다.

곧이어 도착한 황성의 모습은 가히 충격적이었다.

통일 제국의 상징이었던 거대한 황성에서 시커먼 고름이 줄줄 흘러내리고 있었다.

쯔르륵.

루얀의 걸음이 황성의 앞에 닿자, 흘러내리던 시커먼 액체들이 뭉쳐서 한 노인의 형상을 빚어냈다.

레너드 히스타민 공작이었다.

그가 입을 열자 사방에서 쇳소리가 메아리쳤다.

ㅡ맹랑한 인간. 제 발로 무덤을 찾아왔구나.

"조문이라고 해 두지. 그건 네 무덤일 테니."

꽤 섬뜩한 모습이었지만 루얀은 놀라지도 않고 무심하게 대꾸했다.

　─크하하하. 그 건방진 입으로 곧 살려 달라고 애원하게 될 거야. 벌써 기대가 되는구나.

　"해 보든지. 그나저나 이곳은 싸우기 좋은 장소가 아닌 것 같은데. 따라오겠나? 아니면 끌려 나올 텐가?"

　루얀은 레너드의 말을 무시하고 심드렁한 표정으로 손가락을 까딱였다.

　이곳은 수도의 한복판이다.

　여기서 전투가 벌어졌다가는 너무 큰 피해가 발생할 것이 분명했다.

　레너드가 순순히 따라오지 않는다면 드래곤들의 힘을 빌려 강제로 텔레포트 시킬 계획이었다.

　하지만 결과적으로는 그럴 필요가 없었다.

　─그 생각만큼은 나와 같다니 참으로 반갑구나. 죽음에는 어울리는 무대가 필요한 법이지.

　레너드의 목소리와 함께 시커먼 연기가 일대를 휘어 감았다.

　휘이이잉.

　루얀 일행을 집어 삼킨 연기가 빠르게 회전했다.

　마치 검은 태풍 안에 갇힌 것과 같은 모습이었다.

　그렇게 3초가량이 흐르자 검은 연기는 회전을 멈추고 차츰 가라앉았다.

연기가 걷혔을 때에는 이미 배경이 달라져 있었다.

'여기는……'

루얀은 그들이 도착한 곳이 어디인지를 곧바로 알아차렸다.

끝이 보이지도 않을 정도로 넓게 펼쳐진 초원.

참혹한 전장이 묻힌 역사의 무덤!

중앙 대평원이었다.

"재미없는 곳을 골랐군."

―크흐흐. 네놈들이 파묻혀도 그 누구 하나 알아주지 않을 곳이지.

루얀은 탐탁지 않은 표정으로 대평원을 둘러보았다.

그로서는 다시 오고 싶지 않은 곳이었다.

'이곳에서 모든 재앙이 시작되었겠지.'

루얀은 이곳에서 무슨 일이 벌어졌는지를 잘 알고 있었다.

처참하게 쓰러진 병사와 기사들의 모습을 직접 확인하기까지 했다.

그러니 어찌 기꺼울 수 있겠는가.

반면 레너드는 재미있어 죽겠다는 듯 어깨를 들썩이면서 광소를 터트렸다.

―아둔한 인간들아. 네놈들의 욕망이 만들어 낸 것들을 똑똑히 지켜보거라.

레너드의 음침한 목소리가 대평원을 울리자 이내 땅에서 검은 연기가 울컥울컥 흘러나왔다.

스아아아.

검은 연기는 레너드를 감싸고 그의 몸을 변화시켰다.

"허. 그것이 본모습이었나?"

루얀은 한순간에 달라진 레너드의 모습을 보면서 탄식을 터트렸다.

거대한 얼굴에 눈은 존재하지 않았고, 커다란 귀가 나풀거렸다.

까드드득.

귀 안에서는 뾰족하게 솟은 징그러운 이빨들이 끊임없이 꿈틀거렸다.

보는 것만으로도 절로 소름이 돋는 모습이었다.

하지만 땅을 뚫고 모습을 드러낸 것은 레너드만이 아니었다.

ー우와아아아!

과거 이곳에 묻혔던 수많은 기사와 병사들이 언데드가 되어 몸을 일으켰다.

수천, 수만의 병사들이 여전히 피가 뚝뚝 떨어지는 창칼을 앞세우고 흉흉하게 살기를 불태웠다.

ー죽여라!

ー한 놈도 살려 두지 마라!

ー물러서지 마라!

언데드 병사들을 확인한 루얀의 표정이 다소 딱딱하게 굳어졌다.

"조심해라. 단순한 언데드가 아니다."

대평원의 동굴에서 상대했던 망령들과 비슷한 기운이 느껴졌다.

언데드들 하나하나가 엄청난 사념을 지니고 있다는 뜻이었다.

"확실히 불쾌한 상황이군요. 저들은 제가 맡겠습니다."

케시우스가 앞으로 나섰다.

과거, 전쟁을 지켜볼 수밖에 없었던 케시우스는 이들의 죽음에 책임을 느끼고 있었다.

죽어서도 제 갈 길을 찾지 못한 가련한 자들.

케시우스는 그의 손으로 직접 안식을 베풀고 싶었다.

"파이어 스톰!"

케시우스의 우렁찬 외침과 함께 막대한 마나가 대평원에 쏟아져 내렸다.

화르르륵.

화염으로 만들어진 거대한 소용돌이가 빠르게 회전하면서 대평원을 불태웠다.

콰아아.

케시우스의 마법은 부정한 존재를 단 하나도 남기지 않고 모조리 휩쓸어 버렸다.

무시무시한 위력이었다.

그런데…….

ㅡ사, 살려 줘!

ㅡ죽고 싶지 않아!

언데드들은 비명을 내지르면서도 다시 몸을 일으켰다.

불에 타서 흩어졌던 검은 연기가 다시 생성되면서 그들의 몸에 깃들었다.

케시우스의 강력한 마법에 당하고도 별다른 피해조차 받지 않은 모습이었다.

"어떻게 이럴 수가……."

깜짝 놀란 케시우스는 멍하게 주변을 둘러보았다.

이미 언데드 병사들이 사방을 빼곡하게 채우고 있었다.

'마나가 통하지 않는 것인가?'

죽음을 거스른 존재들이라 할지라도 결국은 마나의 지배를 받는다.

하지만 이들은 달랐다.

인간의 욕망에 의해 이름조차 남기지 못하고 사라진 병사들은 이미 자연의 섭리를 벗어나 버렸다.

케시우스는 곧바로 깨달을 수 있었다.

'애초에 우리가 끼어들 수 있는 싸움이 아니었어.'

자존심이 상하지만 인정할 수밖에 없었다.

드래곤들은 이 싸움에서 아무런 도움도 되지 않는다.

케시우스는 표정을 잔뜩 구기면서 입술을 깨물었다.

그런데 그 순간, 뜻밖의 일이 벌어졌다.

파파파팟.

돌연 하늘에서 수십 개의 화살이 비처럼 쏟아졌다.

막대한 기운을 품고 있는 화살들이 일시에 쏟아져 반경 5m 범위를 초토화했다.

콰콰콰쾅.

고작 화살이 만들어 낸 파괴라고 하기에는 지나치게 강력한 위력이었다.

'루얀?'

이토록 강력한 궁술을 지닌 사람은 세상에 단 1명뿐이었다.

케시우스는 반사적으로 루얀을 찾아 고개를 돌렸다.

그런데 어떻게 된 일일까.

루얀의 활은 여전히 그의 등에 묶여 있는 상태였다.

'루얀이 아니라고?'

그때 화살이 다시 움직였다.

거칠게 대평원을 폭격했던 화살들이 중력을 거슬러서 허공으로 솟구쳤다.

마치 화살이 살아 움직이는 것과 같은 모습.

이 또한 루얀이 보여 주던 궁술이었다.

유일하게 다른 점이 있다면, 화살에 맺힌 기운이 짙은 녹색이라는 사실이었다.

'설마……'

케시우스는 기운이 움직이고 있는 방향을 향해 고개를 휙 돌렸다.

그제야 장궁을 힘껏 당기고 있는 여전사의 모습이 눈에 들어왔다.

루얀식 오의.

질풍취우.

제2식 회.

공중으로 솟구쳤던 화살들이 다시 한번 지상을 폭격하면서 흙먼지가 비산했다.

콰콰쾅.

폭음과 뿌연 흙먼지를 뚫고 여전사가 다가왔다.

방금 전의 강력한 모습이 어색하게 느껴질 정도로 수줍은 표정이었다.

"제가 많이 늦었나요?"

아스테어의 아이 프레시아.

푸른 숲의 부족에 남은 마지막 신의 아이가 합류했다.

루얀은 푸른 숲의 부족을 떠나기 전, 엘프들에게 하나의 비급을 남겼다.

그의 궁술과 비기를 아낌없이 집대성한 수련 지침서였다.

힘겨운 체력 훈련을 잘 견뎌 준 엘프들에 대한 보상이라고 나 할까.

하지만 정작 비급을 전해 준 루얀조차도 프레시아가 이렇게까지 빠르게 성장할 것이라고는 예상하지 못했다.

'벌써 2식까지 도달하다니, 대단한 재능이구나.'

과연 신의 아이다운 모습이었다.

일행 중 가장 늦게 프레시아를 발견한 테오는 눈을 끔뻑거리면서 그녀를 멀뚱히 바라보았다.

"어엇. 누나? 여긴 어떻게 알고 온 거예요?"

"아스테어께서 말씀해 주셨어. 대평원으로 가야 한다고. 그리고 신력이 필요할 거라고."

신들은 여기까지 봤던 것일까.

루얀은 피식 헛웃음을 터트리면서 고개를 내저었다.

'능글맞은 놈들. 이미 알고 있었으면 내게도 알려 줄 것이지.'

루얀은 내심 신들을 타박하면서도 겉으로는 내색하지 않고 반갑게 프레시아를 맞이했다.

"늦지 않았다. 딱 맞춰 왔군."

"그렇게 말씀해 주셔서 기뻐요. 사실 늦을까봐 정말 열심히 달려왔거든요."

프레시아는 예쁘게 웃으면서 루얀에게 깊숙하게 허리를 숙였다.

하지만 인사는 거기까지였다.

프레시아가 다시 얼굴을 들었을 때, 그녀의 눈빛은 달라져 있었다.

"미력하나마 힘을 보태고자 왔어요. 그러니⋯⋯."

차분하게 입을 뗀 프레시아는 루얀에게서 시선을 거두고 망령들을 노려보았다.

"길은 제가 뚫겠습니다."

빠드득.

프레시아의 장궁이 순식간에 거세게 휘었다.

루얀이 보기에도 흠 잡을 곳이 없는 훌륭한 자세였다.

이내 그녀의 활이 부르르 진동하자 3개의 화살이 서로 뒤엉키면서 쏘아져 나갔다.

루얀식 오의.

나선채.

'나선채'는 루얀도 3갑자의 내력을 회복한 후에야 다시 사용할 수 있었던 비기 중의 비기였다.

비록 그 위력이 루얀과 비할 바는 아니라지만 프레시아는 분명 기대 이상의 성장을 보여 주고 있었다.

콰드드득.

3개의 화살이 회전하면서 일어난 짙은 녹색 폭풍이 망령들을 꿰뚫고 일직선으로 비행했다.

분명 놀라운 위력이었다.

하지만 그 위력보다 더 놀라운 것은 망령들이 몸을 회복하지 못하고 완전히 소멸했다는 사실이었다.

아스테어의 신력!

신의 권능은 자연의 섭리를 벗어난 망자들에게도 확연하게 불을 밝히고 길을 인도했다.

"아! 언데드들이……."

그제야 망령들을 상대하는 방법을 깨달은 알리제는 대검을 힘껏 움켜쥐면서 클로양을 바라보았다.

"클로양, 부탁할게!"

"힘닿는 데까지 기도할게. 제발 다치지 말아 줘."

클로양은 그녀를 포위하고 있는 망령들의 매서운 기세에도 아랑곳하지 않고 대뜸 무릎을 꿇고 앉았다.

그리고 여신 벨라에게 간절한 기도를 올렸다.

그 어떤 인연도 잃지 않게 해 달라 간청했다.

곧이어 클로양의 손에서 분홍빛 신성력이 여명처럼 터져 나왔다.

벨라의 신력은 알리제를 감싸 안고 축복을 내렸다.

화아아.

동시에 알리제의 머리카락이 분홍빛으로 물들었다.

벨라가 선택한 인연.

그녀들의 의지가 에페스의 대검에 맺혀 '화르륵' 타올랐다.

"테오. 언제까지 프레시아만 쳐다보고 있을 거야?"

알리제는 장난스럽게 테오에게 핀잔을 주면서 힘껏 땅을 박차고 앞으로 돌진했다.

촤아악.

거대한 오러를 앞세우고 돌진하는 알리제는 그야말로 한줄기 빛과 같았다.

찬란하게 발광하는 분홍빛 광채에 닿은 망령들은 단 하나의 예외도 없이 찢겨 나갔다.

하늘을 닮은 파란 눈동자가 그 모습을 온전히 담았다.

"저도……. 해 볼게요!"

평범한 일상을 꿈꿨던 아이.

하지만 자신의 삶을 개척하기 위해서는 수많은 증명이 필요하다는 사실을 알고 있는 아이.

테오가 입술을 깨물면서 주먹을 움켜쥐자 그의 손에서 새파란 신력이 솟구쳤다.

"라이트!"

힘찬 외침과 동시에 대평원에 거대한 태양이 떠올랐다.

이제는 테오도 3써클 이상의 고급 마법을 사용할 수 있지만, 그가 선택한 마법은 단악(斷惡)의 등불이었다.

이는 루얀이 처음으로 가르쳐 준 마법이었다.

나아가 그의 삶을 바꾸고, 학교라는 일상을 허락해 준 마법이기도 했다.

테오가 최후의 순간에 '라이트' 마법부터 꺼내 든 것은 어찌 보면 당연한 일이었다.

화아아악.

온 세상을 밝히는 거대한 태양이 떠오르자 망령들은 고통스럽게 몸을 뒤틀면서 녹아 내렸다.

단 3명의 신의 아이가 수천의 망령들을 거두고, 그 비참한 죽음에 안식을 내리고 있었다.

하지만 레너드는 일거에 망령들이 소멸하는 모습을 지켜보면서도 그다지 위협을 느끼지 않는 모습이었다.

─마음껏 발버둥 쳐라. 네놈들의 욕망이 얼마나 끔찍했는지를 확인하게 될 뿐이니.

레너드의 거대한 귀에서 새카만 고름이 줄줄 흘러내렸다.

질투하고 증오하여 끝내 타인을 해치고 마는 불행한 자들의 목소리였다.

뚝, 뚝.

시커먼 고름이 대평원의 땅을 적셨다.

그러자 지하에서 망령 병사들이 끝도 없이 기어 올라왔다.

─크아아. 죽여라! 모두 죽이고 빼앗아라!

흐바르 왕가의 문양을 가슴에 새긴 망령이 거칠게 포효했다.

그 목소리에 반응한 것인지 망령들은 더 사납게 기세를 올렸다.

'이럴 수가. 더 많아졌어!'

망령들의 진형을 붕괴하면서 돌진하던 알리제는 갑자기 분위기가 바뀌자 주춤하면서 뒤로 물러났다.

승기를 잡았다고 생각했지만 오산이었다.

그녀가 주춤하는 사이에도 망령들은 계속해서 기어 올라오고 있었다.

'이대로는 끝이 없겠어.'

도대체 얼마나 많은 시체들이 이곳에 묻힌 것일까.

알리제는 그 참상을 가늠해 보는 것만으로도 가슴이 먹먹해졌다.

그때 무심한 목소리가 그녀의 어깨를 두드렸다.

"조금만 버텨 줄 수 있겠나?"

루얀이었다.

지금까지 지켜만 보던 그가 뚜벅뚜벅 걸어서 앞으로 나아가고 있었다.

프레시아와 알리제, 테오는 루얀의 뒷모습을 가만히 바라보았다.

여전히 담대한 태도였다.

하지만 루얀의 등에서는 황금빛 광채가 매섭게 일렁이고 있었다.

'루얀. 설마 혼자서……'

깜짝 놀란 알리제는 재빨리 루얀의 뒤를 따르려고 했다.

하지만 그 순간, 루얀의 모습이 사라져 버렸다.

바람결을 타고 떠도는 목소리만이 남았을 뿐이었다.

"금방 끝내고 돌아오겠다."

루얀이 결심을 굳힌 이상 그 누구도 그의 걸음을 막을 수 없었다.

수천, 수만의 망령 병사들도 루얀의 돌진 앞에서는 허수아비에 불과했다.

하지만 레너드는 다가오는 루얀의 모습을 보면서도 움츠러들지 않았다.

오히려 더욱 크게 꿀렁거리면서 사악한 기운을 마구 뿜어 댔다.

─그래. 내게 오거라.

루얀이야말로 그가 완벽하게 세상을 장악하지 못한 가장 큰 문젯거리였다.

그만 없었다면 모든 일이 훨씬 더 순조로웠을 터.

처음부터 직접 나서서 루얀을 제거했어야 하는 것인지도 몰랐다.

–아직 늦지는 않았지. 지금이라도 너만 없어진다면…….

뾰족하게 솟은 거대한 귀에서 끈적끈적한 고름이 계속해서 흘러나왔다.

뚝.

길게 늘어난 고름이 끝내 바닥에 떨어지는 순간, 루얀의 걸음이 우뚝 멈춰 섰다.

–크하하하. 그래 봐야 너 또한 한낱 인간일 뿐이다.

질투심이 없는 인간은 없는 법.

인간이라면 절대 피해 갈 수 없는 시련이 루얀을 기다리고 있었다.

'여기는…….'

화들짝 놀라면서 정신을 차린 루얀은 주변을 두리번거렸다.

중원이었다. 그리고 시장의 한복판이었다.

왜소하고 깡마른 어린아이는 수많은 사람들의 틈에 홀로 내버려져 있었다.

'끄으윽. 배가 고프다.'

어느 순간, 길바닥에 떨어져 있는 작은 빵조각이 루얀의 눈에 들어왔다.

이미 사흘을 굶은 루얀은 제정신이 아니었다.

살기 위해서는 무엇이라도 먹어야만 했다.

아니, 미친 듯이 먹고 싶었다.

루얀은 떨어진 빵조각을 향해 허겁지겁 내달렸다.

하지만 다급한 마음과는 달리 쇠약한 몸뚱이는 한없이 느리기만 했다.

퍼억.

그러다 시장을 지나던 누군가와 몸이 부딪치고 말았다.

철퍼덕 넘어진 루얀은 온 몸이 부서질 것처럼 아팠지만 애써 울음을 꾹 참고 벌떡 일어났다.

'빵은……'

이미 늦은 후였다.

그사이 빵조각은 누군가의 발에 짓밟혀서 완전히 뭉개져 있었다.

마음이 찢어졌다.

그에게는 세상이 무너지는 것만 같은 일이었다.

하지만 그 와중에도 루얀은 짓뭉개진 빵을 향해 손을 뻗고 있었다.

'먹는다, 먹지 않는다.'와 같은 선택의 문제가 아니었다.

본능적으로 이미 혀를 대고 있었다.

"엄마. 쟤 거진가 봐."

그때 또래 아이의 목소리가 루얀의 가슴을 후벼 팠다.

부유해 보이는 부모의 손을 잡고 다른 손으로는 값비싼 얼음과자를 날름거리고 있는 아이였다.

'얼음과자!'

순간 눈이 돌아갔다.

두들겨 맞아 죽는 한이 있더라도 저 얼음과자를 입에 넣고 싶었다.

도대체 무슨 맛일까.

얼마나 달콤할까.

너무 궁금해서 참을 수가 없었다.

하지만 루얀보다 아이의 엄마가 더 빨랐다.

"저런 거 보지 마. 말도 걸지 말고."

엄마는 아이의 눈을 가리면서 슬쩍 뒤로 잡아끌었다.

'나도 좋아서 이렇게 사는 게 아니라고!'

분노가 치밀었다.

저 부모의 무례한 언행 때문이 아니라, 그에게는 저런 존재가 없다는 사실에 좌절감을 느꼈다.

질투가 났다.

그가 갖지 못할 바에는 차라리 저 아이의 행복도 부숴 버리고 싶었다.

'왜 나만 배고픈 거지?'

루얀은 세상을 저주했다.

스으윽.

그때 블랑이 그에게 다가왔다.

블랑이 내미는 손에는 놀랍게도 얼음과자가 들려 있었다.

"아들 이게 먹고 싶었어?"

루얀에게도 있었다.

공허함을 채워 줄 수 있는 존재가.

어린 몸의 루얀은 방긋 웃으면서 블랑을 올려다보았다.

"우와! 이 귀한 걸 어디서 구하셨어요?"

"못된 아이를 혼내 주고 빼앗아 왔단다. 아빠 잘했지?"

블랑이 말했다.

네가 하고 싶었던 일을 아빠가 대신 해 주었노라고.

"자, 어서 먹어 보렴."

블랑의 따뜻한 눈빛을 본 루얀은 망설이지 않았다.

더 생각할 것도 없이 얼음과자를 손에 쥐었다.

그러고는 곧장 바닥에 팽개쳐 버렸다.

"아들. 뭐 하는 거야?"

블랑의 표정이 잔뜩 일그러졌다.

루얀은 그의 얼굴을 똑바로 바라보면서 입술을 비틀었다.

"쯧. 괴롭힐 작정이라면 창의력이라도 발휘할 것이지. 이미 줄르라는 녀석이 써먹은 수법이다."

루얀의 무심한 목소리에 움찔한 블랑이 흐릿하게 변해 갔다.

그러나 완전히 사라지지는 않고 끝까지 루얀의 앞에 남아서 얼음과자를 내밀었다.

"네가 원하던 거잖아!"

"나는 그렇지. 하지만……."

루얀은 피식 헛웃음을 지으면서 손을 내저었다.

"내 아버지는 그런 분이 아니셨다."

파사삭.

동시에 세상이 무너져 내렸다.

거대한 귀를 나풀거리고 있는 괴물이 그를 기다리고 있었다.

Epilogue

-어떻게 인간이 내 세상을 벗어난 거지?

　그는 단 한마디로 인간들을 모두 전쟁터로 내몰 수 있는 존재였다.

　역사상 가장 위대한 무인이라 불린 오닉스도 그의 달콤한 유혹을 견뎌 내지 못했다.

　그런데 어떻게 된 것일까.

　루얀은 단순한 유혹 정도가 아니라 완전히 레너드의 세상에 빠지고도 멀쩡히 걸어 나왔다.

　레너드로서는 믿을 수 없는 일이었다.

　반면 루얀은 갑자기 시야가 바뀌었음에도 당황한 기색도 없이 레너드를 빤히 바라보았다.

"너무 어설퍼서 속아 줄 수가 없더군."

─그럴 리가 없다! 나는 태고부터 존재한 완벽한 증오다. 네깟 놈이 감히…….

"뭐라 지껄여도 상관없지만 하나만 기억해 둬라. 나는 아버지를 욕보인 놈을 절대로 살려 두지 않는다."

루얀은 레너드의 말을 끊으면서 활을 꺼내 들었다.

받은 만큼 돌려줘야 하는 법.

이제 그의 차례였다.

하지만 루얀은 어째서인지 활을 당기지는 않았다.

오히려 활대에서 줄을 풀어 버렸다.

티이잉.

굽어 있던 신목의 나뭇가지가 곧게 펴지면서 부르르 진동했다.

화아아아.

그 우렁찬 진동에서 황금빛 광채가 폭발적으로 쏟아져 나왔다.

─무슨 짓을 하려는 거냐!

예상치 못한 행동에 수상함을 느낀 레너드는 루얀을 잔뜩 경계했다.

그런데…….

더 이상 루얀의 모습은 보이지 않았다.

어느새 레너드는 전장의 한가운데에 서 있었다.

흐바르 왕국과 에페스 왕국의 전쟁이 한창이었다.

−적군이 도주한다. 추격해라!
−살려 보내지 마라.

이미 승기가 기울어진 전장이었다.
레너드가 전수한 마법에 의해 에페스 군대는 괴멸당했다.
절망에 빠진 에페스 군대는 뿔뿔이 흩어져서 도주하고 있었
다.

−도망쳐라.
−각자 살아남아라.

참혹한 전장.
이미 전투는 끝이 났지만 살육은 멈추지 않았다.
도주하는 소년병의 뒤를 쫓은 흐바르의 기사가 아이의 등에
검을 꽂았다.
털썩.
채 열다섯 살도 되지 않은 소년병은 무력하게 쓰러졌다.
뒤이어 흐바르의 마법사들이 힘을 모아서 강력한 마법을 완
성했다.
"파이어 월."

전장을 둘러싸고 거대한 화염의 벽이 솟구쳤다.

화르륵.

화염은 도주하는 기사들의 앞을 가로막고 시커먼 연기로 시야를 가렸다.

발이 묶인 기사들을 향해 화살 비가 쏟아져 내렸다.

파파파팟.

흐바르의 병사들은 도주하는 적군을 향해 비정하게 시위를 당겼다.

—크흐흐흐. 좋구나. 죽여라! 서로 죽이고 죽어라.

전장의 광기에 물든 레너드는 낄낄대면서 살육을 지켜보았다.

죽어 나자빠지는 인간들의 마지막 숨결이 그를 흥분시켰다.

레너드에게는 가장 행복한 순간이었다.

그런데 곧 이상한 모습이 그의 눈에 들어왔다.

소년병의 등에 검을 꽂았던 비정한 기사가 이해할 수 없는 말을 지껄였다.

"혹시라도 살아남는다면 남쪽으로 가라. 거기는 아직 안전하다고 들었다."

죽은 줄만 알았던 소년이 움찔 몸을 떨었다.

기사의 검은 소년의 등이 아니라 겨드랑이 사이를 꿰뚫고 있었다.

비록 적이었다고는 하지만 차마 아이의 목을 거두지는 못하고 자비를 베푼 것이다.

　─무슨 개수작이냐! 죽여라. 어서 저 연약하고 쓸모없는 인간을 죽이라고!

　레너드는 분통을 터트렸다.

　하지만 그의 목소리는 전장의 함성에 묻혀 기사에게 닿지 못했다.

　같은 시간, 전장에서는 비슷한 일들이 벌어지고 있었다.

　적의 퇴로를 차단하기 위해 솟구친 화염의 장벽은 이상하게도 다소 어설펐다.

　이미 적들의 태반이 빠져나간 후에야 화염이 솟구쳐서 오히려 아군의 발목을 붙잡았다.

　시커멓게 타오르는 연기가 전장을 뒤덮어서 도망치는 자들의 모습을 감춰 주었다.

　이 또한 자비였다.

　부디 살아남기를.

　어느 곳에 정착하든 꼭꼭 숨어서 내일을 맞이하기를.

　마법사들은 서로 눈빛을 교환하면서 열심히 '파이어 월'을 펼쳤다.

　─이 멍청한 놈들. 그러라고 가르쳐 준 마법이 아니다!

　레너드는 몸을 크게 부풀리면서 소리쳤지만 이번에도 허사였다.

　도망치는 적의 등에 활을 겨눈 병사들도 상황은 마찬가지였다.

"쏴라."

피피핏.

수많은 화살이 솟구쳤지만, 정확하게 날아가는 것들은 극히 드물었다.

그나마도 모든 화살이 기사들에게 향하고 있었다.

단단한 철제 갑옷을 입고 있는 기사들은 화살 공격에 큰 피해를 받지 않기 때문이었다.

병사들은 마지못해 활을 당기면서도 마음속으로 기도했다.

이 화살이 누군가를 해치지 않기를.

─아니야. 이런 것을 원한 게 아니야!

오직 살인과 죽음만이 가득할 것이라 생각했던 척박한 전장에도 연민의 꽃은 피었다.

결국 참다못한 레너드는 직접 나서서 전장으로 뛰어들었다.

소년병을 살려 주고 돌아서는 기사의 목을 움켜쥐었다.

─같잖은 놈. 죽이지 않으면 네가 죽는다.

레너드는 기사의 목을 비틀어 버렸다.

그의 뜻을 거스른 이상, 죽어 마땅한 인간이었다.

이어서 마법사들에게 달려든 레너드는 그들의 심장을 모조리 뽑아 버렸다.

하지만 그가 날뛸수록 전장의 자비는 더욱 빠르게 퍼져 나갔다.

레너드 혼자서 모든 연민을 뿌리 뽑는 것은 불가능했다.

-저 기사의 검을 봐라. 저 검만 있으면 너희도 더 강해질 수 있다. 어서 죽이고 빼앗으란 말이다!

하늘로 훌쩍 도약한 레너드는 인간들을 내려다보면서 크게 소리쳤다.

달콤한 유혹으로 그들의 눈을 가리고, 귀에 이빨을 달아 끊임없이 속삭였다.

그런데 그 순간, 기사의 자비 덕분에 목숨을 건진 소년병이 벌떡 몸을 일으켰다.

-무, 무슨 짓이냐.

소년병의 손에는 어느새 황금빛으로 번뜩이는 활이 들려 있었다.

빠드드득.

활이 강하게 휘고, 곧바로 화살이 날아들었다.

-감히 내게 반항을 해?

나름대로 기습을 꾀한 모양이었지만 레너드에게는 가소로울 뿐이었다.

레너드가 가볍게 손을 휘두르자 화살은 허망하게 튕겨 나갔다.

하지만 그것은 끝이 아니라 시작에 불과했다.

전장의 곳곳에서 병사와 기사, 마법사들이 몸을 일으켰다.

그들은 마치 약속이라도 한 것처럼 일제히 황금빛 활을 치켜들고 레너드를 정조준했다.

-멈춰라. 나는 너희의 욕망이다. 나를 부정하지 마라!

다급하게 목소리를 높여 보았지만 역시나 허사였다.

수십의 화살이 일제히 날아들었다.

파파팟.

물론 레너드는 어렵지 않게 화살들을 막아 냈지만, 이미 그는 인간들에게 포위당한 후였다.

처음 수십이었던 인간들은 이내 수백, 수천으로 늘어나서 레너드를 매섭게 노려보았다.

그때 처음으로 활을 쐈던 소년병이 담담하게 입을 열었다.

"감정은 그 자체만으로는 선하지도, 악하지도 않다. 질투 또한 그렇다."

아이의 말투가 아니었다.

뿐만 아니라 목소리 또한 어쩐지 낮이 익었다.

"그것은 때로 삶의 목표가 되기도 한다. 누군가를 동경하여 꿈을 품게도 한다."

지엄한 목소리가 레너드의 심장을 푹 찌르고 들어왔다.

-크으윽.

레너드는 자신의 몸을 내려다보았다.

황금빛 화살 하나가 그의 심장에 꽂혀 있었다.

심장을 꿰뚫은 화살이 읊조렸다.

"그릇된 방향으로 나아가는 것이 죄일 뿐.

응당 경계해야 할 것은 감정이 아니라 죄악이다."

쩌어엉.

그 목소리와 함께 세상이 무너져 내렸다.

그제야 레너드는 목소리의 주인, 루얀의 모습을 확인할 수 있었다.

─어떻게 이럴 수가…….

레너드는 뒤늦게 깨달을 수 있었다.

그가 루얀을 시험했듯, 루얀도 그를 시험한 것이었다.

"가르침이 되었나?"

루얀은 레너드를 똑바로 바라보면서 담담하게 말을 이었다.

─말도 안 돼, 그건 신의 영역이다. 한낱 인간이 만들어 낼 수 있는 것이 아니야!

루얀이 보여 준 것은 단순한 환각이 아니었다.

세상을 창조해서 상대를 그 안에 가두는 일이다.

자신의 공간을 만들어 낼 수 있는 신만이 가능한 일이었다.

루얀은 발악하는 레너드의 모습을 가만히 바라보다가 고개를 절레절레 내저었다.

굳이 대꾸할 필요도 없는 말이었다.

오직 신만이 감정의 옳고 그름을 판단할 수 있다고 말하는 것은 지나친 오만이고 독선이다.

인간의 부끄러운 욕망이 이토록 끔찍한 존재를 만들어 냈듯, 놈을 부정하고 나아가는 것도 인간의 일이었다.

"너를 부정하진 않겠다. 하지만 그 죄는 벌해야겠지."

루얀은 단호하게 말하면서 레너드에게 성큼 다가갔다.

레너드는 최선을 다해 저항하려 했지만 이미 늦은 후였다.

루얀의 투박한 손이 그의 머리를 움켜쥐고 있었다.

"본 좌가 거두겠다."

최후의 선고.

동시에 루얀의 손에서 황금빛 불꽃이 터져 나왔다.

화르르륵.

부정한 존재를 불태워 그 존재를 완벽히 소멸시키는 루얀식 형벌.

이그나이트.

거대한 귀로 옮겨 붙은 황금빛 불꽃은 레너드의 이빨을 녹이고, 끝내 그의 목소리까지 짓밟았다.

-끄아아악.

수많은 고통이 파묻혔던 중앙 대평원에서 마지막 비명이 터져 나왔다.

황성이 무너지고, 그곳에 평화공원이 들어선 지도 어느덧 1년이 흘렀다.

역사를 바꾸기에는 짧은 시간인지도 모르지만, 에페스는 빠르게 제국의 모습을 지워 가고 있었다.

대륙의 모든 사람들은 이제 '마음껏 일할 수 있는 즐거움'을 만끽하고 있었다.

덕분에 에페스의 아침은 무척이나 분주했다.

수많은 사람들이 활기찬 표정으로 일터로 향했고, 아이들은 날이 밝기 무섭게 거리로 쏟아져 나왔다.

태평성대도 아이들의 아침잠만큼은 말릴 수 없는 것일까.

뒤늦게 도시락을 들고 아이들의 뒤를 따라나선 부모의 모습도 심심치 않게 보였다.

북적이지만 분명 평화로운 모습이었다.

해가 중천에 떠오르면 마을의 아낙들이 나무 그늘에 모여 산나물을 다듬었다.

당연하지만 손보다도 입이 더 바쁜 모습이었다.

"알리제랑 클로양이 그렇고 그런 사이래. 둘이 침대에서까지 붙어 있다고 하더라고."

황당하게도 사람들은 황제의 이름을 함부로 불러 댔다.

제국에서는 당연히 경을 칠 일이었지만 그들은 수다를 떨면서도 눈치조차 보는 법이 없었다.

알리제가 스스로 황제의 자리를 내려놓고, 행정 관리자로 취임했기 때문이었다.

누구나 자신의 의견을 말할 수 있고, 공과 과를 따짐에 있어 신분의 벽이 없는 세상이었다.

"그냥 친한 거겠지. 그보다 에릭과 에디야말로 진짜 이상한 사이 아니야? 서로 '거기'를 붙잡고 있는 모습을 본 사람이 한둘이 아니잖아."

"어머! 나도 봤어! 진짜 흉측해서 꿈에 나올까 무섭더라니까."

그저 흥미로운 가십거리에 불과했다.

누가 누구와 은밀한 사이라는 이야기는 늘 화젯거리가 될 수밖에 없었다.

그중에서도 소문의 중심에 있는 이들은 바로 테오와 카린, 그리고 프레시아였다.

"그 귀여운 빨간 머리 아가씨가 요즘 마음고생이 심하다면서?"

"테오도 참 무심하지. 아무리 어리다지만 그렇게 지고지순한 아가씨를 몰라보고 말이야."

"그런데 요즘 프레시아가 잘 안 보이지 않아? 눈가에 피멍이 든 모습을 봤다는 사람도 있던데."

과연 진실일까? 모를 일이지만 아니 땐 굴뚝에서 연기가 나지는 않을 것이었다.

마을 아낙들의 수다는 이후로도 꽤 오랫동안 이어졌다.

메슬리가 너무 멋있다는 둥, 제라드가 더 남자답다는 둥, 괜히 저들끼리 얼굴을 붉히는 시간이었다.

레너드를 쓰러트렸지만 곧바로 평화가 찾아오는 것은 아니었다.

　　황제의 자리를 노리는 지방 영주들을 제압해야 했고, 귀족들의 반발에 맞서야 했다.

　　새로운 세상을 만든다는 것은 무척이나 힘든 일이었고, 당연히 루얀도 바쁜 시간을 보낼 수밖에 없었다.

　　제국의 귀족들은 절대로 권력을 포기하지 않으려 했지만, 한 남자의 방문을 받고 난 후에는 태도가 완전히 달라졌다.

　　애초부터 당연히 그럴 생각이었다는 듯, 선뜻 권력을 내어 놓고 부정하게 축적한 재산을 토해 냈다.

　　루얀이 얼마나 분주하게 뛰어 다녔는지를 충분히 짐작할 수 있는 부분이었다.

　　루얀은 귀족들을 친절하게 설득하면서도 한편으로는 블랑 학파의 성장에 많은 시간을 투자했다.

　　'아버지의 뜻을 이어야지.'

　　대륙에는 선천적인 질병을 앓고 있는 아이들이 많았고, 그들이 고통 받지 않는 세상을 만드는 게 바로 블랑의 의지였다.

　　처음에는 루얀도 어디에서부터 시작을 해야 하는지 막막했지만, 답은 가까운 곳에 있었다.

　　'진 환원심법'이 널리 알려진다면 자연스럽게 해결될 일이다.

이를 위해 루얀은 테오와 센티온을 서브 마스터로 임명하고, 수많은 사람들을 학파에 받아들였다.

새로운 세상에서는 누구든지 원한다면 환원심법을 익힐 수 있게 되었다.

평생을 수련해서 완성한 무학이었지만 루얀은 아깝다는 생각은 전혀 하지 않았다.

블랑이었다면 당연히 그렇게 했을 테니까.

그렇게 바쁘게 시간을 보낸 루얀은 겨우 숨을 돌릴 수 있는 여유가 생기자 곧바로 가부좌를 틀고 앉았다.

더 이상은 힘이 필요한 일도 없을 테지만, 루얀은 절대로 수련을 게을리하는 법이 없었다.

누군가와 싸우기 위해서가 아닌, 그 자신의 정신 수양을 위해서였다.

우우우웅.

루얀이 운기행공을 시작하자 황금빛 기운이 그를 감싸고 고고하게 회전했다.

온 세상이 루얀의 의지에 화답해 기꺼이 흐름을 따랐다.

그렇게 얼마나 시간이 흘렀을까.

이렇게까지 그 자신만의 시간을 갖는 것도 참으로 오랜만이었다.

'좋구나.'

빠르게 소주천을 마친 루얀은 내친김에 더욱 집중력을 끌어 올리고 대주천에 돌입했다.

그러자 놀라운 일이 벌어졌다.

갑자기 시간이 정지하고 루얀의 몸이 허공으로 둥실 떠올랐다.

'이건…….'

낯설지 않았다.

이미 한차례 겪어 본 적이 있는 상황이었다.

등선문!

곧이어 루얀의 머리 위에서 공간이 일그러지면서 투명한 문이 열렸다.

샤아아아.

신계와 연결된 문틈에서 오색찬란한 광채가 쏟아져 나왔다.

이번으로 두 번째.

자연의 균형이 그를 더 이상 인세에 남을 수 없는 존재로 규정했다.

둥실 떠오른 루얀은 등선문을 향해 천천히 나아갔다.

진짜 신으로 거듭날 수 있는 찬란한 순간이었다.

하지만 어째서일까.

등선문을 막 통과하려던 루얀의 몸이 돌연 우뚝 멈춰 섰다.

동시에 루얀은 눈을 번쩍 뜨고 피식 헛웃음을 지었다.

"되었다. 신 따위는 되지 않을 것이다."

루얀의 선언에 등선문의 빛이 휘청거렸다.

깜빡깜빡 점멸하는 신계의 문은 마치 루얀의 선택을 확인하는 듯한 모양새였다.

루얀은 등선문을 가만히 바라보면서 그 스스로 질문을 던졌다.

–명예와 재물에 미련이 있느냐. 이룬 모든 것을 잃을 것이다.

들린 것이 아니었다.

루얀이 스스로 답을 찾기 위해 꺼낸 그의 심마였다.

"감히 누구의 것을 빼앗겠다는 것이냐."

루얀은 콧방귀를 끼었다.

신이라 할지라도 그의 삶을 방해할 수는 없다.

–속세의 칠정을 놓았느냐.

"아직이다. 아직 미처 깨닫지도 못했다."

루얀은 담담하게 자신의 답을 말하면서 등선문을 닫아 버렸다.

다시 천천히 지상으로 내려서는 루얀의 얼굴에는 뚜렷한 미소가 그려져 있었다.

"때가 되면 갈 것이다. 하지만 아직은 아니다. 나도……."

루얀은 등선문이 완전히 사라질 때까지 기다렸다가 천천히 몸을 일으켰다.

그리고 옷매무새를 가다듬으면서 수련장을 벗어났다.

새파란 하늘에서 홀로 존재감을 발휘하는 태양이 그를 지켜보고 있었다.

루얀은 그를 지켜보고 있는 자에게 대고 깊숙하게 고개를 숙였다.

"나도 아버지가 되어 보려고 한다."

블랑에게 받았던 은혜.

갚아 보는 것도 나쁘지 않을 것 같았다.

한때 루얀은 그가 신이 되기에는 부족해서 지상에 남았다고 생각했었다.

하지만 이제는 아니었다.

신은 멀리 있지 않았다.

누군가에게는 아버지야말로 신보다 더 위대한 존재가 될 수 있었다.

그렇게 살아가는 것이 인간이었다.

신성을 거부한 루얀은 그 길로 곧장 케시우스의 집무실을 찾아갔다.

아직도 서류더미에 파묻혀 있는 케시우스는 루얀이 들어와도 눈인사조차 건네지 않았다.

"바쁩니다. 또 무슨 일이세요?"

"물어볼 것이 있다."

그제야 케시우스는 서류에서 눈을 떼고 루얀을 힐끔 바라보았다.

"뭔데요?"

"나도 아이를 가져 볼까 하는데 무엇부터 하면 좋겠나?"

케시우스는 들고 있던 서류를 툭 떨어트리고 멍하게 자신의 손만 내려다보았다.

이 미친 인간이 또 무슨 바람이 불어서 헛소리를 하는 것일까.

케시우스는 한숨이 나오려는 것을 꾹 참으면서 대충 대답했다.

"연애부터 하는 게 순서 아닐까요?"

"음. 그렇군."

대충 던진 말이었지만 의외로 루얀은 진지하게 고민하는 모양새였다.

케시우스는 잠시 머뭇거리다가 이내 신경을 끊고 다시 서류더미에 고개를 묻었다.

그때 루얀의 입에서 다시 질문이 튀어나왔다.

"그렇다면 연애는 어떻게 해야 하지?"

케시우스는 결국 한숨을 푹 내쉬면서 서류를 힘껏 움켜쥐었다.

"나가! 이 미친 인간아! 나 바쁘다고!"

아빠가 되는 것은 루얀이 생각하는 것보다 훨씬 더 어려운 일인지도 몰랐다.

《활써클 대마법사》 마칩니다

꿈의 도약, 로크에서 하십시오
(주)로크미디어에서 신인 작가를 모십니다

즐거운 세상, 로크미디어는 꿈을 사랑하고 도전을 두려워하지 않는 작가 분들의 참신한 작품을 기다리고 있습니다. 21세기 장르 문학계를 이끌어 갈 차세대 선두 주자 (주)로크미디어에서 여러분의 나래를 활짝 펴 보시길 바랍니다.

모집 분야 판타지와 무협을 포함한 장르 문학
모집 대상 아마추어 작가, 인터넷 작가
모집 기한 수시 모집
   작품 접수 시 유의 사항
   1. 파일명은 작가명_작품명.hwp형식을 갖춰 주십시오.
   1. 파일에 들어갈 내용은 다음과 같습니다.
      ─ 성명(필명인 경우 실명을 밝혀 주세요), 연락처, 이메일 주소
      ─ 제목, 기획 의도
      ─ A4용지 1장 분량의 등장인물 소개
      ─ A4용지 2장 분량의 전체 줄거리
      ─ 본문
   1. 작품이 인터넷에 연재되고 있다면, 게시판명과 사이트의 구체적이고 정확한 주소를 기재해 주십시오.

선택된 작품은 정식 계약 후 출판물로 간행되어 전국 서점에 유통됩니다.
작가 분은 (주)로크미디어의 전폭적인 지원하에 전속 작가로 활동하시게 됩니다.
※ 자세한 내용은 로크미디어 홈페이지(rokmedia.com)를 참조하세요.

(03920)서울시 마포구 성암로 330 DMC첨단산업센터 3층 318호
(주)로크미디어 편집부 신간 기획 담당자 앞
전화 : 02) 3273-5135
www.rokmedia.com   이메일 : rokmedia@empas.com